KB068371

마흔 이후,
이제야 알게 된 것들

마흔 이후,
이제야
알게된
것들

살면 살수록 뼛속까지 사무치는

인생의 우선순위들

김경집 지음

알에이치코리아

살아온 날들로부터,
살아갈 날들에 부쳐

다행스럽게도 요즘 들어 세상을 좀 천천히 살자고 도닥이는 이들이 많아졌습니다. 뛰고 달린다고 제대로 속도가 나는 것도 아니며, 외려 가속도로 인해 숨넘어갈 지경이 될 수도 있다는 걸 뒤늦게 깨달았기 때문이겠지요. 슬로시티니 올레길이니 둘레길이니 하는 것들이 그런 반성에서 오는 소산일 겁니다.

그런데 막상 둘레길 초입에 사는 이들은 느림을 위해 찾아온 사람들이 왁자지껄 떠드는 통에 시끄럽다고 손사래를 칩니다. 안타깝게도 천천히 풍경을 둘러보고 조용히 자신의 내면과 대화할 기회를 호들갑스러움으로 망가뜨리는 사람들이 많은 것이지요. 그렇다고 길을 떠나지 말라고 할 수도 없는 노릇이고 묘안이 없을까 궁리해봐도 뾰족한 수가 나지 않습니다.

그러다가 문득 떠오르는 것이 옛날 다방에 놓여 있던 운수통이었습니다. 이제 다방이라는 그 정겨운 공간은 거의 사라졌습니다만, 예전 다방의 테이블에는 알라딘의 마법 램프를 흉내 낸 묘한 물건이 있었습니다. 동전을 넣으면 앙증맞은 롤페이퍼 하나를 토해냈는데요, 종이에는 운수와 짧은 명언이 적혀 있었지요. 다방에서 누군가를 기다리며 그것을 읽곤 하던 기억이 어렴풋이 떠올랐습니다.

올레길이나 둘레길 들머리마다 그 마법의 물건을 두면 어떨까요. 삶의 성찰을 담은 격언 혹은 가슴에 새겨둘 만한 좋은 글귀가 적힌 롤페이퍼를 순례객들에게 화두 삼아 던져준다면, 아무 생각 없이 우르르 몰려다니며 떠드느라 풍경도 놓치고 속도도 잃는, 그리고 주위에 폐를 끼치는 일은 없겠다는 생각이 들었습니다.

나이 들어가는 걸 좋아할 사람은 없겠지요. 한 살이라도 젊어 보이기 위해(정신적으로 젊게 사는 것과는 별개로) 어떤 일이라도 마다하지 않는 걸 보면 그런 몸부림이 인간의 본능인가 하는 의문이 들 정도입니다. 저라고 그 테두리에서 크게 벗어나겠습니까만 마흔이 넘으면서 제 나이로 사는 것이 가장 좋다는 걸 조금씩 깨닫게 되었습니다. 그냥 내달리다가 잃은 삶의 풍경들을 조금씩 바라볼 수 있게 되어 고마웠던 거지요. 《나이듦의 즐거움》은 그런 소산이었습니다.

그 책을 냈을 때 제 나이 마흔여덟이었습니다. 어떤 이들은 그 책을 읽다가 제가 그토록 새파랗게 젊다는(?) 사실에 맹랑함을 느꼈던 모양입니다. 늙어가는 게 좋다기보다 삶을 바라보고 속도를 조절하는 법을 조금씩 알게 되어 즐겁다고 쓴 제목이었는데, 젊은 친구가 나이 타령 한다고 고깝게 여기신 분들이 있었나 봅니다. 하지만 저는 그때나 지금이나 여전히 제 나이가 좋습니다. 다만 나이에 걸맞게 지혜롭게 살고 있는지, 그게 두려울 뿐입니다.

쉰 중턱에 다다른 지금도 어떻게 삶의 속도와 풍경을 조화시키며 슬기롭게 살아야 할지 늘 생각합니다. 어찌 보면 우리는 참 어설픈 세대입니다. 가난하게 시작해서 물질적 풍요를 누리는 삶으로 차근차근 변화를 이뤄냈으니 그것만으로도 대견한 일입니다. 예전에는 엄두도 내지 못하던 자가용들이 집집마다 있을 만큼 물질적으로 풍요로워졌습니다. 하지만 정신적으로는 점점 피폐해지고 있는 건 아닌지 두렵습니다. 중년이라는 게 선배들 눈치를 살펴야 하고 후배들에게 떠밀리지 않으려 안간힘을 써야 하는, 어중간하고 힘겨운 나이이기도 합니다. 하지만 살아온 날들로부터 마련한 몇 가지 삶의 지혜를 후배들에게 나눠줄 수 있고, 살아갈 날들에 대한 꿈을 두려움 없이 차분하게 펼치며 선배들에게 자극이 될 수도 있는 고마운 시간이기도 합니다.

꿈은 젊음의 독점물이 아닙니다. 그것은 나이에 따라 변질되고 변색되는 것이 아니라 시간이 지남에 따라 제 모습과 색깔을 마련하는 것이기 때문입니다. 꿈은 잃는 것이 아니라 잊는 것이라지요. 잊고 산 꿈은 없는지, 잃고 산 삶의 지혜는 없는지 돌아보며 함께 고민하고 나누고 누리고 싶은 마음입니다.

어떤 이는 비꼬듯이 말합니다. 각설탕은 단단해 보이지만 물에 넣는 순간 녹아버린다고. 하지만 저는 그 말에 동의하지 않습니다. 아무리 각 잡고 힘 줘봐야 각설탕은 그저 하나의 사물에 불과합니다. 그것이 물에 들어가 녹아서 함께 어우러졌을 때 비로소 설탕의 본질을 누리게 되는 것이니까요. 지금이 바로 그래야 할 때입니다.

풀이 바람보다 먼저 눕는 건 비겁이 아니라 지혜라지요. 거기서 더 나아가 풀이 바람에게 길을 내주고 서로 몸 비비며 손 흔들어 작별하는 것이라고 생각하면 훨씬 더 너그럽게 살아갈 수 있을 것 같습니다. 길지도 짧지도 않은 삶에서 저지른 허물도 많습니다. 부끄러움도 많습니다. 앞으로 살아갈 미래가 두렵고 불안합니다. 그래서 자꾸만 비겁과 타협하거나 무지의 상태에 머물려는 어리석음을 부리기도 합니다. 그러나 부끄러움과 불안의 부피보다는 열심히 살아온 삶에 대한 자부와 멋지게 살아갈 미래에 대한 희망의 덩치가 더 크다고 느낄 수 있으면, 지금의 내 나이가 제일 좋다고 기꺼이 말할 수 있겠지요.

이 책은 함께 살아온, 함께 살아갈 선배, 동료, 후배 들에게 보내는 작은 편지입니다. 아니 편지라기보다는 돌돌 말린 작은 롤페이퍼라고 해야겠지요. 함께 생각하고 느끼고, 함께 살아갈 이들에게 보내는 아침인사입니다.

《논어》〈자로子路〉편에 '가까이 있는 사람을 즐겁게 하면 멀리 있는 사람이 찾아온다〔近者悅 遠者來〕'는 구절이 있습니다. 제게도 여러분에게 조용히 다가가고자 하는, 그래서 더불어 즐겁고자 하는 작은 소망이 있습니다.

살면서 저질러온 허물들 때문에 부끄러워하고 불안해하기보다는 그 허물을 되풀이하지 않기를, 그것에서 뭔가 배울 수 있기를 겸손하게 빌어봅니다. 그리고 살면서 깨달은 지혜를 자랑만 할 게 아니라 삶에 녹여낼 수 있도록, 꿈을 잃지도 잊지도 않기를 스스로 도닥여봅니다. 각 잡고 버티는 각설탕보다는 자연스럽게 녹아들어 누군가에게 행복의 맛을 전할 수 있기를 바랍니다.

이 책은 그런 마음으로 여러분께 드리는 작은 엽서입니다. 어설프고 성긴 글입니다. 저의 못난 엽서를 받아줄 당신이 있어 고맙고 행복합니다. 그리고 지금의 제 나이가 고맙습니다.

나무그늘 아래에서
김경집

살면서 저질러온 허물들 때문에
부끄러워하고 불안해하기보다는
그 허물을 되풀이하지 않기를,
그것에서 뭔가 배울 수 있기를
겸손하게 빌어봅니다.

살면서 깨달은 지혜를
자랑만 할 게 아니라
삶에 자연스럽게 녹여낼 수 있도록,
꿈을 잃지도 잊지도 않기를
스스로 도닥여봅니다.

하나

혼자 걷는다는 것은

온전한 나 자신을

만나는 일이다

　　　　　갈수록 걷는 일이 줄어드는 게 현대
인의 삶입니다. 때로는 그것을 성공한 삶의 표상쯤으로 착각하며
살기도 합니다. 물론 바쁠 수밖에 없는 현대인에게 느긋한 시간 덜
어내기란 여간 힘든 일이 아니지요. 그리고 한번 맛들이면 좀처럼
떨쳐내기 어려운 게 편안함입니다. 그러다보니 걷는 일이 자연스
럽게 줄어듭니다. 그러다가 어쩔 수 없이 건강 생각해서 가끔 밖으
로 나와 걷고 뜁니다. 때로는 그마저도 귀찮고 시간이 없어서 실내

에서 아쉬운 대로 갈음하는 방법을 찾습니다. 그래서 피트니스 센터나 집안 거실에서 트레드밀 위를 걷습니다.

"내가 혼자 걸어서 여행하던 때만큼 그렇게 많이 생각하고, 그렇게 충만한 존재감을 느끼고, 그렇게 뿌듯하고, 그렇게 완벽하게 나 자신인 적은 결코 없었다."

18세기 프랑스 사상가 장 자크 루소의 말입니다. 걸을 때는 무엇인가가 내 생각에 활기를 불어넣어 줍니다. 꼼짝 않고 있으면 거의 생각도 할 수 없던 것들이 불쑥불쑥 튀어나오기도 합니다. 루소의 말을 기억할 때마다 정신이 움직이기 위해서는 육체가 움직이지 않으면 안 된다는 것을 실감합니다.

달릴 때는 목적지만 생각하며 뛰게 됩니다. 달리는 건 분명 목표 지향적 행위이기 때문이지요. 그래서 다른 생각이 끼어들 여지가 별로 없습니다. 하지만 걷는 것은 그와는 달리 과정을 누리는 행위여서 틈틈이 생각들이 들어섭니다. 때로는 불쑥 뜻하지 않은 것들도 나타납니다. 그렇게 이런저런 생각을 누리다보면 어느새 목적지에 다다르게 됩니다.

스위스의 조각가 알베르토 자코메티의 작품 〈걷는 사람〉을 보면 불안하고 고독한 인간의 내면이 고스란히 느껴집니다. 철사같이 가느다랗게 깎인, 그래서 군더더기 다 덜어낸 강렬한 동적 공간을 함축한 그의 조각품은 과연 우리가 무엇을 보고, 어디로 가고 있는지 묻는 듯합니다. 그것은 곧 응결된 자아입니다. 그래서 뼈로 서 있는 그의 조각상이 오히려 당당하고 속이 꽉 찬 모습으로 느껴지는 거겠지요. 거칠고 위태로워 보일 만큼 가늘고 긴 선은 그림자를 세워놓은 모습 같기도 합니다.

아무리 채우려 해도 채워지지 않는 게 삶이고 욕망입니다. 그런데 자코메티의 조각을 보면 덜어내는 게 더 큰 울림이고 채움이라는 것을 깨닫습니다. 비움이 채움으로 전이되는 역설적 표상이기에 그의 작품은 강렬합니다. 인간 내면의 고독과 불안을 정직하게 통찰했기에 그의 작품을 처음 맞닥뜨리면 외면하고 싶은 거울을 보는 듯합니다. 하지만 곧 실존적 고독의 힘과 가치를 상기할 수 있어서 따뜻해집니다. 기교라는 게 얼마나 보잘것없는지 실감하게 됩니다.

아주 오래전 영화 가운데 〈남과 여〉라는 빼어난 작품이 있는데, 거기에 이런 장면이 있습니다. 배경은 부둣가 산책로입니다. 한 노신사가 개와 함께 산책을 나왔습니다. 카메라는 둘의 모습을 최대한 가늘고 길게 보이는 앵글로 잡았습니다. 그리고 뒤따르는 그림자. 영락없이 자코메티의 작품 그 자체였습니다. 아마도 자코메티에서 그림자를 떠올리게 되는 것은 그 영화 때문인지도 모르겠습니다.

그림자는 나의 분신입니다. 그러나 나 자신조차 주목하지 않는 부스러기 같은 존재입니다. 늘 빛만 바라보고 있어서, 혹은 어둠 속에 자신을 숨기고 싶어서 외면하는 분신입니다. 하지만 거기에는 아무런 꾸밈도 욕망도 없습니다. 수직으로 서 있으려는 자존심이나 높고 싶은 욕망이 아니라 어느 공간에나 자유롭게 모습을 드러내는 그림자는 어쩌면 자신이 이루지 못하는 한계조차 뛰어넘는 내면의 갈망 같다는 생각이 듭니다. 그늘에 들어서면 자신의 모습을 조용히 거두는 겸손도 갖추고 있습니다.

자동차를 타고 가거나 뛰어갈 때는 그림자를 느끼지 못합니다. 하지만 걸을 때는 이 녀석을 떼어놓고 갈 수가 없습니다. 그림자는 늘 있는 거지만 오직 걸을 때만 느낄 뿐입니다. 그저 거추장스런 부스러기가 아니라 빛조차 뚫지 못하고 내 모습을 땅바닥에, 담벼락에 드러내는 나 자신의 가늘고 긴 실체입니다. 마치 자코메티의 조각품처럼 말이지요.

루소가 충만한 존재감과 사유를 마음껏 누렸다고 고백한 걷는다는 행위는 그래서 행복한 일입니다. 자신과 대화하고 그림자조차 너그럽게 보듬어서 외롭지 않은 고행(孤行)입니다. 그것은 혼자라는 두려운 고립이 아니라 스스로 택한 고독이며 달콤한 쌉쌀함(sweet bitterness)입니다.

다비드 르 브르통이 산문집 《걷기 예찬》에서 걷기를 가장 관능적인 몸짓이라고, 내면으로 들어가는 문이라고 한 것이나, 헨리 데

이비드 소로가 《월든》에서 완벽한 고독을 걷기로 온전하게 누리며 행복해한 것을 덩달아 실감하게 됩니다.

때로는 앞장서며 때로는 뒤에 숨어서 따르는 그림자를 데리고 문을 나섭니다. 대문만 열리는 게 아니라 마음의 문도 함께 열리는 산책길입니다. 자코메티처럼 욕망이라는 허울 덜어내고 앙상하더라도 실체로 드러나는 모습을 만날 수 있으면 넘치게 행복할, 그런 길입니다. 그러니 어찌 걷는 일을 마다할 수 있겠습니까.

둘

내 몸에

하찮은 곳은

단 한 군데도 없다

　　　　　　　　　　백사장이 아니더라도 모래 한 톨은
아무런 주의도 관심도 끌지 못합니다. 사실 모래는 적어도 한 움큼
정도가 최소 단위쯤 되는 양 쓰이지, 한 톨이나 한 알이라는 말은
잘 사용하지 않을 정도로 미세한 물질이지요. 그러니 모래 알갱이
몇 개쯤은 무시하기 쉽습니다.

　하지만 신발 속에 들어가면 그게 얼마나 크게 느껴지는지 모릅
니다. 여간 불편하고 신경 쓰이는 게 아니지요. 처음에는 별거 아

니다 싶어 무시하지만 한참 걷다보면 신발 속을 돌아다니며 둔한 발을 아주 민감하게 만듭니다. 결국 신발을 벗어 탈탈 털어내지 않을 수 없습니다. 평소에는 아무런 관심이나 주의를 끌지 못하던 모래가 그렇게 커 보일 수 없지요.

그게 굳이 사물이 아니어도 그렇습니다. 우리 몸속 여러 장기와 기관들이야 눈에 보이지 않으니 딱히 어디 고장이라도 나지 않는 한 의식하지 못하고 지내지요. 겉으로 드러난 몸도 가시 따위에 찔려 고통을 느끼기 전에는 잘 모릅니다. 그러니 온통 얼굴에만 신경을 쏟겠지요.

우리 몸 가운데 발처럼 가장 고된 일을 하면서도 정작 업신여김 받는 것도 없는 듯합니다. 하루 종일 무거운 제 몸 떠받치고 안전하게 옮겨주는 고역을 맡지만 별다른 애정을 받지 못합니다. 때로는 냄새난다며 구박을 당하기도 하지요. 그래도 군소리 없이 묵묵히 제 역할에 충실한 발이 얼마나 고마운지 잘 느끼지 못하는 게 안타깝습니다.

얼마 전 발가락 수술을 받았습니다. 처음 새끼발가락 옆에 티눈처럼 각질이 형성될 때만 해도 별거 아니겠거니 무시했습니다. 심지어는 심심할 때 그 굳은살을 떼어내는 즐거움(?)을 누리기까지 했습니다. 어릴 때 상처의 딱지에 손대지 마라는 엄명을 들으면서도 결국에는 손이 가고 다시 피가 나는 것처럼 말이지요.

그 티눈은 없어지거나 줄어들기는커녕 자꾸만 커졌고 급기야는 신발을 신을 때마다 쓰리고 아팠습니다. 그래서 반대쪽 발에 힘을 싣고 다녀야 했고 점점 몸의 균형마저 어긋나버렸습니다. 그 좋아하는 산책이나 등산을 할 때마다 새끼발가락에 온 신경이 집중되어 여간 성가신 게 아니었습니다. 그런데도 별다른 대책을 마련하지 못했으니 저도 참 미욱한 인간이었지요.

　처음에는 발이 넙데데해서 그런가보다 여기고 볼이 넓은 신발을 골라 신었지만 결과는 별무신통이었습니다. 미련하게도 그 상태로 여러 해를 지낸 거지요. 참다못해 종합병원의 정형외과 과장인 동창을 찾아갔습니다. 친구는 제 발을 이리저리 살펴보더니 제 발등이 보통사람들보다 높다며 문제의 그 굳은살은 단순한 살갗의 변형이 아니라 뼈가 밀린 탓이라고 진단하더군요. 결국 뼈를 깎아내는 것이 가장 근본적인 대책이라며 당장에 수술하자는 겁니다. 겁결에 그대로 수술대에 오른 건 그만큼 발가락이 만들어내는 고통과 미련 없이 작별하고 싶었기 때문입니다. 물론 더 큰 힘은 친구에 대한 신뢰와 고마움이었지요. 제 몸에서 뼈를 깎아내기는 처음입니다. '뼈를 깎는' 고통 운운하는 상투어를 가끔 사용하기는 했지만 말입니다.

　수술대에 올랐을 때 그동안 무심하게 대했던 발가락에 미안했고, 없는 시간 쪼개지도 못해서 퇴근 시간 이후로 일부러 스케줄을 만들어낸 친구가 고마웠습니다. 발 부위만 마취를 한 까닭에 정신은 말짱했고 수술실의 소음이 그대로 들렸습니다. 그냥 들리는 게 아니라 온통 그 소리뿐이었으니 듣지 않으려야 듣지 않을 수가 없었지요, 사실은.

생각보다 수술은 오래 걸렸습니다. 하기야 살을 째고 뼈를 깎아내는 일이 어찌 간단하겠습니까. 그것도 딱 알맞게 정확한 만큼만 깎아내는 일은 목수가 대패질로 아퀴 짓는 것보다 더 힘든 일이겠지요. 마침내 수술이 끝났습니다. 고생한 친구에게 수고했다, 고맙다는 말을 대놓고 하기가 뭐해서 고작 한다는 인사가 참 고약했습니다.

"난 네가 의사인 줄 알았더니 목수였구나."

사람 좋은 그 친구의 대답도 걸작이었지요.

"목수 겸 예술가지, 뼈를 갖고 노는."

수술 후 며칠 동안은 밖에 나갈 때 어쩔 수 없이 지팡이를 짚어야 했습니다. 아직은 지팡이를 짚고 다닐 나이가 아닌데 싶어 조금은 남세스럽기까지 했습니다. 하지만 이내 항상 지팡이에 의존해야 걸을 수 있는 어르신들의 고충을 떠올렸습니다. 지하철 환승역처럼 복잡한 곳에서 분초를 다투며 걸을 때마다 솔직히 속으로는 느린 걸음걸이의 어르신들에게 짜증내는 경우가 많았습니다. 그런데 잠시나마 저 자신이 지팡이에 의존해야 하는 처지가 되고 보니

그게 얼마나 덜돼먹은 생각이었는지 알겠더군요. 심지어 제 걸음
이 불편한 것보다 다른 사람에게 거추장스러운 존재가 될지 모른
다는 생각이 앞서기도 했습니다. 그만큼 우리가 무례하게 살고 있
다는 방증이기도 하겠지요.

일주일쯤 지나 지팡이가 필요 없게 되자 얼마나 속이 시원한지
모르겠더군요. 그러면서 이내 지팡이에 대한 고마움도 사라졌고,
어렵게 걷는 이들에 대한 안타까움도 사위었습니다. 무엇보다 예
전 힘겨운 거 잘 참아가며 버텨준 새끼발가락에 대한 고마움도 잊
었습니다. 참 간사하고 이기적이지요. 그저 어디가 탈이라도 나야
그제야 그 존재의 가치를 깨닫는 일을 늘 반복하며 삽니다.

'목수 겸 예술가'인 의사 친구가 공들여 수술해준 덕택에 이제는
자유롭게 걷습니다. 신발을 신을 때마다 은근한 두려움을 느끼던
일은 이제 아득한 옛날이야기처럼 여겨집니다. 그래서 저는 일부
러라도 스스로에게 경고합니다. 이전의 고통을 잊지 말라고, 아무
리 사소한 것이라도 그것에 대한 관심과 애정을 가져야 한다고, 그
고마움을 잊어서는 안 된다고 말입니다. 신발을 신을 때마다 잠깐
이나마 그렇게 스스로를 경계할 수 있으니 참 다행스러운 일입니다.

제 몸 어디 하나 허투루 여기거나 무관심할 곳은 없습니다. 그런
데도 정작 고통을 느끼기 전에는 그 값을 무시하며 삽니다. 하물며
다른 사람, 다른 사물에 대해서는 말할 게 뭐가 있겠습니까. 조금

이라도 깨우쳐서 더 사랑하고 아끼며 살기에도 모자란 시간이고 삶입니다. 작고 사소한 것들일수록 세심하게 느끼고 보듬어야겠습니다.

산을 오르는데 마침 수술해준 친구에게서 전화가 왔습니다.

"걸을 만하니?"

"목수 덕에 씩씩하게 등산하고 있다."

"잘 다루고 살아. 이젠 부속품도 없는데."

"여차하면 애프터서비스 해줘야지. 발뺌하지 말고."

왜 끝내 '예술가'라는 말은 하지 못했는지 모르겠습니다. 하지만 그가 제게 베푼 예술은 뼈가 아니라 정신에 대해서였음을 잘 압니다. 그가 깎아낸 작은 뼈는 저의 덜 깬 정신의 불수의근(不隨意筋)을 풀어내 무관심과 외면을 반성하게 했으니까요. 그 뼈가 저의 무딘 마음에 단단한 옹이로 박혀 늘 스스로 경계를 늦추지 않도록 해주었으니까요. 무엇 하나 하찮은 것이란 없음을 마음속에 잘 챙기고만 살아도 조금은 덜 어리석고 덜 부끄럽게 살 수 있을 것 같습니다.

잠깐 쉬는 산허리의 바위 곁에 골바람이 시원하게 불어옵니다.

셋

가장 후회하는 것은

내가 한 일이 아니라

하지 않은 일에 대한 것이다

저는 잘생긴 배우들을 별로 좋아하지 않습니다. 물론 그들이 저의 열등감을 키우는(그래서 저는 우스갯소리로 그들을 '공공의 적'이라고 부릅니다) 점도 있지만 무엇보다 그다지 현실감이 없기 때문이라고, 비겁하게도 애써 합리화합니다. 그래서 영화를 볼 때마다 가장 눈여겨보는 포인트는 조연입니다. 조연배우상을 받은 작품이라면 주저하지 않고 선택해도 실패하는 경우가 거의 없습니다. 화려한 조명은 받지 않지만 조연배우나 단

역배우가 그 영화를 맛깔나게 지탱해주는 힘이지요. 그리고 그들의 모습은 무엇보다 현실적이고 사실적입니다.

그것은 외국영화를 볼 때에도 그대로 적용됩니다. 저는 특히 유색인종 배우들에게 관심이 많습니다. 화려한 미국영화에서 흑인배우들이 주연을 맡거나 로맨스의 주역이 되는 경우는 거의 없습니다(그래서 스파이크 리는 백인 중심의 할리우드의 제작과 배급 시스템을 거부하고 아예 흑인을 사랑의 주인공으로 내세운 〈정글 피버〉 같은 영화를 만들기도 했습니다). 그러니 늘 악당이거나 주인공을 빛나게 해주는 조연의 역할에서 벗어나지 못했습니다.

그런 와중에도 꾸준하게 자신의 역량을 발휘하며 나이 들어갈수록 오히려 연기의 깊은 내공을 빛내는 배우들이 있습니다. 그런 사람 가운데 하나가 바로 모건 프리먼입니다. 〈쇼생크 탈출〉을 통해 그를 기억하는 이들도 많겠지만 저는 〈드라이빙 미스 데이지〉에서 그의 진면목을 발견했습니다.

〈버킷 리스트〉는 그래서 별로 주저하지 않고 선택한 영화입니다. 게다가 연기파 명배우 잭 니컬슨이 출연했으니 더 이상 고민할 것도 없었습니다(고등학교 시절 중앙극장에서 〈뻐꾸기 둥지 위로 날아간 새〉(요즘 젊은 친구들은 김건모의 노래 제목으로만 기억하더군요)를 보고 전율을 느꼈던 기억이 또렷합니다. 가끔 너무 진부한 '니컬슨 표 연기'가 실망스럽기는 해도 연기력 하나만은 발군이지요. 최근에 본 영화 가운데는

〈어바웃 슈미트〉에서의 연기가 압권이었습니다). 일종의 버디영화(두 명의 남자배우를 등장시켜 '남성들 간의 우정과 단합된 힘으로 정치, 사회에 걸쳐 있는 숱한 난관을 극복해나간다'는 구도를 보여주는 영화)인 〈버킷 리스트〉는 사실 그다지 뛰어난 작품은 아닙니다. 누구나 꿈은 꿔보지만 경험하거나 충족하지 못한 것들을 대리만족하는 재미는 있겠지만 말입니다. 하지만 삶을 경쾌한 듯하면서도 진지하게 돌아보게 하는 매력이 있습니다.

자동차 정비사 카터(모건 프리먼)와 억만장자 사업가 에드워드(잭 니컬슨)는 도저히 어울리지 않고, 어울릴 일도 없는 사람들입니다. 그러니 당연히 대조적인 두 사람은 자신의 삶에 대해 서로 다른 후회를 안고 있습니다. 에드워드는 돈을 벌기 위해 자신의 열정을 다 바쳐 마침내 원하는 건 언제든 할 수 있는 부자가 되었지만 그러느라 사생활은 없었지요. 사업가로는 성공했는지 모르지만 인생의 재미는 느끼지 못한 겁니다. 반면 카터는 꿈이 있었지만 의무감 때문에 삶의 방향을 바꿨지요. 일하고 가족을 돌보고 자식들을 교육시키느라 자신의 꿈은 포기해야 했습니다.

이렇게 완연하게 다른 두 사람이 만나게 된 건 그 둘이 우연히 같은 병실을 쓰게 되면서였지요. 특이하게도 '병원은 스파가 아니기 때문에 예외 없이 2인 1실'이라는 에드워드의 철칙 때문에 두 사람이 같은 병실을 쓰게 된 겁니다. 처음에는 너무나 다른 모습에

서로를 외계인 보듯 하지만 의외로 중요한 공통점이 있음을 발견합니다. 그 하나는 삶이 얼마 남지 않았다는 것, 그리고 또 하나는 '나는 도대체 누구인가'를 확인하고 싶어한다는 것입니다. 그래서 의기투합한 게 바로 '버킷 리스트'지요. 사실 이것은 카터가 대학 신입생 때 철학 수업 과제로 받았던 것이기도 합니다. 46년이 지나서 죽기 전에 꼭 하고 싶은 일을 떠올려본 것이지요. '버킷 리스트'란 죽음을 뜻하는 'kick the bucket'에서 유래한 말이라고 합니다. 그러니까 '죽기 전에 해보고 싶은 일을 적은 목록'쯤 되겠네요.

카터에게 버킷 리스트란 그저 잃어버린 꿈이 남긴 쓸쓸한 추억에 불과했지요. 그런데 에드워드가 자신들도 한번 해보자며 카터를 부추깁니다. 돈 안 되는 '리스트' 따위에는 관심조차 없던 에드워드가 카터를 통해 진정한 삶의 모습에 대한 갈증을 불현듯 느꼈기 때문입니다. 부자의 호기심이라고 치부할 성질은 아닙니다. 기업합병을 통해 돈을 벌고 성취감을 느끼고 최고급 커피를 맛보는 일 말고 자기가 원하는 게 무엇인지 생각조차 해본 적 없는 에드워드는 카터와 함께 버킷 리스트를 실현해보고 싶어합니다. 생의 남은 시간 동안 하고 싶던 일을 해보자는 것이지요.

두 사람은 의사의 만류를 뿌리치고 병원을 탈출합니다. 그들이 마련한 버킷 리스트는 다음과 같습니다.

1. 장엄한 광경 보기

2. 낯선 사람 돕기

3. 눈물날 때까지 웃기

4. 머스탱 셸비로 카레이싱

5. 세계 최고 미녀와의 키스

6. 영구문신 새기기

7. 스카이다이빙

8. 로마와 홍콩으로의 여행, 피라미드와 타지마할 관람

9. 오토바이로 만리장성 질주

10. 세렝게티에서 호랑이 사냥

그리고 화장한 재를 인스턴트 커피캔에 담아 전망 좋은 곳에 두기

얼핏 보더라도 성격이 다른 것들이 섞여 있음을 알 수 있습니다. '장엄한 광경 보기'나 '낯선 사람 돕기'처럼 추상적인 것들은 카터가, '스카이다이빙'이나 '세계 최고 미녀와의 키스'처럼 아드레날린이 넘치는 소원은 에드워드가 적어놓은 목록입니다. 그렇게 두 사람은 버킷 리스트의 내용도 다릅니다. 사실 그것은 우리 모두가 꿈꾸는 이율배반적인 버킷 리스트의 종합판이기도 하지요.

그렇게 두 사람은 다시 못할 모험길에 나서고, 하고 싶던 일들을 하면서 자신이 누군지, 자신의 삶이 어떤 의미인지를 깨달으려 합

니다. 두 사람은 삶의 마지막 동반자처럼 그 리스트를 들고 열정적으로 모험을 감행합니다. 하나씩 목록을 지워나가기도 하고 새로 첨가하기도 하면서 말이지요. 덕분에 영화는 세계의 멋진 곳들을 차례로 순례하며 우리의 눈을 즐겁게 합니다. 그러면서 물과 불처럼 판이하던 두 사람이 진정한 우정을 쌓고 나누게 됩니다.

그러나 그런 풍경보다 더욱 중요한 것을 깨닫게 하는 여행임을 이내 알게 됩니다. 중요한 것은 어딜 가고 무엇을 하느냐가 아니라 여행을 통해 어떤 일이 벌어지느냐 하는 것이지요. 사실 진정한 변화는 행선지마다 삶의 새로운 단면을 깨닫는 두 사람이 나누는 대화와 성찰을 통해서 이루어집니다. 풍광 너머 더 중요한 것을 보았기 때문이지요. 그리고 장소가 아니라 누구와 함께 시간을 보냈느냐가 중요함을 깨닫게 되는 겁니다. 세계 여행을 하고, 에베레스트에 오르고, 스카이다이빙을 하는 건 충만한 삶을 살기 위해 반드시 해야 할 일들은 아닙니다. 인생에서 가장 중요한 것은 가족 그리고 친구와의 관계임을 이 영화는 보여줍니다. 그게 진짜 버킷 리스트지요.

카터가 돈만 많은 졸부로만 보이던 에드워드의 진심을 조금씩 알게 되면서 둘은 삶의 깊은 곳에서부터 서로 교감합니다. 그가 에드워드에게 한 말은 감동적입니다.

"친구, 눈을 감아보게. 그리고 물결을 따라 흘러가게나."

"당신의 인생이 다른 사람들을 기쁘게 해주었는가?"

"자네 인생의 기쁨을 찾아가게."

에베레스트 등반 도중 쓰러진 카터가 급히 이송되고 그들의 여정은 끝이 납니다. 그리고 결국 카터는 가족의 품에서 삶을 마감합니다. 그러나 두 사람의 물리적 관계는 끝났을지 모르지만 진정한 우정과 삶에 대한 사랑과 감사는 더 진하게 남았습니다.

'우리가 살면서 가장 많이 후회하는 것은 한 일이 아니라 하지 않은 일이다'라는 메시지를 전해주는 이 영화는 바로 지금에 눈을 돌리라고 도닥입니다. 어쩌면 인생에 속도를 내기 위해서는 때로는 '데드라인'이 필요하다는 반성과는 어긋나 보일지 모르지만 그 속내의 결은 같음을 알 수 있습니다. 지금 이 순간, 정말 내가 가장 하고 싶은 일은 무엇인지 곰곰 생각해봐야겠습니다. 지금이 아니면 너무 늦을지도 모르니까요. 어디를 가고 무엇을 하고 싶다는 버킷 리스트가 아니라, 지금의 내 삶에서의 버킷 리스트를 가지고는 있는지 되돌아봐야겠습니다.

때로는 이렇게 영화 한 편을 통해서도 삶의 생동감과 의무를 함께 느끼는 걸 보면 저는 아직도 갈 길이 먼 모양입니다. 시간이 흐르고 나이가 들어가면 조금은 더 지혜로워질까요. 그랬으면 하는 바람입니다. 그런 바람을 현실로 만드는 나머지 삶이라면 이미 그것만으로도 기쁘고 고마운 일이겠습니다.

넷

눈인사도 못하고

영영 이별할 일이

적지 않다

　　　　　삶이란 만남으로 시작하여 헤어짐
으로 끝납니다. 태어나면서 가족과 처음 만나고, 사랑하는 가족과
작별함으로써 삶을 마감합니다. 태어남과 죽음 사이의 모든 삶의
시간 또한 만남과 헤어짐으로 채워집니다. 굳이 불가의 인연설을
들먹이지 않아도 만남과 헤어짐은 일일이 다 헤아리지 못할 만큼
많습니다. 좋은 만남이 있어 삶이 행복하고 가치 있으며 그것을 가
장 크고 소중한 힘으로 여기며 삽니다. 물론 지워버리고 싶은 인연

도 있겠지요. 심지어 그 악연 하나가 모든 만남을 눌러버릴 만큼 극악스러운 경우도 있습니다. 그래도 우리네 삶에서 만남을 외면하거나 가볍게 여길 수는 없는 노릇이지요.

그게 어디 사람뿐이겠습니까. 수많은 사연을 품고 뱉었던 것들이 사라졌거나 떠나버렸습니다. 작별인사도 제대로 나누지 못하고 말이지요. 때로는 그것들이 추억을 되살리는 제품으로 극적으로 부활하여 사람들에게는 적당한 회상의 행복을 주고, 만들어 파는 이에게는 넉넉한 이윤의 행운을 누리게 하는 경우도 있기는 합니다만.

할머니가 차지한 안방에서 난방과 더불어 약간의 조리 기능까지 담당하던 화로는 이제 연속극에서나 쓰이는 추억의 소품이 되고 말았습니다. 겨울방학 때 할머니 댁에 가면 거기에서 밤이나 고구마가 익고, 저녁이면 뚝배기에 담긴 된장찌개가 먹기 알맞은 온도로 재가열되던 요술 도구였지요. 그 옆에서 할머니가 들려주던 옛날이야기도 이제는 사라졌습니다. 아무리 스마트폰에서 성우의 멋진 목소리로 듣거나 아름다운 그림책으로 읽어도 할머니의 그 따뜻하고 질박한 목소리로 전해지던 긴박감과 안도감을 되살려낼 수는 없습니다. 그래서 할머니와 함께 떠난 화로가 그리워집니다.

할머니의 화로를 대신한 건 바로 풍로였지요. 정식으로 실내에서 조리할 수 있는 기구라는 점에서 일대 혁명일 수 있었지만 전기

세 아깝다며 여간해서는 틀지 못했던 애물단지였지요. 그래도 급할 때는 라면 끓여 먹기에 그만이었습니다. 석유곤로라는 녀석도 있었는데 도대체 그 고약한 냄새 때문에 감히 방 안으로 들어올 수는 없었기에 약간은 천덕꾸러기 신세이긴 했지요. 그래도 명절 앞두고는 방은 아니더라도 마루까지는 진입이 허용되어 온갖 마술을 부려대던 멋진 녀석이었습니다. 거기에서 갖은 전들이 부쳐지고 생선은 노릇노릇하게 구워졌지요. 심지가 그을리면 가위로 조금씩 잘라내어 자꾸만 제 키가 작아지던 모습이 귀여웠는데, 이른바 가스레인지의 등장으로 초라하게 퇴장하고 말았습니다. 그래도 그것이 요즘 흔히 사용하는 '부르스타'의 효시였다고 할 수 있겠지요. 그 자존심 하나 지킨 것만으로도 어쩌면 만족하며 뒷전으로 물러났을지 모르겠습니다.

대학시절에는 타자기가 비밀병기처럼 사용되기도 했습니다. 제가 다니던 학교에서는 1학점짜리 영어타자 수업이 있어서 본관 건물의 강의실에서 그것을 두드려댔습니다. 다행히 입학할 때 국산 '크로바 타자기'를 선물로 받아서 보고서를 작성할 수 있었습니다. 지금의 컴퓨터 자판처럼 부드럽게 쳐지는 것이 아니라 힘을 꾹꾹 주어야 했기에 몇 장쯤 치면 손가락뿐 아니라 팔까지 뻐근했지만, 그래도 손으로 갈겨쓴 글씨가 아니라 활자체로 쓰인 보고서를 보면 스스로 뿌듯했습니다. 타자기를 볼 때마다 '글씨 쓰는 피아노'

라는 느낌이 들었지요. 하지만 밤에는 그 특유의 소음 때문에 식구들의 원성이 자자해서 마음껏 부려먹지도 못했습니다.

졸업할 때쯤 출현한 멋진 전동타자기는 또 어떻고요! 쇠막대를 눌러 밀어대지 않아도 알아서 척척 행을 바꾸던 그 산뜻함이란! 게다가 수정테이프로 잘못된 글자를 고칠 수 있어서 당시로서는 꿈의 타자기라는 찬사를 듣기에 부족함이 없었지요. 그러나 당시의 대학 등록금 두 배를 거든히 넘는 가격 때문에 끝내 수중에는 넣지 못하고 그저 위시리스트에만 올렸는데, 어느 틈엔가 그 녀석도 소리 소문 없이 우리의 곁을 떠났습니다.

지금도 아주 사라진 건 아니지만, 그때만 해도 염가에 하룻밤을 보낼 수 있었던 여인숙도 떠오릅니다. 정신 놓고 술을 마시다보면 자칫 통행금지 시간을 어겨서 어쩔 수 없이 기어들어가곤 하던 곳이지요. 하도 얇은 벽체여서 옆방 투숙객의 숨소리까지 고스란히 중계되고, 술이 덜 깬 녀석들의 고함소리 때문에 제대로 잘 수 없었지만, 어차피 서로 제정신이 아니어서 그게 별로 시빗거리도 되지 않던 시절의 그 여인숙 말입니다. 샤워시설은커녕 세면대조차 따로 없어서 마당 수도에 여럿이 함께 쭈그려 앉아 찌그러진 양은 대야의 차가운 물로 세수하던 여인숙 말입니다. 이상하게도 여인숙 하면 '다이알 비누'가 함께 떠오릅니다. 여간해서는 잘 녹지 않아 오래가면서도 이전의 투박한 비누와는 달리 향긋해서 인기가 높았지요. 어쩌다 허름한 목욕탕에서 그 비누를 볼 때면 반가운 마음마저 들 지경입니다.

지금은 급하게 돈이 필요하면 카드 쓱 긁어 현금 서비스를 받을 수 있지만 그때는 만만한 게 전당포였습니다. 특히 대학가의 식당이나 술집 골목 어귀에는 어김없이 전당포가 있었습니다. 가난한 대학생들이 어디 제대로 맡길 만한 값나가는 게 있을 까닭이 없지요. 그래도 '콘사이스'라고 잘못 불리던 영어사전도 받아주고 외투도 받아주는 무던함을 지닌 전당포였지요(시계는 굳이 전당포를 찾아갈 것도 없었습니다. 술집이나 당구장에서는 그게 아예 현금과 별 차이가 없었으니까요. 그래서 어떤 친구는 술 마시는 날에는 아예 시계를 끌러두고 나오는 얍삽함을 발휘하기도 했습니다). 그 전당포가 이제는 눈을 씻고서도 찾아보기 어려워졌습니다. 엉뚱하게도 강원도 어딘가 카지노 근처에서는 전당포가 성행한다지요. 맡기는 물목도 예전과는 달리 초고가의 물건들이라고 합니다만. 아직도 어수룩한 어느 골목쯤에는 지난 시절의 전당포가 초라한 네온사인을 켜두고 있을 것만 같은 착각이 듭니다.

예전에 천안역이나 대전역에 기차가 멈추면 사람들이 허겁지겁 내려가 줄 서서 먹던 가락국수도 사라졌습니다. 그런 역에서는 기차가 의뭉스럽게 5분쯤 능치고 여유를 부리며 정차를 했지요. 뜨거운 국물에 입천장을 데여도 마냥 좋기만 하던 국수의 맛이란! 특히 밤열차를 탈 때는 그 맛이 몇 배나 커졌습니다. 그래서 어떤 경우는 그 맛을 즐기기 위해 일부러 밤차를 타기도 했습니다. 지리산에 갈 때마다 시간을 벌기 위해 밤차를 타면 혹시라도 졸다가 그 맛을 누리지 못할까 봐 눈 똥그랗게 뜨고 견디기도 했습니다. 그 별미도 이제는 더 이상 찾을 수 없게 되었습니다.

어디 이것들뿐이겠습니까. 하나하나 손가락 꼽으며 찾다보니 그렇게 사라진, 우리와 작별인사도 제대로 나누지 못하고 쫓기듯 떠난 것들이 의외로 많습니다. 이제는 우리 곁에 머물다 떠나는 모든 것들에 정식으로 작별하며 그동안 나눠준 행복에 감사하면서 보내줄 수 있으면 좋겠습니다. 하기는 입맛이 간사해져서 그 국수 먹어도 예전의 그 맛을 느끼지 못하겠지요. 화로건 풍로건 실내에 들여와 난방과 조리 역할을 수행하게 할 엄두도 나지 않을 겁니다. 그래서 어쩌다 만날 일도 영원히 사라졌습니다.

우리의 수많은 추억들이 깃든 그것들의 부재가 새삼 크게 느껴집니다. 그리고 그것들이 어느 순간 살얼음 끝자락에 고개 빠끔 내민 수선화만큼이나 그리워집니다. 무엇보다 그것들이 베풀어준 사랑에 고맙다는 말도 못하고 떠나보낸 게 못내 아쉽고 미안해집니다. 그러니 혹여 그렇게 떠나보낸 사람은 없는지 돌아봐야겠습니다. 사물은 되돌아올 수 없지만, 사람은 제 마음이 열리고 너그러워지면 되품을 수 있기 때문입니다. 예전에 나의 편협함이나 뻣뻣함 때문에 상처를 주어 그가 떠났는지도 모를 일입니다. 상처를 입힌 게 있으면 용서받고 그가 남겨둔 상처 있으면 씻어낼 수 있을 만큼 성숙해진 나이도 되지 않았습니까.

때로는 어설프게 되돌린 인연 때문에 다시 상처를 받을지도 모릅니다. 하지만 까짓 거 그러면 어떻습니까. 앞으로 살아가면서 새롭게 내 삶에 품을 사람이 얼마나 되겠습니까. 그동안 맺었던 인연의 자락들을 무덕무덕 잘라내기보다 한 올 한 올 끈기 있게 이어내고 묶어낼 수 있는 넉넉함을 마련하면 그것만으로도 이미 내가 행복할 수 있으니 말입니다.

다섯

덕을 베풀면

외로울 일이 없다

　　　　　　나이가 들어가면서 여기저기 해지
고 망가지는 곳이 많다보니 건강을 유지했으면 하는 바람을 갖는
건 자연스러운 일이겠지요. 하지만 마음만 먹는다고 건강해지는
건 아닙니다. 부지런히 몸 놀려서 기능이 떨어지지 않도록 경계하
고 식성도 조절해서 가뿐한 몸매를 잃지 않거나 되찾도록 노력해
야겠지요. 이왕이면 그렇게 줄인 음식을 배곯는 아이들에게 나눠
주면 더 좋겠고요.

돈도 더 많이 벌고 싶을 겁니다. 자본주의 사회에서 돈은 삶의 품위를 잃지 않게 하는 최소한의 버팀목이기도 하니까요. 다만 누군가의 불행을 담보로 얻어지는 행복은 의연하게 거절할 용기를 가질 수 있기를 꿈꿔봅니다. 누군가처럼 돈에 눈이 어두워 땅 짚고 헤엄치듯 빵이며 순대까지 모두 내다파는 파렴치한 짓은 하지 말아야겠지요. 땅 짚고 헤엄치면 당장은 쉬운 듯 보일지 모르지만 끝내 물에서 헤엄치는 법은 배우지 못한다는 진실도 깨달았으면 좋겠습니다. 나보다 못한 사람들 피눈물 나게 해서 이룬 성공이 마치 내 능력인 양 착각하는 어리석은 짓은 하지 않아야겠지요.

《논어》에 '덕을 베풀면 외롭지 않고 반드시 좋은 이웃이 생긴다〔德不孤 必有隣〕'는 구절이 있습니다. 누구나 좋은 이웃을 얻고 싶어합니다. 하지만 정작 내가 먼저 덕을 베푸는 일에는 관심이 없고 수양도 하지 않습니다. 어찌 사람이 저 혼자서 살아갈 수 있겠습니까.

그러나 때로는 '홀로 있음'을 누리는 법도 터득해야겠습니다. 고독은 자율적 고립입니다. 그런 주체적인 고독의 때를 가끔은 마련해야 제 삶을 돌아보고 들여다볼 여유도 생기기 때문입니다. 그에 반해 고립은 타율적 고독입니다. 고독과 고립은 겉으로는 비슷해 보일지 모르지만 그 차이는 하늘과 땅만큼이나 큽니다. 두려워할 것은 고립이지 고독이 아닙니다. 그 고독을 통한 성찰과 고뇌가 덕을 베풀게 만들고, 그러면 좋은 이웃은 저절로 다가오게 마련입니다. 그리고 내가 먼저 누군가에게 좋은 이웃이 되어 다가가는 행복이 더 크다는 것도 깨달았으면 좋겠습니다.

앞에서 언급한 바 있는 《논어》의 '근자열원자래(近者悅 遠者來)'라는 글귀는 '멀리 떨어져 있는 백성들도 정치를 잘한다는 소식을 전해듣고 모여든다'는, 즉 좋은 정치의 덕이 멀리 미침을 비유한 말이기도 합니다. 우리의 일상에도 고스란히 적용되는 말이겠지요. 쉬운 듯하면서도 어려운 가르침입니다. 가까이 있는 이에 대해서는 좀처럼 소중하고 귀하다는 생각을 하기가 쉽지 않기 때문이지요. 늘 보아온 터라 그 가치를 깨닫지 못할 수도 있고, 항상 곁에 있을 거라는 어리석은 믿음 때문에 일부러 공들이지 않기 때문이기도 합니다.

잡은 물고기에는 먹이를 주지 않는다는 말처럼 어리석은 소리는 없습니다. 정작 가까운 사람에게 상처받고 아파하는 경우가 많은 건 그만큼 그를 소홀하게 대했거나 쉽게 여겼기 때문은 아닌지 돌아볼 일입니다. 굳이 멀리 있는 사람 기다리기보다 가까이 있는 이를 먼저 기쁘게 하는 일에 마음을 두고 공들일 일입니다. 그 출발은 가족입니다. 하도 익숙해서 신경 쓰고 배려하기가 쉽지 않기 때문입니다. 내가 아는 모든 이를 가까이 있는 사람이라고 여기면서 생활해나간다면 크게 부끄러운 결과는 빚지 않을 것입니다.

잘 알지도 못하는 경전을 들추며 변명하는 것이 부끄럽긴 하지만, 이왕 《논어》를 펼친 김에 그것으로 마감하는 것도 큰 허물은 아닐 듯합니다. '한겨울 추위가 지난 뒤에야 소나무 잣나무가 시들지 않음을 안다[歲寒然後知松栢之後凋]'는 구절이 있습니다. 추사 김정희의 〈세한도〉의 제발(題跋)이기도 해서 익히 알고 있는 것이지요. 〈세한도〉는 제주로 귀양 간 추사가 제자 우선(藕船) 이상적(李尙迪)에게 보내준 그림입니다. 정승 집 개가 죽으면 문상해도 정승 죽으면 문상 가지 않는다는 세태를 따지면 유배지, 그것도 바다 건너 제주에 유배된 추사는 이미 끈 떨어진 갓이었지요. 그러나 제자 우선은 권세를 따르는 세속과는 달리 궁경(窮境)의 스승에게 사제의 의리를 지켰기에 추사는 그 마음이 고마웠을 것입니다.

〈세한도〉를 볼 때마다 추사의 높은 경지보다 이상적의 사람됨이 먼저 떠오릅니다. 그런 삶일 수 있다면, 그런 삶을 꾸려갈 수 있다면 더없이 고맙고 행복한 일이겠습니다. 그래서 누군가를 추사처럼 멋진 사람으로 만들어줄 작은 울타리가 될 수 있다면 그 또한 기쁜 일 아니겠습니까. 누군가에게 그렇게 소나무 잣나무 한 그루쯤은 되게 살았노라고 고백할 수 있으면 하는 바람을 품어봅니다.

창문을 여니 청량한 바람이 둔한 머리와 마음을 두드리며 깨웁니다.

여섯

그 사람이 있어서

행복하다

멀리 떨어져 사느라 일 년에 한 번
보는 것도 예삿일이 아닌 친구가 있습니다. 가끔 전화 통화하는 일
조차 정작 별 내용이 없습니다. 그저 잘 지내고 있으려니, 여전히
훈기 잃지 않고 살고 있으려니 생각할 뿐입니다. 그리고 어쩌다 후
닥닥 휘갈겨 쓴 엽서 한 장 보내고 입 싹 씻는 그런 사이입니다. 그
러니 누가 보면 그러고도 친구냐고 물을지 모르겠습니다. 그렇게
일 년에 한 번쯤 연례행사처럼 해후하면 데면데면하지 않느냐고

묻는 이들도 있으니 그럴 법도 하겠다 싶습니다.

 엽서라는 게 워낙 짧은 문장 몇 개 올리면 가득 차는 까닭에 고 살고살 미주알고주알 이야기할 여유란 애당초 없습니다. 사실 그 친구에게 어쩌다 보내는 엽서조차 작심해서 쓰는 게 아니라 시집 을 읽다가 혹은 마음을 울리는 음악을 듣다가, 때로는 그저 시 한 구절 들어내 옮기고 어떤 때는 그냥 음악의 느낌을 멋대로 지껄이 는 게 다지요. 참 멋대가리 없는 사귐입니다.

 그렇게 가뭄에 콩 나는 일보다 더 희귀하게 만나는 경우인데도 어찌 사는지, 건강은 여전한지 따위는 서로 생략하고 그냥 나무 얘 기도 하고, 그림 얘기도 하고, 예전의 풋사랑에 대해서도 두서없이 이야기합니다. 사람이 결이 비슷하면 호감을 느끼고 결이 다르면 호기심을 느끼는 법이지요. 그런데 시간을 함께 곰삭이면 그 결조 차 아무런 의미가 없어집니다. 호감이나 호기심은 있다가도 없어지 고 사라졌다가도 나타나는 것이지만, 그가 있어 내 삶이 따뜻하다 고 느끼면 그때부터는 그냥 까닭 없이 행복하고 그리울 뿐입니다.

 벌써 여러 해가 지나서 8년 전인지 9년 전인지조차 가물가물한 어느 봄날 불쑥 엽서 한 장이 날아왔습니다. 그 친구에게서 온 것 이었습니다. 밑도 끝도 없이 그냥 달랑 한 줄뿐.

 "날은 춥지만 둘이서 자는 밤이 든든하여라."

 그리고 끝에 마쓰오 바쇼라는 이름이 적혀 있을 뿐이었습니다.

그제야 그게 일본의 하이쿠(俳句)라는 걸 알았습니다. 하이쿠는 5, 7, 5의 음수율을 가진 겨우 17자로 짜인 일본의 정형시지요. 그리고 마쓰오 바쇼(松尾芭蕉, 1644~1694)가 하이쿠의 전설적인 작가라는 것도 나중에 알았습니다. 사실 저는 하이쿠를 별로 좋아하지 않았습니다. 우선 일본의 문학이라는 게 생리적으로 싫었고, 짧아도 너무 짧아서 도대체 거기에 무슨 시심을 담을 수 있겠느냐는 반감 때문이기도 했습니다. 물론 가끔 일본인들의 특징인 경박단소(輕薄短小)의 메커니즘이 하이쿠에서 영향을 받았겠다는 생각만 했을 뿐입니다. 그런데 그 단 한 줄의 시가 그날 하루 종일 가슴에서 떠나지 않았습니다.

처음에는 친구가 왜 그 구절을 엽서에 담아 보냈을까 궁금했습니다. 사실 그때 저는 심신이 피폐해서 누군가 옆에서 툭 치기만 해도 와르르 무너졌을지도 모를 만큼 어려운 상황이었습니다. 제 형편과 처지를 다른 친구를 통해서 들었을 그 친구(이상하게도 그 친구에게는 제 상황을 그저 남 말 하듯 간단하게 압축해서 전하는 것으로 마감했습니다)가 여러 날 마음속으로 걱정하면서 나름 격려의 말을 찾았을 겁니다. 그러다가 어디선가 읽은 것이 떠올랐거나 마침 그 구절을 만났겠지요. 힘내라거나, 절망하지 말고 버텨내라는 등의 상투적인 격려 하나 없이 그저 달랑 짧은 시구 하나였지만 그의 마음이 넓고 깊게 배어 있음을 아련하게 느낄 수 있었습니다. 그리고 그 구절은 저를 아주 오랫동안 버티게 한 묵지근한 힘이 되었습니다. 아무리 힘든 일 고된 일 있어도 세상에 결코 나 혼자만 그런 어려움 떠안고 사는 것 아니고 누군가가 함께 기억하고 마음을 덜어주고 있다는 고마움이 체념 직전의 절망에서 저를 건져주었습니다.

서로 좋아하는 사이는 자주 만나고 싶어집니다(사랑하는 연인끼리는 그래서 집에 바래다주는 길이 너무 짧은 것도 고깝지요). 눈앞에서 그의 존재를 확인하고 마음속 묻어둔 속내도 끄집어내면서 응어리도 풀고 공감도 하면서 행복한 시간을 누립니다. 하지만 아무리 자주 만나고 많은 이야기를 나눈다 해도 마음 깊은 곳, 때로는 자신도 그 위치를 정확하게 모르거나 실체를 파악하지 못하는 그곳에서 꺼내놓을 게 없으면 헛헛하기 십상입니다. 눈앞에 보이지 않으면 그의 부재를 아쉬워하는 건 자연스러운 일입니다. 하지만 정말좋은 친구는 눈에 보이지 않아도, 자주 만나지 않아도 그저 그의존재를 생각하는 것만으로도 뿌듯하고 넉넉해지는 법이지요.

저는 그 엽서를 읽다가 프랑스 소설가 쥘 르나르의 《인간과 자연에 관한 에스프리》의 한 대목이 떠올랐습니다. 그가 오리를 관찰한 글입니다.

"닫힌 우리 속에서 두 놈이 서로 몸을 포갠 채 납작하게 엎드려 잠들어 있다. 몸져누운 이웃집 청년을 찾아온 여인이 나란히 벗어놓은 나막신 두 짝처럼."

친구가 보내준 바쇼의 하이쿠보다는 길지만, 깊은 사연과 애정을 그 짧은 몇 개의 문장에 참 잘 다듬어 담았습니다. 글은 그런 마음과 관심과 애정에서 빚어지는 것임을 저는 압니다. 그래서 답장 삼아 그 구절을 옮겨 친구에게 보냈습니다.

일본영화 〈러브레터〉던가요. 여주인공이 눈 쌓인 산을 향해 '오겡끼데스까(おけんきですか)' 하고 소리치던 대목에서 목이 콱 막히지는 않으셨는지요. 겨울 산에서 조난당해 죽은 약혼자를 잊지 못하고 설원(雪原)에서 외치는 그 메아리조차 눈으로 빨려들 것만 같던 그 장면을 떠올릴 때마다, 저에게는 자주 만나지 않아도 눈에 보이지 않아도 마음을 받아줄 누군가가 있다는 사실이 얼마나 다행스럽고 고마운지 모르겠습니다.

누구나 자신을 사랑해줄 사람, 함께해줄 사람을 원합니다. 그러나 그보다 앞서야 할 것은 내가 누군가를 사랑하고 함께해주겠다는 마음입니다. 그 마음들이 통할 때 시간도 공간도 벽이 되지 못합니다.

이왕 하이쿠 이야기도 했고 일본영화까지 들먹였으니 마쓰오 바쇼의 절창(絶唱)으로 맺을까 합니다.

"두 사람의 운명이여, 그 사이에 핀 벚꽃이런가."

일곱

화이부동,

함께 어울리되

자신을 잃지 마라

몇 해 전 부처님 오신 날, 조간신문
을 읽다가 참 흐뭇했습니다. 법정스님 다큐영화 시사회를 명동성
당에서 했는데, 천주교 신자들과 불자들이 함께 보았다고 합니다.
동자승들이 천진한 모습으로 추기경과 행복하게 활짝 웃으며 찍은
사진이 그 감동을 더해줬습니다. 사실은 조계사에서 먼저 시작된
일입니다. 한 해 전 김수환 추기경에 관한 영화를 조계사에서 상영
한 거지요. 그러니까 명동성당에서의 시사회는 그 답례라고 할 수

있겠지요.

초파일을 며칠 앞두고 친구 서넛과 북악산 둘레길을 걷다가 길
상사에 들른 적이 있습니다. 법정스님이 회주로 있었기에 그분의
체취가 잘 배어 있는 절입니다. 일주문을 들어서 야트막한 언덕길
을 오르면 맨 먼저 눈에 띄는 게 관음보살상입니다. 그런데 사람들
은 그것을 '마리아 보살'이라고 부릅니다. 참 이상하고 해괴한(?)
이름이지요. 그렇게 부르는 데에는 사연이 있습니다.

길상사에 관음상을 모시기로 했는데, 법정스님은 엉뚱하게도 그
제작을 최종태 선생에게 맡기기로 했습니다. 그는 대표적인 가톨
릭 조각가입니다. 명동성당의 예수상도 그의 작품이지요. 이 땅의
대부분의 예수상이나 성모상이 서양인의 모습인 데 비해 그의 조
각들은 아주 단아하고 고졸(古拙)한 한국인의 모습입니다. 간결한
생략과 부드러운 선이 빚어내는 그의 조각은 확실히 우리의 정서
를 잘 나타냅니다.

불자들은 스님의 결정을 탐탁하게 여기지 않았습니다. 그럴 수
밖에요. 뛰어난 불교 조각가들이 얼마나 많습니까. 당연히 절에 모
실 관음상은 그분들에게 맡기는 게 상식적인 판단이지요. 그러나
법정스님의 고집이 더 셌던 모양입니다. 결코 실망하지 않을 거라
고, 관음보살의 정신을 우리 정서에 맞게 가장 잘 표현해줄 수 있
으면, 그가 영성의 눈을 가지고 있으면 되지 않겠느냐고 설득했습

니다. 그렇게 해서 최종태 선생에게 관음상이 의뢰되었던 겁니다.

길상사에 그 관음상이 세워졌을 때 많은 사람들이 마리아 닮은 관음보살이라고 했답니다. 그래서 '마리아 보살'이라는 별명이 생긴 거지요. 길상사 신도들도 그 관음상을 좋아하는 것 같습니다. 한 사람의, 그리고 그와 함께하는 사람들의 그릇의 크기가 우리에게 좋은 선물을 남긴 셈입니다.

공자는, 군자는 함께 어울리되 자신의 결은 놓치지 않는〔和而不同〕 반면에 소인은 정작 어울리지는 못하면서 자신의 결은 잃어버린다〔同而不和〕고 일침을 가했습니다. 사실 종교만큼 자기 정체성에 대한 충성도가 높은 것도 드뭅니다. 하지만 나의 신념을 존중받으려면 다른 신념에 대해서도 존중하고 배려해야 하겠지요. 그렇지 않으면 오만과 독선에 빠지거나 급기야는 갈등과 폭력을 낳습니다. '다른 종교'가 아니라 '이웃 종교'라는 최소한의 배려는 그래서 필수적입니다. 어떤 이는 절에 가서도 부처님한테 인사조차 하지 않습니다. 그의 편협한 신념이 그렇게 만들었겠지요. 그걸 탓할 수는 없습니다만 그 집의 주인에게 인사쯤은 할 수 있는 아량과 예절은 갖춰야겠지요. 두 손 모아 합장해서 인사하는 것만으로도 부처님과 스님들이 흐뭇하게 답해주실 겁니다.

한편으로 우리의 현실은 종교 간의 교류와 화합에도 미치지 못하는 것 같아 안타깝습니다. 이 좁은 땅에서 지역으로 갈리고 정치적 호오로 나뉘며 가진 자와 못 가진 자로 찢기면서 서로를 불신하고 비난하기만 합니다. 그러면서 말로는 태연하게 단일민족이니 어쩌니 하는 걸 보면 참 답답하고 한심스럽다는 생각이 절로 듭니다.

소리를 지르는 건 상대가 나의 말을 들어주지 않을 거라고 생각하기 때문이라지요. 상대가 내 말을 들어주지 않을 거라고 판단하기 전에 내가 상대의 말을 너그럽게 들어줄 마음이 있다면 소리를 지를 까닭이 없습니다. 요즘은 너나없이 그저 소리만 질러대는 사람들로 넘쳐납니다. 심지어 방송에서도 그런 캐릭터들이 뜹니다. 소음을 넘어서는 수준입니다. 그런데도 별로 개의치 않습니다. 세상이 모두 소리를 꽥꽥 질러대니까요. 그런 세상이 되었습니다.

네팔 사람들의 인사말 '나마스테'(인도 사람들의 인사말이기도 합니다. 엄밀히 말하면 힌두교의 인사말입니다)는 '나는 당신과 당신의 마음에 있는 신에게 경배합니다'라는 뜻이라지요. 세상에 이렇게 아름답고 겸손하며 위대한 인사가 또 있을까요. 상대방을 나의 이해관계에서 셈하고 판단하는 게 아니라 그의 신념과 정신까지도 존중하고 예를 다하겠다는 뜻입니다. 그런 인사를 마음 깊이 동감하며 실천하는 사람은 공자가 말한 화이부동의 군자의 모습 그 자체일 겁니다.

함께 어울려 산다는 건 쉽지 않지만 그만큼 가치 있고 아름다운 일입니다. 그런데 그저 나만 생각하고 나의 이익에만 몰두하여 다른 이들에게 상처 주고 소금까지 뿌려대는 일을 너무 많이 봅니다. 그런 모습을 보면서 사람이 나무만도 못하구나 하는 생각이 들 때가 있습니다. 나무들은 같은 땅에 함께 자라면서 서로에게 자리를 내주고 제 몫만큼만 차지하고 삽니다. 옆 나무 쪽으로는 자신의 가지와 잎을 내지 않습니다. 나뭇잎도 마주나기나 어긋나기 등을 통해 햇살을 나누어 가집니다. 위에 새로 나는 잎사귀가 아래에 먼저 난 잎의 햇빛을 가리지 않기 위한 자연의 오묘한 이치지요. 햇살을 나누어 가짐으로써, 광합성을 함께함으로써 서로를 배려하는 공존의 지혜를 발휘합니다. 그렇게 함께하는 삶을 실천하기에 숲을 이루는 겁니다.

우리는 적어도 나무보다 못한 사람은 되지 말아야 하지 않겠습니까. 오만과 편견, 독선과 아집, 탐욕과 갈등을 내려놓고 함께 격려하고 도닥이며 사랑과 자비를 무한무량으로 나누면서 살 수 있기를 고대합니다. 그래서 먼저 손 모아 엎드려 인사합니다.

"나마스테!"

여덟

속도를 잃으면
풍경을 얻는다

　　　　　　　한때는 그저 빠른 게 좋다고 여기며
살았습니다. 이왕 걷는 거 시간이라도 줄이려면 걸음걸이가 빠를
수밖에 없었습니다. 그렇게 사는 게 삶에 대한 진지한 성실성이라
도 되는 양 말입니다. 아직도 그 속도감을 온전하게 다 내려놓지는
못하고 삽니다. 그러나 이제는 조금씩 천천히 느리게 사는 법을 깨
달으려 합니다.
　영화의 기법 가운데 롱 테이크(long take)라는 게 있지요. 화면을

편집해서 빠르게 전개하는 것이 아니라 답답할 만큼 길게 끌고 가는 방법입니다. 카메라를 고정하는 것과 카메라가 움직이는 것, 두 가지로 나뉩니다. 오손 웰스나 스탠리 큐브릭이 그런 기법을 잘 사용한 대표적인 감독입니다. 우리 영화 가운데 임권택 감독의 〈서편제〉는 카메라를 고정한 채 장면을 길게 이끌고 간 대표적인 작품이라고 할 수 있지요.

아주 어린 아이들은 텔레비전 광고를 유난히 좋아합니다. 같은 장면이 10초 이상 지속되는 경우가 드물 만큼 빠르게 전환되는 것이 아이들의 시선을 끌기 때문이겠지요. 많은 부모들은 아이들이 그렇게 빠르게 변하는 장면에 익숙해지는 것을 걱정스러워합니다. 실제로 텔레비전 시청 시간이 긴 아이들은 경쾌하고 빠르게 움직이는 것들에만 관심을 가집니다. 컴퓨터 게임은 고정된 화면이 거의 없습니다. 그러니 이런 녀석들이 〈러브 스토리〉나 〈사운드 오브 뮤직〉 같은 영화를 끝까지 볼 리 만무합니다. 어쩌다 그런 영화라도 볼라치면 옆에서 하품을 연신 해대며 시위를 합니다.

세상은 참 빠르게 변합니다. 그 속도를 따라가기가 버거울 정도입니다. 그래도 그걸 따라가지 않으면 죽는 줄로만 알고 들입다 뛰어갑니다. 가랑이가 찢어지는지 심장이 터지는지도 모를 지경으로 내달립니다. 그렇게 우리는 살고 있습니다. 물론 그래서 얻은 것들도 많습니다. 예전 같으면 꿈도 꿔보지 못한 것들도 누리고 지니고 삽니다. 그 경험이 계속해서 달리기를 스스로에게 요구합니다. 하지만 잠깐 멈춰 돌아보면 정신이 하나도 없는 삶이었다는 사실을 깨닫습니다.

하나를 얻으면 또 다른 하나를 더 손에 쥐고 싶어집니다. 하나를 가지고 있을 때는 부족한 걸 모르지만 두 개를 가진 뒤부터는 부족함을 알게 된다던가요. 그렇다고 애써 얻은 걸 소중하게 간직하거나 오래 누리지도 않습니다. 새로운 대상과 목표가 생기면 손에 쥐고 있는 것까지 미련 없이 내동댕이치고 그리로 달려갑니다. 그러니 느리게 살고 싶은 생각도 없고 그렇게 사는 법도 모릅니다.

삶이 너무 가파르고 속도가 빠르다고 느껴지면 가끔 〈그린 파파야 향기〉라는 영화를 떠올립니다. 영화의 줄거리는 아주 단순합니다. 어린 소녀 무이는 부유한 상인의 집에 가정부로 가게 됩니다. 그 집에서 이런저런 허드렛일을 하며 살아갑니다. 주인마님은 마음씨가 따뜻한 사람이었습니다. 그녀에게는 '토'라는 딸이 있었는데 7년 전에 죽었지요. 그래서 무이를 딸처럼 아끼고 예뻐합니다. 무이가 들어오자 남편이 집을 나갔습니다. 딸의 죽음이 자신의 탓이라고 여긴 주인은 7년 동안 집 밖으로 나가질 않았는데, 무이가 들어옴으로써 딸의 죽음의 질곡에서 벗어났다고 생각한 것이지요. 영화를 통해서 본 베트남의 삶은 비교적 단순하고 느릿합니다. 그래서인지 가정부 생활도 그렇게 숨 가쁘지는 않아 보였습니다. 그저 영상으로 보았기 때문인지는 모르겠지만, 힘든 노동을 제공해야 하는 삶이 어느 정도는 여유가 있어 보였습니다.

주인집 아들에게 쿠엔이라는 친구가 있는데 무이는 은근히 그를 마음속으로 사모합니다. 그래도 내색은 할 수 없었지요. 어느 날 쿠엔에게 가정부가 필요하게 되자 주인집 아들은 무이를 친구에게 보냅니다. 무이는 속으로 기뻤습니다. 여전히 내색은 할 수 없었지만요. 주인마님은 옷과 신발, 그리고 묵직한 귀금속을 무이에게 줍니다.

"괜찮다, 무이. 토가 살았다면 주었을 거야."

무이가 떠나던 날 밤 "내 딸" 하며 쓰러져 울던 주인마님. 원래는 둘째아들과 결혼시키고 싶었는데 글을 쓴다며 나간 아들은 돌아오지 않고, 남편의 죽음으로 집안도 예전만 못해져서 어쩔 수 없이 무이를 쿠엔에게 보내야 했던 겁니다.

쿠엔은 잘생긴 부잣집 아들로 피아니스트입니다. 사랑하는 약혼녀가 있지요. 어느 날 무이가 주인마님에게서 받은 예쁜 옷과 신발을 신고, 그의 약혼녀가 두고 간 립스틱을 바르면서 거울을 보며 웃는 모습에 쿠엔은 그만 마음이 끌립니다. 그 때문에 약혼녀와 크게 싸우지요. 그러고는 파혼했습니다. 무이는 그런 사실이 부담스러우면서도 행복했습니다. 쿠엔은 무이에게 글을 가르쳐줍니다. 그러면서 무이에게 묘한 매력을 느낍니다. 그렇게 두 사람은 사랑을 하게 됩니다.

영화는 그 뒷이야기를 자세하게 설명하지 않습니다. 만삭의 무이가 책을 읽고 있는 장면으로 영화는 끝이 납니다. 할리우드의 블록버스터 류와는 완연히 다른 영화라서 어떤 이는 지루하기 그지없다고 푸념할 수도 있겠지만, 이 영화는 마치 카메라가 장면 하나하나를 훑듯이 지나며 느림의 미학을 마음껏 누리도록 해줍니다. 가끔 이런 영화를 보는 것만으로도 일상에서의 과속감을 조금은 덜어낼 수 있으니 즐거운 일입니다. 그러니 이런 영화 한 편쯤 마련해뒀다가 삶의 속도에 멀미를 느낄 때 느긋하게 완상(玩賞)하는 것도 괜찮은 일이겠습니다.

우리 영화 〈8월의 크리스마스〉도 그래서 참 좋았습니다. 빠른 전개와 입체감 있는 화면에 익숙해서 그런 영화 그다지 달가워하지 않는 이들도 많을 겁니다. 〈아바타〉처럼 마치 살아 움직이는 듯한 착각에 빠지게 하는 영화도 있지만, 그런 영화들은 단순히 시각적 사실감이 아니라 속도감 때문에 미처 그 사실적 상황을 꼼꼼하게 챙겨볼 틈을 주지 않습니다. 우리 삶도 지나치게 빨리 내달리기만 하다보면 자칫 매 순간순간의 삶에 대한 진지한 성찰이 불가능해질지도 모릅니다. 그래서 가끔은 우리네 삶을 하나의 영화로 찍는다고 상상해봅니다. 빠른 컷의 전환으로 정신이 하나도 없는 뒤범벅의 영화가 되지 않을까 두렵습니다. 롱 테이크 기법을 사용하여 느린 호흡으로 찍어볼 단 하나의 장면이라도 있을지 모르겠습니다.

빠르다고 다 좋은 건 아니겠지요. 정신없이 달리다보면 정작 어느 길을 지나왔는지도 모를 수 있습니다. 무엇을 봤는지도 모릅니다. 눈앞에 매달린 당근만 보며 내달리는 건 삶에 대한 배반이고 자신에 대한 직무유기입니다. 조금만 느리게 살아도 놓치고 지나쳤던 삶의 작은 기쁨과 행복을 상큼하게 맛볼 수 있습니다.

아홉

꽃 진 뒤

비로소 잎이 보이듯

소박하고 도타운 존재에도

마음과 눈을!

　　　　　　　　　　지구온난화 등으로 기상이변이 더
이상 이변이 아닌 세상이어서, 어떤 해에는 유달리 꽃 소식이 늦게
도달합니다. 그럴 때면 벚꽃으로 유명한 진해의 군항제는 결국 꽃
없는, 그러니까 주인 없는 잔치가 되어 울상을 짓지요. 자연의 규
칙성을 거의 전적으로 믿어온 우리로서는 당혹스러운 일입니다.
어쩌면 타성과 관성으로 판단하고 행동해온 우리에게 자연이 점잖
게 경고하는 건지도 모르겠습니다. 그렇더라도 자연이 그렇게 심

하게 몽니를 부리지는 않는다는 걸 우리는 압니다. 며칠 늦게 도착한 편지처럼 고작해야 일주일에서 열흘쯤 늦을 뿐이겠지요. 때로는 좀 이르게 때로는 약간 늦게 방문하긴 해도 자연은 제 계절을 건너뛰는 법이 없으니까요. 늦은 편지가 야속하긴 해도 기다림의 시간만큼 더 반갑고 소중하게 느껴지는 것처럼 늦은 봄도 그러하겠지요.

몇 해 전 진해에 갔을 때가 생각납니다. 벚꽃은 이미 다 졌고 막 새잎이 나올 때였지요. 홍수처럼 밀려오던 상춘객들이 더 이상 찾지 않는 진해는 차분하고 말쑥했습니다. 경화역 철길 따라 늘어선 벚나무들이 꽃비를 흩뿌리는 감탄스러운 모습이나 여좌천 따라 만개한 밤 벚꽃의 낭만도 다 떠나버린 늦은 시각이었지요. 사실은 일부러 떠난 길이었습니다. 사람들은 그런 저를 이해할 수 없다는 눈치였습니다. 그럴 법도 하겠지요. 꽃으로 이름난 곳이고 그 꽃을 보기 위해 사람들이 몰려드는데, 떠난 차 뒤따라 덜렁덜렁 걸어가는 꼴로 보였을 테니 말입니다. 철지난 바닷가를 찾아가는 사람은 있어도 철지난 군항제의 도시를 찾는 이는 거의 없었습니다.

꽃을 싫어할 까닭이야 있겠습니까만, 꽃을 일부러 찾아가는 건 그다지 반기지 않는 저의 성정 때문이지요. 물론 때맞춰 만개한 꽃과 맞닥뜨릴 경우 기쁨과 놀람은 늘 그렇듯 달콤합니다. 하지만 잠깐 머물다 떠나는 꽃보다는 오랫동안 나무를 덮어주는 잎에 더 마음이 끌립니다. 게다가 새잎이 돋았을 때, 특히 역광에 쏟아지는 그 연둣빛 황홀경이란! 어린것 처음 앉니 올랐을 때처럼 경이롭고 아름답지요. 절정을 뒤로하고 조용해진 여좌천을 거닐며 그 '연초록 꽃'들을 마음껏 누리는 행복은 더없이 도타웠습니다.

모든 꽃이 다 아름답지만 특별히 봄꽃에 마음을 빼앗기는 건 두 가지 이유 때문 아닐까 싶습니다. 추운 겨울 삭풍을 견뎌낸 생명의 환희가 기특한 때문이고, 우리네 삶에도 그런 봄의 희망을 품을 수 있는 탓이겠지요. 그러니 봄꽃이 어찌 기특하고 대견하고 고맙지 않을 수 있겠어요. 하지만 꽃은 길어야 고작 열흘입니다. 어찌 보면 절정이 맨 앞에 있는 셈이지요. 그게 봄꽃의 운명입니다. 그러고는 잊어버립니다. 마치 그 나무가 단지 내게 꽃을 보여주기 위해서만 존재한다는 듯 너무나 쉽게 돌아섭니다. 어찌 보면 그게 우리네 세태와 같은 결이어서 그런지도 모르겠습니다. 하지만 나무는 잎을 드러내고 나서야 비로소 제 꼴을 갖추고 성장합니다. 활짝 핀 잎새들은 부지런히 광합성을 하고 줄기는 튼실하게 제 몸을 키웁니다. 그리고 뿌리는 한 해 전보다 더 깊이 그리고 더 너르게 뻗어갑니다. 그렇게 차분하게 제 나이테 하나를 더해갑니다.

삶에 있어서도, 사람에 대해서도 우리는 화려하고 멋지고 아름다운 값에만 눈과 마음을 빼앗기는 건 아닌지 모르겠습니다. 인격이나 영혼의 가치처럼 화려하게 드러나지도, 물질적으로 풍요를 수반하지도 않는 값에는 심드렁하면서 지위나 재산, 명예에 대해서는 부러운 눈길로 선망합니다. 그러다가도 그 가치가 소멸되거나 퇴색하면 차갑게 돌아섭니다. 마치 오직 꽃에만 마음을 두는 것처럼 말이지요.

화려한 사람보다 소박하고 도타운 사람을 소중히 여기고 그의 존재를 고마워하는 법을 나무에게서 배웁니다. 그래서 꽃보다 잎에 더 끌리는지도 모르겠습니다. 물론 어린잎의 그 아름다움 자체가 황홀한 때문이겠지만 말입니다. 설령 벚꽃처럼 눈과 마음을 흠뻑 빼앗는 아름다움을 드러내진 않더라도, 조용하게 봄을 열고 여름 준비로 부지런 떠는 소박한 나무들에도 마음과 눈을 나눠줬으면 좋겠습니다.

다음 번에도 진해의 벚나무들이 꽃비를 바람결에 흩뿌리고 끝내 모든 꽃잎을 다 떨구면 조용히 버스에 몸을 실어볼까 합니다. 여좌천 따라 걸으며 연초록 잔치를 마음껏 누리고 오면 행복할 듯합니다. 변심한 애인 떠나듯 순식간에 사라진 군중들에게 혹여 서운함을 품지는 않겠지만, 늦게 배달된 편지처럼 누군가 뜬금없이 찾아와 조용히 껴안아주면 나무들도 조금은 덜 섭섭하지 않을까 싶습니다. 그렇게 반나절쯤 친구 되어 누리면 그것만으로도 봄 내내 마음이 헛헛하지 않을 듯싶습니다. 그리고 누군가에게 꽃은 되지 못하더라도 그런 잎은 될 수 있는 마음을 채워오면 고마운 일이겠습니다.

　남쪽 끝자락에 사는 이가 아침 일찍 집 앞의 꽃을 한가득 찍어 보냈습니다. 그에게 꽃이 진 다음 올라오는 초록 잎을 찍어 보내면 좋은 답장이 되지 않을까 싶어 빙긋 웃어봅니다.

열

때로는 불편함이

생각지도 못한

여유를 준다

　　　　　　　　세상이 많이 편해졌습니다. 예전 같
으면 아무 대책 없이 버스 정류장에서 배차 간격 뜸한 버스를 기다
리며 거위처럼 목을 길게 빼고 도로 왼쪽만 하염없이 바라봐야 했
지만(물론 저는 아직도 그러고 있지만요), 요즘 젊은 친구들은 스마트
폰을 통해 자신이 기다리는 버스가 정확하게 몇 분 뒤 도착하는지
알기 때문에 허튼 시간을 보내지도 추위나 더위에 시달리지도 않
습니다. 게다가 정류장마다 버스의 도착 시간을 알려주는 전광판

이 설치되고 있더군요. 갈수록 그렇게 편리함의 속도는 빨라지겠지요. 그렇다고 그게 마냥 부럽기만 한 건 아닙니다.

우리처럼 아날로그의 끝자락과 디지털의 첫 단추에 동시에 걸쳐 있는 세대는 아날로그의 온기와 디지털의 속도를 함께 누리는 나름의 특권도 있으니까요. 물론 아날로그에서 온기를 누리거나 품지 못하고 디지털에서 속도를 즐기거나 만들어내지 못하는 얼치기가 되지는 않아야 가능하겠지만 말입니다.

오랫동안 지인들에게 전해온 〈청산통신〉도 접고 마감해야 할 원고들과 새롭게 펼치기 시작한 원고들에 치여 살다가 갑자기 해미로 떠나고 싶었습니다. 언젠가 머지않아 움터를 마련하여 그저 읽고 쓰는 일에만 파묻혀 지내고 싶은 곳이기에 항상 마음 한켠 자리 잡고 있는 곳이지요. 하지만 며칠 전 길을 떠난 건 해미가 아니라 운산의 마애석불 때문입니다.

'백제의 미소'라는 수식어가 늘 따라붙어서 정말 그게 백제인의 모습이려니 각인할 만큼 소담한 마애불입니다. 나름 보호한답시고 닫집을 만들어서 자연 채광으로 드러나던 미소의 아름다움이 사라지고 어설픈 인공조명으로 비추는 박제가 되어버린 굳은돌이 돼버려서 마음이 시렸는데, 얼마 전 마침내 그 닫집을 걷어냈다는 소식을 들었습니다. 가야지, 가마 하면서도 정작 쉽게 떠나진 못했습니다. 자동차를 갖고 있지 않아서 그 길이 사실 그리 만만하지 않은 까닭에 늘 마음에만 담고 있다가 날 풀리는 봄날 몸살 하듯 내처 떠나고 보자는 생각이 앞섰습니다. 마침 고등학교 동창이 함께 가자 해서 그 친구 차로 떠날 수 있었습니다. 비는 추적추적 쉼 없이 내렸지만 자동차의 편리함은 그것쯤은 아무 일 아니라는 듯 얼마쯤 지나 운산의 계곡에 우리를 내려놓았습니다.

쓸데없는 옷을 뒤집어쓴 채 어색하게 웃던 부처님은 과연 어떻게 변했을까, 궁금해서 한걸음에 올랐습니다. 말끔하게 닫집을 벗고 마침내 본디 모습으로 돌아온 부처님을 보자 얼마나 반갑고 감격스러웠는지 모릅니다. 해마다 들러본 곳이면서도 사뭇 달랐습니다. 정작 제 모습을 왜곡한 채 보호라는 명목으로 감금되었던 부처님도 비로소 웃고 있는 듯했습니다. 어쩌면 우리네 삶도 불필요한 장식과 포장으로 오히려 어그러지고 망가지는 걸 미처 깨닫지 못하고 그게 자신의 모습을 돋보이게 한다고 착각하는 일이 많을지 모릅니다. 새삼 반성을 하게 된 건 덤이었습니다.

보호라는 이름 아래 오히려 본질을 망가뜨리고 심지어 역사적 가치까지 훼손한 경우가 어디 이것 하나뿐이겠습니까. 안동의 봉정사 극락전도 그랬습니다. 박정희 시대인 1970년대에 보수공사를 하면서 앞면 벽체의 모습이 바뀌었습니다. 엄밀히 말하면 그렇게 해서 한국 최고(最古)의 목조건물인 극락전은 그 원형을 상실한 셈이지요. 물론 더 오래 잘 보존하기 위해 어쩔 수 없이 그랬겠지만,

왜들 그리 급하고 거칠게 달려드는지 모르겠습니다. 운산의 마애석
불 담집도 그런 성급하고 천한 생각의 소산이었을 겁니다. 그래서
본디 모습으로 돌아온 마애불 앞에 선 감회가 새로웠던 거지요.

　그런데 그렇게 벼르고 벼른 끝에 찾아간 마애불 앞에서 머문 시
간은 고작 20여 분에 불과했습니다. 방사능비가 무서워서도 아니
고, 눈맞춤했으니 그걸로 족해서도 아니었습니다. 내친 김에 개심
사와 해미읍성까지 둘러볼 마음으로, 아니 모처럼 떠난 길 본디 꽃
구경 좋아하진 않지만 비인만 마량포구의 동백 숲까지 가볼 욕심
때문이었습니다. 결과적으로 동백 숲에는 가지 말았어야 했습니
다. 그저 마음만 바쁘고 시간만 축냈을 뿐입니다. 물론 풀밭에 떨
어진 동백의 아름다운 자태에 흠씬 빠져들긴 했지만 말입니다.

　동행한 벗이 함께 길 떠나기에 참 좋은 친구였기에, 그 덕에 편
하게 가본 참에 좋아하는 개심사와 읍성까지 안내하고 싶었습니
다. 서로 아무 말 없이 그저 묵묵히 길을 걸을 수 있는 동행은 분명
고마운 복입니다. 그런 친구이기에 더 많이 들러보게 하고 싶기도
했을 겁니다. 물론 저 역시 쉽게 가지 못하는 길, 이왕이면 한 묶음
으로 꿰고 올 생각이었습니다. 나중에 따로 시외버스 타고 가기에
는 불편하고 버거우니, 떡 본 김에 제사 지낸다고 편리한 자동차
있을 때 누리자는 잔망스런 속내가 앞섰던 거지요.

　대중교통을 이용하여 마애불까지 가려면 터미널에 가서 시외버

스를 타고, 다시 내려 한참을 기다렸다가 하루에 서너 차례만 오가는 시골 버스를 타야 합니다. 어차피 다음 버스까진 한참을 기다려야 하는 까닭에 엎어진 김에 쉬었다 가는 심정으로 몇 시간이고 그 작은 계곡에 머물러야 합니다. 그러니 좋든 싫든 내내 마애불을 바라볼 수밖에 없는 노릇이지요. 그것만으로 하루를 다 보내거나 운좋아 버스 시간 맞으면 개심사까지 들르곤 했습니다. 그마저도 어쩌다 만날 수 있는 행운이지요.

여행을 뜻하는 단어 'travel'이 '고생하다'를 뜻하는 'travail'에서 왔다는 걸 불현듯 깨달았습니다. 옛사람들은 기껏 힘들게 찾아간 곳에서 잠깐 일별하고 다시 길을 떠나지는 못했겠지요. 그저 그거 하나 찾아갈 일념으로 반나절이나 한나절 내내 걸어갔을 겁니다. 다른 건 들여다볼 생각일랑 아예 품지 못했기에 오로지 그것에만 집중할 수 있었을 겁니다. 걸어서 가지 않았다 하더라도 몇 시간 동안 버스를 갈아타며 찾아간 그곳에서 그렇게 짧은 방문으로 마감하진 못했겠지요.

참된 사랑은 오롯하고 직수굿하게 상대에게 집중하기를 요구합니다. 사실 그런 사랑은 효율도 떨어지고 다양성도 딸립니다. 하지만 적어도 그것 하나에 대한 확신과 애틋함은 마음껏 누리고 채우겠지요. 그게 사람이건 사물이건 다르지 않겠지요. 이것저것 들쑤시고 욕심만 내면서 정작 하나도 제대로 누리지 못하는 일이 얼마나 많을까 돌아봅니다. 마음만 앞서고 조바심만 내면서 말입니다.

모처럼 떠난 길 서둘지 말고 욕심내지 말고 차분하게 누렸어야 했는데, 그리하지 못했습니다. 마애불 초입의 산중턱 관리소 기와집 마루에 무심하게 걸터앉아 아무 말 없이 그저 처마 끝에서 뚝뚝 떨어지는 낙수 소리에 취해 맞은편 산기슭의 나무들과 눈길을 나눌 수 있어도 좋았을 것이고, 이런저런 살아가는 이야기며 마음에 품었으면서 정작 잘 꺼내보지 않아 조금은 낯설기도 할 이야기들을 두런두런 나누지 못하고 돌아온 게 못내 아쉽고 미안한 하루였습니다.

마음만 먹으면 어디건 쉽게 떠날 수 있는 편리한 자동차. 그러나 정작 한 곳에 집중할 마음을 상실한 게 그런 편리함 때문이라는 걸 미련스럽게도 돌아온 뒤에야 깨닫습니다. 여행의 본디 뜻이 고생이라는 걸 겸손하게 되돌아봅니다. 그리고 사람들에 대해서도 그렇게 조금은 미련하게 느긋하게 다가서고 지켜볼 수 있는 고생스러운 넉넉함을 생각합니다. 정말 만나고 싶은 건 꽃도 아니고 멋진 날씨도 아니며 바로 시간이었음을 새삼 깨닫습니다.

지공족을 예우하라

  몇 해 전 일입니다. 큰누나와 모처럼 시내에서 만나 점심을 먹기로 했습니다. 남매는 약속한 곳에 거의 비슷한 시간에 도착했습니다. 두 사람 모두 지하철을 이용하여 움직인 까닭에 시간 가늠을 할 수 있었기 때문이지요. 밖을 내다볼 수 없어서 때로는 답답한 게 흠이긴 하지만 그래도 정확한 시간에, 가장 빠른 시간에 도달할 수 있는 지하철이 있어서 얼마나 고마운지 모르겠습니다. 다행히 자리에 앉으면 가방에서 책을 꺼내 읽을 수도 있으니 금상첨화지요. 그런데 누나가 미묘한 표정으로 이렇게 말하는 겁니다.

  "동생, 나 이제 지공족이야. 공짜로 지하철을 타니 좋아해야 하는 건지 슬퍼해야 하는 건지 잘 모르겠다."

  '지공족'이란 '지하철 공짜로 타는 세대'라는 뜻이더군요. 그러니까 큰누나는 예순다섯이 넘어서 돈을 내지 않고 지하철을 타고 왔던 겁니다. 애매하고 복잡한 심정이었을 것 같습니다. 교통비 걱정

덜게 되었으니 기분 좋은 일이지요. 하지만 공짜로 지하철을 탈 정도로 늙었다는 사실을 새삼 확인하는 일이니 서럽고 슬프기도 했을 겁니다. 어릴 때부터 늘 동생들을 더 챙기고 좋은 일 생기면 당신 일처럼 기뻐하고 어려운 일 있으면 눈물지으며 안타까워하던 누나가 벌써 할머니가 되었구나 하는 생각에 가슴 언저리가 먹먹했습니다.

"누나, 좋은 쪽으로만 생각해요. 그런 대접 받을 만큼 열심히 살았잖아요. 그건 사실 최소한의 권리이고, 우리 사회가 마땅히 지불해야 할 도리예요."

"그런데 지하철에 앉아 있으니까 젊은 사람들에게 미안한 마음이 드는 거 있지."

평생을 착하게만 살아온 누나니 능히 그런 마음도 들었을 겁니다. 공짜로 타서 자리까지 차지하고 있다고 생각한 모양입니다.

"그럼, 오늘 점심은 누나가 지공여사 된 걸 기념하는 자리로 합시다."

그렇게 남매는 허허롭게 웃고 말았습니다.

며칠 뒤 텔레비전 뉴스와 신문에서 바로 그 문제로 시끄러운 것을 보았습니다. 서울 지하철의 적자 요인 가운데 어르신들의 무임승차로 인한 손실이 2천억 원쯤 된다면서 총리가 지하철공사의 책임자에게 구체적인 개선책을 내놓으라고 했다는 보도였습니다. 그러면서 경제력 있는 노인들까지 지하철을 공짜로 타는 건 문제가 있지 않느냐는 것이었습니다. 사태의 거죽만 놓고 따지자면 그럴 수도 있겠지요. 돈 많은 어르신들은 제 돈 내고 타야 하지 않느냐는 말에 딴죽걸 사람은 별로 없을 테니까요. 하지만 이 말은 사실 겉만 보고 껍데기 대책을 제시한 것에 지나지 않음을 금세 알 수 있어서 듣기에 씁쓸했습니다.

잠깐 다른 이야기로 가볼까요. 경제적으로 힘든 때일수록 뜻밖에 구세군 자선냄비에 쌓인 성금이 크다지요. 남들 힘들 때에도 재주 좋게 혹은 운 좋게 돈 많이 번 사람들이 듬뿍 기부해서 그럴까요? 그럴 가능성은 없습니다. 그런 사람들이 지하철이나 버스를 타고 다닐 일은 별로 없을 테니까요. 구세군 자선냄비는 지하철역이나 번화가 길거리에 있으니 일부러 찾아가지 않고는 그들에겐 눈에 뜨이지도 않을 겁니다. 그러니까 자선냄비에 기부하는 이들은 대부분 서민들이라고 할 수 있지요. 경제적으로 피폐한 삶을 사는 사람들이 자신을 돌아보면서 자기보다 못한 사람들의 삶에 마음이 열려 가난한 지갑 열어 푼돈이나마 꺼내는 거지요.

다시 지하철 무임승차로 돌아가보지요. 총리가 말한 돈 많은 사람들이 지하철을 타는 경우는 그리 흔치 않습니다. 예순다섯에 일자리 가지고 있는 이들도 별로 없을 테고 자식들에게 약간의 용돈을 받아쓰는 경우가 대부분이겠지요. 그런 이들에게 지하철 요금이 만만한 부담이라고 할 순 없을 겁니다. 사실 지하철 무임승차를 가장 반기는 건 며느리들이라고 하더군요. 시아버지가 아침 드시고 바람 쏘일 겸 교통비 부담없이 가뿐히 외출하시기 때문이지요. 만약 하루 종일 집안에만 계신다면 서로 얼마나 불편할까요? 퇴근한 가장도 그 불편함에서 온전하게 벗어나진 못하겠지요. 그러니까 지하철 무임승차는 가정의 평화를 위해 크게 공헌한다고 볼 수 있지요. 그것을 돈으로 환산할 수 있을까요? 언제든 마음 내키면 대형 승용차 타고 비슷한 친구들끼리 어울려 골프장에서 하루를 우아하게 즐길 수 있는, 돈 많은 이들이 그런 걸 알까요? 높은 자리에 있는 사람들은 그런 것들을 일부러라도 깨우치고 느껴야 할 것 같습니다. 자기네들과는 무관한 일이니 그저 지하철공사의 적자 문제만 보이는 겁니다.

이 문제는 또한 단순히 가정의 평화에만 그치질 않습니다. 무엇보다 어르신들의 건강에 크게 도움이 되기 때문입니다. 집에서 지하철역까지 걸어가는 것도 운동이 되거니와 지하철에서 내려 목적지까지 가는 것도 만만찮은 거리지요. 게다가 가끔은 천안이나 소요산처럼 제법 먼 곳까지 나들이도 가고 간단한 산행 등을 통해 건강을 유지할 수 있습니다. 만약 집에만 틀어박혀서 꼼짝도 하지 않아 건강이 나빠진다면 그로 인한 의료비 지출이 2조 원가량 될 거라니 단순한 셈법으로는 이런 맥락들을 가늠하지 못하는 거지요.

어디 그뿐입니까. 오가며 이런저런 이야기도 듣고 젊은이들 모습 보면서 세상 돌아가는 형편도 조금이나마 느낄 수 있으니 생각이 한 곳에 고여 있지 않아서 사고의 활력과 유연성도 생길 것입니다. 그런 의미에서 지하철은 이미 어르신들에겐 하나의 소통의 수단이며 창구이고 과정인 셈입니다. 그런데도 그런 맥락들은 전혀 가늠하지 못하고 당장 적자의 원인이 노인 무임승차 때문이라며 돈 많은 어르신들에게는 차비를 받는 게 타당하지 않느냐는 총리의 지적은 그야말로 하나만 알고 둘은 모르는 소리입니다.

사실 우리 사회가 진작부터 OECD에 가입했고 수출 몇 천억 달러를 달성했다며 호들갑을 떨면서도 정작 사회안전망에 대한 투자 등에는 소홀했습니다. 초등학생들에게 무상으로 급식을 제공하니 마니 하는 문제로 얼마나 시끄러웠습니까. 그 통에 정작 어르신들에 대한 배려는 코도 훌쩍 못하는 부끄러운 형편입니다. 그저 어쩌다 선거 때만 되면 반짝 나타나서 넙죽 절 한 번 하고 변변한 식사 한 끼 대접하면 되는 줄로만 압니다. 참 무람한 짓들이지요.

비록 지금은 나이 들어 기력도 떨어지고 경제력도 없지만, 예전에 그분들이 얼마나 치열하게 살았는지 지금의 중년들이 모르지 않을 겁니다. 그런데 이제는 그저 자기들이 부양해야 하는 사회적 부담으로만 여기고 있지는 않은지 묻고 싶습니다. 물론 제가끔 제 가족 먹여 살리는 일이었지만, 그렇게 열심히 살았기 때문에 우리 사회 전체가 발전한 건 누구도 부인할 수 없는 일입니다. 그분들에게 후배들이 할 수 있는 일이라곤 겨우 지하철 무임승차 정도뿐입니다. 다른 선진국 노인들처럼 연금 받아 노후를 여유롭게 즐기는 건 고사하고 최소한 인간의 자존감마저 무참하게 짓밟는 못된 짓은 하지 말아야지요.

이제 일흔을 눈앞에 둔 큰누나는 아흔 된 어머니를 수발하기 위해 고향 집으로 내려가셨습니다. 그 연세면 편하게 공양받을 때인데 형수와 사별하고 홀로 계신 큰형님 돕겠다고 가끔 가시다가 아예 어머니 곁에서 간병을 하며 사십니다. 곱디곱던 누이가 벌써 일흔 다 된 노인이 되었다는 사실이 믿어지지 않습니다. 그리고 뿔뿔이 흩어져 사는 동생들 대신 당신이 전적으로 어머니 수발에 매달려 있는 게 너무 송구하고 안쓰럽습니다. 그러면서도 정작 자주 전화도 드리지 못하고 그저 마음뿐인 부끄러운 동생입니다. 고작 밖에서 밥 한 끼 대접하는 것인데 동생과 함께 외식한다는 것만으로도 즐거워하는 누나를 보면서 밥이 자꾸만 목에 걸렸습니다.

그 세대들은 공경과 대우를 받아 마땅할 만큼 열심히 살아온 인생의 선배들입니다. 덕택에 우리는 조금은 더 나은 환경에서 살 수 있었습니다. 그러니 그분들에 대한 최소한의 예의와 배려는 당연한 의무입니다. 당당하게 지하철에 '지도방문' 해주시는 것만으로도 기꺼워하고 고마워해야 할 일입니다. 더 이상 그분들 자존감 망가뜨리는 어리석은 후배, 탐욕스러운 바보가 되진 말아야겠습니다.

그런데도 우리 누나는 여전히 공짜로 지하철 타는 게 못내 미안한 눈치입니다. 그럴 까닭이 전혀 없는데도 말입니다. 형님들 누님들, 당당하게 공짜 지하철 타세요. 당신들은 그런 대접 받으실 자격 충분히 있습니다. 고작 그것밖에 마련하지 못하는 한심한 후배들에게 야단도 단단히 치시고요.

실버도서관 건립

　홍대 앞이나 청담동이 젊은이들의 해방구라면 파고다공원과 종묘 앞은 어르신들의 해방구라고 할 수 있지요. 그런데 하나는 활기와 화려함이 넘치고, 다른 하나는 좌절과 분노 그리고 초라함만 짠하게 깔려 있습니다. 물론 젊음과 노쇠를 에너지와 경제력으로 단순 비교하는 건 별 의미가 없을 만큼 빤하니 언급할 것도 없겠지만 말입니다.

　어르신들이 그곳에 모인 건 돈 없고, 외롭고, 딱히 할 일도 없기 때문입니다. 집에 있어봐야 며느리 눈치나 보기 십상이니 일단 밖으로 나온다고 합니다. 유유상종이라고, 눈치 보며 겉돌기보다는 차라리 동년배들끼리 어울려 있는 게 편해서 그럴 뿐이라네요. 거기 모여서 잡담하고, 장기나 바둑 두고 옆에서 훈수하면서, 때로는 먹살드잡이도 하고 언쟁을 벌이면서 소일하고 있는 거지요. 그렇다고 그들의 삶이 녹록했느냐면 결코 그렇지 않았습니다. 그런데 갑자기 떠밀려버린 거지요, 아무 대책도 없이. 죽어라 일만 하고 자식들 키워냈더니 제가끔 저 살기 바쁘다고 나 몰라라 하는 통에 자연스럽게 찬밥 신세 된 겁니다.

그분들에게 정말 필요한 건 뭘까요. 저는 '자존감'이라고 생각합니다. 여기저기 봉사단체서 점심 대접도 하고 어쩌고 하지만, 그분들의 자존감은 애써 외면하는 듯해 안타깝습니다. 물론 자존감이라는 것이 누가 주는 게 아니라 자신이 만들어가야 하지만, 안팎에서 자존감을 송두리째 망가뜨리는 세상에서 그게 어디 말같이 쉬운 일이겠습니까. 지금은 힘없고 가난한 노인들이지만 그분들이 치열하게 살아온 덕택에 지금 우리가 이만큼이라도 살고 있다는 것을 잊어서는 안 됩니다.

저는 인생의 선배들이 남은 삶에서 그렇게 소외당한 채 공원에 초라하게 몰려 있는 걸 보면 가슴이 아픕니다. 집에 있자니 눈치 보이고 답답해서 나왔다지만 밖이라고 뭐 다르겠습니까. 안팎으로 내돌림당하는 신세니 세상을 보는 눈이 따뜻할 리 없고 그럴수록 자신의 처지는 원망스러울 뿐이지요. 나이 들면 세상사에서 밀려나는 건 어쩔 수 없는 순리겠지만 문제는 내동댕이쳐지고 있다는 차가운 현실입니다. 더구나 그 어떤 세대보다 열심히 살아왔는데, 존경은커녕 냉대와 외면 속에서 눈치만 봐야 한다면, 그건 아니지요.

그렇다면 그분들의 자존감을 회복시켜줄 것이 무엇이 있을까요.

파고다공원이나 종묘 앞에 노인도서관을 만들었으면 합니다. 하릴
없이 시간 때우지 말고 도서관에서 책을 읽을 수 있게 해드리는 거
지요. 밝은 조명에 돋보기나 확대경을 마련하면 노안으로 인한 불
편함은 어느 정도 해소될 것입니다. 그분들, 그동안 사는 게 바빠
서 예전의 풍부한 감성이나 지식에 대한 욕구는 덮어놓고 살아왔
습니다. 이제 시간은 주체하지 못할 만큼 넉넉하니 그분들이 차분
하게 책을 읽을 수 있게 해드려야 하지 않을까요.

　나이 들면 생각이 멈추는 걸 노화의 자연스러운 현상이라고 단
정할 일이 아닙니다. 더 이상의 지식을 습득할 창구도 없고 직접적
인 욕구가 줄어들어서도 그렇지만, 지식과 정보를 얻는 습관이 배
지 않아서 생각이 멈춘 측면이 더 강할 겁니다. 어떤 사람들은 노
인들이 선거 때마다 보수적이고 때로는 계급 배반적으로 투표하는
걸 안타까워하기도 하지만, 그 근본적 원인도 따지고 보면 시대의
변화에 따른 적절한 지식과 정보를 습득하지 못하고 과거에 고착
되어 있기 때문일 겁니다.

　앞으로 베이비부머 세대들이 대거 실버 계층에 흡수될 텐데, 그
수가 결코 만만치 않습니다. 세상과 시대는 빠르게 변화하는데 당
당한 유권자의 한 사람으로서도 그런 변화에 따르지 못하는 건 우
리 사회에 바람직한 일이 아니지요. 그러니 정치적 건전성을 위해
서도 끊임없는 정보의 습득은 필수적입니다. 세상에 대한 새로운

지식이 없으니 자꾸만 옛날의 판단구조에 갇혀 지내는 겁니다. 그냥 갇혀 있는 게 아니라 그나마도 퇴색해가는 상태로 말입니다.

다행히 최근에 어린이들을 위한 도서관이 여럿 생겼습니다. 이른바 '기적의 도서관'이라는 프로젝트로 예쁘고 알찬 도서관들이 여러 도시에 만들어진 건 뒤늦은 감은 있지만 참 고맙고 다행스러운 일입니다. 그런데 여전히 어르신들을 위한 도서관은 없습니다. 그냥 일반도서관에 가면 되지 않느냐는 반론도 가능하겠지요. 하지만 함께 호흡하는 세대와 어울리는 일은 단순히 책만 읽는 도서관으로서는 제공하지 못합니다. 그분들에게는 같은 세대들과 독립된 공간에서 어울리는 일도 중요합니다.

책은 단순히 지식과 정보만 제공하는 것이 아니라 감성도 풍부하게 해줍니다. 지금은 그저 나이 들어 힘없고 초라해 보일지 모르지만 지금의 실버 세대들만큼 풍부한 감성을 경험한 이들도 드물다는 걸 기억해야 합니다. 앞서 말했듯이 사는 게 너무 힘들고 변화가 가팔라서 그걸 누려볼 시간도 여유도 없었을 뿐입니다. 그러니 이제 그분들이 여유롭게 그 감성을 되살리고 누리도록 해드려야 하지 않을까요. 어르신들이 도서관에서 책을 읽고 공원에서 자유롭게 토론하는 모습을 상상해보는 것만으로도 흐뭇합니다. 게다가 어르신들이 지하철에서 책을 읽는다면 잡담을 하거나 스마트폰을 뒤적이기만 하는 젊은이들에게도 자극이 될 겁니다.

도서관 한편에는 컴퓨터 교육장을 만들어서 지금이라도 컴퓨터를 자연스럽게 접할 수 있도록 해드려야 합니다. 사실 나이 드신 분들은 컴퓨터나 새로운 전자 기기에 막연한 두려움을 갖는 경우가 많지요. 예전에는 컴퓨터를 배우려면 복잡한 프로그램을 짤 능력이 필요했습니다. 포트란이니 코볼이니 따위의, 외계 언어 같은 것들을 통달해야 다룰 수 있던 때 말입니다. 나중에 나온 도스조차 그리 쉽지 않다고 여긴 분들에겐 컴퓨터는 일종의 트라우마일 것입니다. 그러나 요즘은 컴퓨터가 얼마나 쉽고 간단한지 모릅니다.

　사실 컴퓨터야말로 노인들에게 꼭 필요한 것이지요. 체력을 요하거나 근육노동을 필요로 하지 않으니 다양한 지식과 정보의 습득뿐 아니라 적극적인 커뮤니케이션에도 필수적입니다. 요즘 가정에 한두 대쯤은 있는 컴퓨터도 할아버지 할머니의 몫은 아닙니다. 경제적 능력도 없으니 따로 컴퓨터를 장만할 수도 없고, 집에 있는 건 손댈 엄두가 나지 않습니다. 그렇게 당신들은 컴퓨터로부터 소외당하고 있습니다. 하지만 컴퓨터야말로 세대 간 대화와 소통의 멋진 도구입니다. 할아버지와 손녀가, 할머니와 아들이 이메일을 주고받는다면 얼마나 좋겠습니까. 세상과 단절되지 않고 교류하면서 생각은 젊어지고 발상도 싱싱할 수 있으니 그야말로 꼭 필요한 교육입니다. 그러니 실버도서관에는 필히 컴퓨터 교육 과정을 개설하고 실버 PC방도 마련해야 합니다(동네마다 있는 경로당에 가장 필요한 것도 사실은 컴퓨터 교육과 장비입니다. 기업에서 경로당에 컴퓨터 기증하는 운동이라도 벌였으면 좋겠지만, 그들 입장에서 보면 노인들에 투자해봐야 자신들의 경제 이익에 별 효과가 없다고 생각하는 모양입니다. 그들의 단견을 바꿀 사고의 전환이 필요합니다).

파고다공원이나 종묘 앞에 옹기종기 모여 있는 어르신들을 보면서 후배 세대들이 무엇을 배우겠습니까. 돈과 능력 없으면 사회적으로나 인격적으로 폐기처분된다는 생존 욕구만 생길 뿐입니다. 그러니 수단과 방법을 가리지 않고 강자나 부자가 되어 그런 비인격적 대우를 받지 말아야겠다는 생각이 드는 건 어쩌면 자연스러운 일인지도 모르겠습니다. 그분들이 왜 거기에 모여서 소일하는지는 묻지도 따지지도 않고 그저 눈살만 찌푸린다면 그것은 인간의 도리가 아닙니다. 그런데도 너나없이 고개를 돌릴 뿐입니다.

한쪽에서는 그저 선거 때면 자기네 철밥통인 유권자라고 여기면서 가끔 관광이나 보내드리면 다음에도 무조건 자기를 지지할 거라고 여기고, 젊은 세대들은 도대체 그토록 외면받고 이용만 당하면서도 무조건 보수에 투표하는 '꼰대'들이라고 답답해할 뿐입니다. 그들에게 다가가 함께 문제를 논의하고 대책을 세우는 사람은 아무도 없으면서 말이지요. 이렇게 좌로 우로, 진보로 보수로 갈리며 갈등할 때 이들을 타이르고 소통을 이끌어내고 가르칠 이가 어른들이어야 하는데, 정작 생각은 굳어 있고 판단은 정지되어 있으면서 세계나 사회의 흐름에는 지식과 정보가 절대 부족하니 아무런 역할도 하지 못합니다.

　이제 이 비인격적이고 반사회적인 폐해를 무너뜨리기 위해서라도 실버도서관을 만들어야 합니다. 지금도 늦었지만, 더 늦기 전에 서둘러야 합니다. 우리 사회가 도서관이 절대 부족한 한심한 상황이지만 실버도서관의 경우는 참담할 지경입니다. 파고다공원과 종묘 앞이 지금처럼 축 늘어진 어깨로 소일하는 어르신들의 집합소가 아니라, 새로운 소통과 삶의 보람과 지평의 확장을 위한 공간으로 변한다면 그보다 좋은 일이 또 어디 있을까요. 무엇보다 그것을 보고 자라는 후배들에게 좋은 자극이 될 터이니 그야말로 금상첨화지요. 책을 읽는 어른들의 모습이 우리 사회의 밝은 미래를 열어주는 소중한 단초가 될 것입니다.

　노인들이 책을 읽지 않는다고요? 천만에요! 책 읽을 곳 없고 책 살 돈 없어서 그럴 뿐이고, 오랫동안 시간 없고 살기 힘들어 책을 멀리했을 뿐입니다. 부모님 모시고 외식하는 것으로 대접한다고 생각하지 말고, 책을 사드리고 같이 읽으며 대화하는 것이 진정 효도입니다. 가난했지만 넘치는 지식욕으로 문고판 전성시대를 구가했던 형님들, 그리고 누님들! 인생 선배의 진면목을 다시 한번 보여주세요.

열하나

겨울 지나면

봄이 온다는 그 엄연한 진실을

꿰뚫어보라

그날은 눈이 펑펑 내렸습니다. 호남
서해안 지방에는 폭설로 도로가 막히고 비닐하우스를 비롯한 많은
농작시설들이 피해를 입었습니다. 그렇게 기습적으로 눈이라도 한
번 내리면 절절 매고 설설 기는 게 그 잘난 우리들의 본모습입니
다. 자연의 '자연스러운' 변화에도 전전긍긍하면서 겸손과 절제를
배우지 못한다면 그야말로 어리석은 중생이 아닐 수 없다는 생각
을 해봅니다.

다행히 그 며칠 전 서울에 내린 함박눈은 다음날 날씨도 포근하고 비까지 내려서 흔적조차 찾기 어려운, 그야말로 '뒤끝 없는' 눈이었습니다. 다음날 출근길 걱정하던 사람들의 표정에는 안도와 함께 사라진 눈에 대한 아쉬움이 묻어났습니다. 해마다 겨울에 얼마만큼의 눈이 올지, 어떤 일이 생길지 모릅니다. 미리 준비하고 방책을 마련해야 하겠지만, 무엇보다 자연을 겸허하게 받아들이는 소박함을 깨달을 수 있으면 좋겠습니다.

눈[雪]이라는 게 참 묘한 존재인 것이, '첫눈'은 있어도 '첫 비'나 '첫 바람' 따위는 없는 걸 봐도 알 것 같습니다. 아마도 시각적으로 눈만큼 아름다운 기상현상이 없기 때문이겠지요. 사실 저는 장마철에 툇마루에 앉아 마당에 쏟아지는 빗줄기를 무념무상하게 바라보는 걸 참 좋아합니다. 그래도 첫눈처럼 설레거나 흥분하지는 않는 걸 봐도 확실히 눈은 독특한 느낌으로 다가오는 것 같습니다. 그래서 사람들은 첫눈이 내리면 사랑하는 이에게 전화를 하거나 문자를 보내며 함께 기쁨을 나누기도 하는 거겠지요. 정작 함박눈이 흠뻑 내린 뒤 질척대는 길 때문에, 혹은 오도 가도 못하는 자동차 때문에 짜증을 내면서도 그래도 눈이 내릴 때는 마음은 무한한 부자가 된 듯 짜릿합니다.

눈이 고마운 건 그저 눈[目]의 즐거움 때문만은 아닌 것 같습니다. 저는 눈이 주는 평등성에 마음이 끌립니다. 눈이 내리면 세상은 단 하나의 색으로 통일됩니다. 깔끔하고 잘난 곳이건 지저분하고 못난 곳이건 가리지 않고 공평하게 덮어줍니다. 마치 조금 잘난 거 내세우며 교만하지 말고 조금 모자란 거 부끄러워하며 원망하지 말라는 듯 모든 것을 덮어줍니다. 사람은 제 허물 보는 것은 두렵고 불편해하면서 다른 이의 그것을 보는 데에는 예리하고 편안해합니다. 그래서 남 얘기 좋아하는 것이겠지요. 들춰내면 끝없는 게 사람의 허물입니다. 하지만 덮어주고 기다려주면 그 허물이 벗겨지고 새살 돋는 걸 볼 수 있습니다. 눈은 우리에게 그런 지혜를 가지라고 가르쳐주는 것만 같습니다. 그저 잠깐 지니고 있을 뿐인 권력이나 재산, 지식이나 명예 따위에 온 삶을 걸면서 남에게 상처 주지 말고 보듬어 안고 기다릴 줄 아는 너그러움을 가지라고 말입니다.

그날은 아직 겨울 찬바람이 매서운데 절기상으로는 곧 입춘이었습니다. 사실 그 날짜에 봄을 느낀다는 건 어렵지요. 한 달쯤 미리 셈하는, 절기로서의 계절의 알림은 그저 소 닭 보듯 넘어가는 게 우리의 일상사입니다. 씨 뿌리고 김매고 가을걷이 걱정해야 하는 농부가 아닌 우리네 도회인으로서야 아무런 느낌도 없이 그저 지나가는 형식상의 날짜에 불과할 뿐입니다. 도대체 왜 24절기는 그렇게 실제의 셈과 엇박자로 마련했는지요. 저는 입춘, 입하, 입추, 입동 등의 절기명에서 '들 입(入)'자가 아니라 '세울 립(立)'자를 쓰는 게 절묘하다고 생각합니다. 이제부터 봄이다, 혹은 가을이다, 라고 하는 뜻이 아니라 다음 절기 준비 잘 세워 마련하라는 예보처럼 다가오기 때문입니다.

《나이듦의 즐거움》에서 착각하여 절기를 음력이라고 했더니 경상도에 계신 최정호 선생께서 잘못을 지적해주셨습니다. 어찌나 부끄럽고 고맙던지요. 그런데도 나중에 제대로 정중한 인사도 드리지 못했으니 부끄러움이 배가 되고 말았습니다. 아마 대부분의 문화권에서는 태양력보다는 태음력으로 날짜를 세기 시작했을 겁니다. 무엇보다 달의 차고 기욺은 눈으로 쉽게 알아챌 수 있기 때문이겠지요. 하지만 달과 지구의 공전의 차이로 생긴 엇갈림 때문에 태양력을 마련하여 좀 더 규칙적인 책력을 갖게 된 거지요. 그래도 우리네 동양 문화에서는 여전히 태음력을 사용했습니다. 나중에 태양력의 규칙성을 발견한 중국인들이 명나라 때 음력의 들쭉날쭉함을 보완하기 위해 황도의 차이를 이용한 보완책을 마련한 것이 바로 24절기라지요. 자칫 그것이 음력이려니 여기기 쉬운데, 태음력을 사용하는 농부들을 위해 마련한 태양력입니다.

그런데 24절기는 왜 거의가 실제 절기보다 조금씩 빠를까요. 원리상으로야 한 해 가운데 낮이 가장 긴 하지, 가장 짧은 동지, 그리고 낮과 밤의 길이가 같은 춘분과 추분을 중심으로 각각 다시 여섯 등분으로 나눈 탓에 실제의 환경보다 조금 이르게 나타나는 절기가 있는 거겠지요. 그래서 다른 어떤 것보다 각 계절의 시작을 알리는 입춘, 입하, 입추 그리고 입동은 철딱서니 없다 싶을 정도로 이르게 시작하는 모양입니다. 그런 까닭에 계절을 실감하지 못하는 거겠지요.

하지만 농부에게는 24절기가 우리와는 다른 의미로 다가설 겁니다. 미리미리 농사일 준비하고 필요한 것 마련하라는 신호로 받아들여지겠지요. 하기야 그게 어디 농부에게만 해당되겠습니까. 이를테면, 입동은 선선한 가을바람을 희롱하고 곱디고운 단풍을 느긋하게 완상하는 우리에게 곧 다가올 겨울을 준비하라는 것이기도 하겠지요. 하지만 그리 빡빡하고 조급할 게 아니라 가을도 그 끝자락 모퉁이에 있으니 가을 정취를 마저 누려보라는 배려의 덤이기도 할 겁니다.

시간은 부지런히 제 길을 달려갑니다. 온 세상이 경제 한파에 잔뜩 웅크린 우울한 형편입니다. 앞으로 추운 날이 더 있을 거라는 일기예보가 이어지더라도 엉뚱하게 가끔은 때 아닌 봄날 같은 날씨가 끼어들기도 합니다. 지구온난화로 기온은 오르고 있다지만 정작 삶은 차가운 벌판에 내몰리는 상황입니다. 그래도 동지 지난 뒤 길고 어두운 밤이 서서히 물러나듯 세상도 조금씩이나마 밝아지고 따뜻해지길 꿈꿔봅니다. 지금이 어려운 때이기는 하지만 더 어려울 때도 많았습니다. 그 어려웠던 상황도 이겨낸 걸 기억하면 지금의 어려움 역시 이겨내리라는 스스로의 믿음이 우리를 버티게 하겠지요. 겨울이 가면 봄이 온다는 건 그저 막연한 바람이 아니라 오랜 경험을 통해 온몸으로 느낀 엄연한 진실입니다.

절기상 입춘이 실제 기후보다 한 달쯤 먼저 오는 건 아마도 조금 앞당겨 준비하고 마음 다져두라는, 그러면 어떤 어려움도 이겨낼 수 있다는 깊은 뜻을 담고 있는 건 아닐까요. 머지않아 계곡의 얼음이 녹아 우당탕 앞서거니 뒤서거니 가파른 도랑을 달리고, 웅크렸던 순들이 수줍게 빠끔 손 내미는 그 놀라운 신비를 누릴 마음의 준비를 하라는 예보처럼 말이지요. 그렇게 부지런히 일찌감치 갈무리하고 마련하는 소중한 시간일 수 있으면 밭은 삶을 조금이나마 버성기게 껴안을 수 있겠지요. 그리고 더불어 다른 이들도 따뜻하게 안아줄 수 있겠지요.

눈길은 낭만적 느낌이 물씬 납니다. 그 눈길 걸으며 뽀드득 소리 듣는 청각의 행복은 덤이지요. 그러나 눈길의 깊은 뜻은 평소에 아무런 신경도 쓰지 않고 걷던 바닥에 눈과 마음을 기울여야 한다는 것입니다. 미끄러운 눈길을 아무 생각 없이 걷다가는 자칫 큰 봉변을 당할 수도 있으니 조심스럽게 한 발 한 발 떼어야지요. 우리가 언제 바닥에 '눈길'이나 두며 걸었나요. 눈길은 그런 우리의 무심함과 무례함에 겸손해질 것을 요구합니다.

누구나 제 눈보다 높은 곳을 보고 꿈꾸며 삽니다. 때로는 그곳에 있는 이의 눈에 띄기 위해 아첨과 곡학아세를 마다하지 않기도 합니다. 정작 마음 덜어주고 손길 내밀어줘야 할 아래는 오히려 무시하고 짓밟는 야만을 주저하지 않습니다. 내 주머니만 채우고 싶을 뿐 텅 빈 주머니에 망연자실한 이들에게 마음이나마 덜어주는 일조차 하지 않습니다. 눈길은 그런 우리에게 제발 정신 좀 차리라고 따끔하게 가르칩니다.

눈은 그렇게 눈길 걷게 되어 비로소 바닥에 신경을 쓰기 전에 먼저 눈길과 마음길 너그럽게 덜어내 주라고 미리 기회를 주는 건지도 모르겠습니다. 그 눈이 세상을 평등하고 따뜻하게 덮어주는 것처럼 우리도 옆과 아래 보면서 사는 법을 조금은 배워가야겠습니다. 그러면 우리의 탁해진 마음에도 순수한 백설이 소담하게 내리겠지요. 바짝 세운 코트 깃 사이로 차가운 바람이 파고들지만, 우리의 가슴이 펄펄 끓는 한 너그럽게 받아들일 수 있을 것 같습니다.

열둘

아름다운 풍경 앞에선

카메라가 아니라

마음의 눈을 열자

한동안 아들 녀석들이 열심히 아르바이트를 하러 다녔습니다. 제 몸 놀려 노동으로 돈을 벌어보는 것도 좋은 체험이다 싶어 모른 척합니다만, 때로는 안쓰러운 것도 사실입니다. 어쩌면 제 아비가 경제적으로 넉넉지 않음을 알기에 손 벌리지 못하고 제 놈들 필요한 걸 손에 넣고 싶어서 그러는 거겠지요. 그 시간에 공부를 했으면 하는 우려가 없는 건 아니지만, 그냥 모른 척 지켜만 보는 부끄러운 아비입니다.

그런데 작은녀석이 갖고 싶은 게 카메라인 모양입니다. 인터넷을 뒤지며 열심히 찾는 게 카메라에 관한 걸 보면 어지간히 마음에 두고 있는 것 같습니다. 그냥 지갑 열어 사주고 싶은 생각이 들기도 합니다. 하기야 요즘 크건 작건 카메라 없는 아이들 흔치 않으니 제 놈인들 오죽 갖고 싶었을까 싶기도 합니다. 아르바이트를 끝내도 원하는 걸 사기엔 미치지 못할 겁니다. 사람 마음이란 게 그러니까요. 처음에는 그냥 그 자체가 갖고 싶지만 조금 형편이 나아지면 이왕이면 더 좋은 걸 갖고 싶으니까요. 그때 슬그머니 모자란 금액 보태줘서 원하는 걸 사게 하면 아비도 자식도 조금 더 행복해질 수 있을 것 같아서 그냥 지켜보고만 있습니다.

요즘 시대는 말, 글, 그리고 이미지 삼형제가 난형난제의 겨루기를 하고 있는 듯합니다. 나름대로 그쪽의 영역을 차지하고 있는 사람들은 서로가 자신의 도구가 더 뛰어나다고 하지만 분명 이미지쪽으로 기우는 건 어쩔 수 없는 현실이지요. 예전에는 영상으로 담기가 어려웠으니 일단 글로 그 감상을 적어두었습니다. 물론 시심이 뛰어난 사람은 그걸 시로 담아, 마음으로는 느꼈으되 표현하지 못하는 이들에게 신선한 기쁨을 주기도 했지요. 그러나 요즘은 영상을 그대로 담을 수 있는 많은 이기들이 있어서 좀처럼 글로 담으려는 생각을 하지 않는 것 같아 아쉽기는 합니다. 어쩌면 영상이 하나의 수단일 수 있겠지요. 그래서 일단 화면에 담아두고 다만 그

때의 감정을 되살려보라고, 그리고 그걸 글로 다시 표현해보라고 학생들에게 권하는 입장으로 바뀌었습니다, 저도.

저에게는 지금도 고맙게 생각하는 사진 선생님이 한 분 계십니다. 그분은 절대로 먼저 카메라를 꺼내지 못하게 했습니다. 카메라의 기교부터 배우지 말고 마음의 문을 열고 마음의 눈을 뜨는 게 먼저라고 가르쳤습니다. 그래서 처음 나가는 출사(出寫)에 엉뚱하게 카메라를 가져가지 못하게 한 별난 분이었습니다. 카메라 렌즈보다 마음의 문을 먼저 열어야 한다는 것이지요. 그걸 찍지 않고는 못 배기겠다는 마음이 먼저 움직여야 한다는 겁니다. 그리고 그런 피사체를 앞에 두고 어떤 날씨 어떤 시각에 찍으면 가장 마음에 드는 상을 얻을 수 있을지 따져보라고 했습니다. 진짜 사진을 찍고 싶으면 나중에 그런 시간 마련해서 다시 찾아가 찍어보라는 뜻이었습니다. 그래서 첫 출사 때 거의 반나절을 그냥 돌아다니도록 했습니다. 그러다가 마음이 넓어지고 조금씩 눈이 열릴 때쯤 바람을 마음속으로, 마음의 눈으로 찍어보라 했지요. 스튜디오에서는 참 오랫동안 달걀만 열심히 찍은 기억도 납니다.

카메라를 볼 때마다 생각나는 사람이 있습니다. 프랑스의 천문학자이자 물리학자인 프랑수아 아라고가 바로 그 사람입니다. 카메라의 원리를 맨 처음 고안해낸 건 이슬람 사람들입니다. 그들은 폐쇄된 암실 한쪽에 작은 구멍을 내고 그곳으로 햇빛이 들어오면 반대쪽 벽에 그림자가 비치는 걸 통해 일식을 관찰했다고 합니다. 그게 유럽으로 전해지면서 카메라 옵스쿠라(camera obscura) 즉 '암실'이란 말이 되었다지요.

세계 최초로 사진을 촬영하는 데 성공한 사람은 조세프 니엡스라는 프랑스 사람입니다. 그는 염화은을 바른 종이(감광지)에 자신의 서재에서 본 풍경을 찍어 음화(negative)로 만들고 그것을 아스팔트 칠한 주석판에 여덟 시간 동안 노출시켜 사진을 완성했다고 합니다. 그 원리를 이용하여 화가 루이 망데 다게르는 수은과 은판을 이용한 획기적인 사진법을 만들어냈습니다.

아라고는 바로 이 사진 기술을 더욱 발전시켰습니다. 그런데 아라고는 좀 더 많은 사람들이 이 발명의 혜택을 누리도록 일부러 특허를 내지 않았다고 합니다. 그 대신 정부에서 다게르와 니엡스의 자손에게 연금을 제공하도록 설득했고, 다게르가 그것을 받아들임으로써 사진은 일반 대중들이 손쉽게 접할 수 있는 것이 되었습니다.

1839년 8월 19일은 사진 역사에서 기억할 만한 날입니다. 아라고가 파리의 과학아카데미와 미술아카데미 주최로 사진술 발표회를 열었는데, 발표가 끝난 뒤 청중들이 광학기계점에서 은판 사진기를 구입하여 공원 여기저기에서 사진을 찍었습니다. 근대 사진술을 발표한 날이자, 사진이 대중에게 인정된 날이지요. 개인의 경제적 욕심을 버리고 인류 모두에게 기쁨을 나눠주고자 한 아라고의 마음이 새삼 떠오릅니다.

많은 사람들이 카메라를 이제는 거의 휴대품처럼 지니고 다니는 세상이 되었습니다. 사람들이 아라고의 정신을 조금만 품고 살아도 세상은 참 따뜻해지지 않을까요? 저는 제 아이가 그저 폼으로 기분으로 카메라를 들고 다니지는 않았으면 하는 바람입니다. 개인의 이익보다 인류의 행복을 먼저 생각한다는 건 어려운 일이지요. 그러나 지나치게 욕심을 부리지 않는다면 누구나 그 호기(?)를 부려볼 수 있지 않을까요? 그리고 그만큼 더 세상이 아름다워지지 않을까요?

아이가 아르바이트를 끝내고 카메라를 손에 쥐게 되면 전시회를 두루 돌아보게 하려고 합니다. 대구사진비엔날레에서 마음껏 사진의 정수들을 맛보고 오면서 그런 생각이 들었습니다. 그 위원장이 다름아닌 김희중, 즉 에드워드 김이었습니다. 그는 일찍이 〈내셔널지오그래피〉지 최초의 동양인 편집장을 지냈고, 〈타임〉지의 기자로도 활동한 사람이지요. 1973년에는 최초로 북한에 들어가 북한의 실상을 사진으로 서방에 알림으로써 잔잔한 충격과 감동을 주었습니다.

또 한 사람 구본창도 있지요. 사진에서 신주관주의라는 새로운 사조를 들여온 사람입니다. 지금은 전 세계의 주목을 받는 작가가 되었고, 작품 하나에 억대를 호가하는 김아타가 뉴욕에서 활동할 수 있게 기회를 준 이가 바로 구본창입니다. 일본 전시회에서 각광을 받은 그가 김아타의 포트폴리오를 소개한 것이 중요한 계기가 되었습니다. 대구의 사진비엔날레를 통해 그들의 사진 세계를 맛볼 수 있었던 건 행운입니다. 사진의 기능적인 면보다 사진 찍는 사람의 마음을 먼저 배워왔으면 하는 바람으로 아이를 그런 전시회에 보내고 싶은 겁니다.

어른들은 예전의 아날로그 카메라에 대한 향수를 제가끔 갖고 있을 겁니다. 소풍갈 때 카메라를 가져온 친구는 그야말로 스타 대접을 받았던 시절이 있었지요. 카메라 하나로 여자 친구를 꾈 수도 있었던 마법의 상자이기도 했습니다. 그게 일종의 특권이나 훈장처럼 여겨지던 시절이었습니다. 어떤 이는 지금의 디지털카메라를 마뜩찮게 여기면서 사진의 진정한 맛은 아날로그에서 느낄 수 있다고 푸념하지만, 그것은 향수에 지나지 않음을 충분히 알 수 있을 만큼 카메라의 진화는 그야말로 눈부십니다.

아날로그 카메라 하면 롤라이나 하셀블라드 같은 명기도 있지만, 보급형으로 성가를 높인 코닥도 있습니다. 예전의 습판 카메라는 덩치도 크고 절차도 복잡했지만 1871년 영국의 의사인 R. L. 머독이 유제 대신 취화은 젤라틴을 바른 건판을 발명함으로써 이른바 건식 카메라를 개발했는데, 그것을 보편화시킨 게 바로 미국의 은행원이던 조지 이스트먼이라는 사람입니다. 1888년 처음 세상에 선보인 코닥 카메라는 100장을 촬영할 수 있는 롤필름이 내장되어 팔렸습니다. 이스트먼이 카리브 해에 여행을 갔는데, 가져간 습식 카메라가 너무 무겁고 번거로워 가벼운 카메라를 꿈꾸다가 머독의 건판을 개량해서 유리판 대신 종이를 사용한 이른바 이스트먼 네거티브 지, 즉 오늘날의 필름을 개발했던 겁니다. 코닥이란 이름도 어머니의 이름 첫 글자인 K로 시작해서 K로 끝나는 말을 만들어낸 것이었다지요. 사업 수완도 뛰어났던 이스트먼은 필름뿐 아니라 카메라 사업에도 대성공을 거두었습니다. 평생 독신으로 산 그는 늘그막에 재산을 병원과 대학에 기증했습니다. 그러고는 78세에 자살로 삶을 마감했습니다. "나의 일은 끝났다. 왜 기다려야 하는가?"라는 유서를 남기고.

카메라의 발전사를 더듬어보면 이렇게 아라고와 이스트먼 같은 이들의 인간애가 깔려 있습니다. 사진은 그 시대 사람들의 생생한 삶을 정확하게 기록함으로써 많은 사람들의 생각을 일깨우는 데 기여했습니다. 최초의 보도사진인 크림전쟁 보도는 전쟁의 참상을 그대로 보여줌으로써 사람들에게 전쟁을 막아야 한다는 인식을 일깨웠고, 월남전에서는 급기야 반전운동으로 전개되는 획을 긋기도 했습니다.

지금도 빠른 속도로 진화를 거듭하는 카메라는 이제 현대인들의 삶에서 빼려야 뺄 수 없는 필수품이 된 지 오래입니다. 예전에는 꿈도 꾸지 못하던 근사한 카메라를 아이들도 하나씩 가방에 넣고 다니는 세상입니다. 제 아이도 그걸 위해 기꺼이 일을 하겠다고 저리 나다니는 걸 보면 엄연한 현실인 모양입니다. 좋은 일이지요. 언제든 시간을 정지시켜 담아놓을 수 있다는 건 분명 축복입니다. 혜택이지요. 그러니 사진의 역사를 통해 인간애를 실현했던 선배들을 기억하고, 사진을 통해 많은 것을 보여주고 가르쳐준 작가들의 눈을 배움으로써, 그저 하나의 기계가 아니라 세상을 바라보는 소중한 창(窓)을 함께 마련할 수 있으면 좋겠습니다.

아들 녀석이 번 돈으로 카메라를 마련하면 아비 사진 한 장 찍어달라고 부탁할 참입니다. 그 사진에는 제 모습뿐 아니라 저의 부탁과 바람도 함께 담겨 있기를 꿈꾸면서…….

열셋

절망의 바닥을 친 사람이

평범한 일상에

더 감사한다

요즘 유행하는 우스개 가운데 "남자
는 두 여자의 말을 들어야 산다"는 이야기가 있더군요. 처음에는
무슨 해괴한 소리인가 싶었고, 나름대로 그 '두 여자'가 누구일까
짐작도 해봤습니다. 한 사람은 분명 아내를 지칭할 것이고, 다른
한 사람은 어머니일까? 답은 아내와 내비게이션의 안내 멘트 해주
는 여자라네요. 기발하기도 하면서 틀린 말은 아니다 싶어 모처럼
깔깔 웃었습니다.

남자들은 자신의 공간감각을 과신하여 내비게이션의 안내를 의도적으로 무시하는 경우가 많다지요. 그렇게라도 우월감을 갖고 싶어하는 건 애교로 봐줄 수 있는 일이지요. 그러나 대부분 그러다가 제대로 봉변을 당합니다. 자신의 감만 믿고 차를 몰다가 필시 막다른 곳에 있는 자신을 발견하곤 뜻하지 않은 곤욕을 치릅니다. 그런 일을 겪고 나면 다음부터는 내비게이션에서 가라는 대로 따릅니다. 물론 마음은 여전히 저항을 하면서 말이지요.

아이들에게 아무리 조심해라 일러도 십중팔구 꼭 그 일을 당합니다. 하지만 그런 뒤에는 경고하지 않아도 스스로 경계하게 됩니다. 겪어본 사람은 그 결과를 알기 때문입니다. 그러나 그냥 겪기만 하거나 무서워서 꺼리기만 한다면 반만 성공한 셈입니다. 늘 당연하다고 여기는 일상이 얼마나 고맙고 행복한지를 깨닫게 된다면 나머지 반도 누리게 되는 거지요. 사실 겪어보고 나서야 깨닫는 건 부끄럽고 어리석은 일입니다. 인간의 이성을 그렇게 떠받들고 살면서 그런다는 건 더 참담한 일이지요. 하지만 그게 우리네 인간의 한계입니다. 그 한계를 인정하고 겸손하게 받아들일 때 다른 길이 열립니다.

바닥을 치고 싶어하는 사람은 없습니다. 그 바닥에 떨어지지 않기 위해 목숨 걸고 싸우고 경쟁을 합니다. 게다가 한번 낙오되면 다시 회복하기 어려운 게 요즘의 세태인 까닭에 한 걸음이라도 뒤

처지지 않기 위해 전심전력으로 내달립니다. 때로는 나의 능력보다 상대의 실수와 실패를 기다리거나 그것을 의도하여 상대를 떨어뜨리는 일도 마다하지 않습니다. 바닥을 쳐보지 않은 사람은 늘 그것이 두렵기만 합니다. 물론 일부러 그것을 기꺼이 받아들이고자 하는 이도 없습니다만.

어느 해양구조원이 했던 말이 오랫동안 뇌리에 남았습니다. 아주 깊은 강이나 바다가 아니라면 물에 빠졌을 때 억지로 물에 뜨려고 발버둥치기보다는 차라리 아예 바닥까지 내려가 차고 올라오면서 호흡을 유지하는 것도 한 방법이라는 것입니다. 처음에는 도대체 말도 되지 않는 소리라고 비웃었지만 가만 생각해보니 일리가 있더군요. 공황 상태가 되어 발버둥치다 빨리 탈진해버리는 것보다는 차라리 침착하게 대처하는 것도 방법이겠다 싶었습니다.

젊어 고생은 돈 주고도 사는 것이라고 말하면 요즘은 그걸 비틀어서 젊어 고생은 평생 고생으로 이어진다고 조롱합니다. 하지만 아무런 굴곡도 좌절도 겪어보지 않은 사람에게 삶의 깊은 통찰이나 인간에 대한 너그러운 애정이 생기기는 어렵습니다. 미국의 한 정치인은 최고의 가문에서 태어나 최고의 학벌을 자랑하며 엄청난 재산을 가진 데다가 아이들마저 최고로 길러낸, 그야말로 어느 것 하나 모자람 없는 사람이라고 합니다. 그런데 그 사람에게 유권자들이 큰 신뢰나 지지를 보내지 않는 건 오히려 그런 완벽함 때문이라지요. 자신의 정책에 대해 상대방이 비판하자 그는 아무렇지도 않다는 듯 "그럼 누가 옳은지 1만 달러 내기하자"고 했답니다. 대단한 재산가인 그에게 1만 달러는 그야말로 껌값일지 모르지만 보통사람들에게는 엄청나게 큰 돈이지요. 그런 사람이 어떻게 어려운 사람들 처지를 이해할 것이며 어찌 자신들을 대변하고 대표할 수 있겠느냐는 의구심 때문에 그를 전폭적으로 신뢰하거나 지지하지 못하겠다는 겁니다.

고생도 좌절도 자산이라고 말하면 무능력한 사람이 자신의 실패를 합리화하는 변명이라고들 말하기도 합니다. 하지만 겪어본 사람은 평범하고 일상적인 것들이 얼마나 고맙고 행복한 것인지를 통감합니다. 그러나 그게 제대로 값을 발휘하려면 무절제한 욕망, 집착, 과시 등을 고스란히 털어내야 한다는 점도 잊어서는 안 되겠지요.

나이 들어가면서 혹여 실패할까, 바닥을 칠까 더 두려워지는 건 사실입니다. 젊을 때처럼 금세 회복할 힘도 없거니와 잃을 자산의 부피가 훨씬 크기 때문이겠지요. 그러나 다르게 생각할 수도 있습니다. 그만큼 세상을 두루 살았으니 대처할 지혜도 많지 않을까요. 물론 용기도 줄었고 체력도 떨어지니 전투력이 쇠잔한 건 사실입니다. 하지만 욕심부리지 않고 욕망의 굴레 벗어버리고 작은 회복에 감사할 줄 안다면, 그것만으로도 안분할 수 있다면 굳이 못할 것도 없습니다.

안데르센은 〈성냥팔이 소녀〉를 쓸 수 있었던 것은 자신이 너무나 가난했기 때문이라고 고백했습니다. 또한 못생겼다고 놀림받았기에 〈미운 오리새끼〉를 썼다고 했습니다. 겪어본 사람만이 그려낼 수 있는 삶의 이야기인 거지요. 안데르센이 크게 다가오는 것은 자신의 불행에 감사했던 그의 소박한 마음 때문입니다.

그런가 하면 영국의 평론가이자 역사가인 토머스 칼라일은 이런 말을 했습니다.

"길을 가다가 돌이 나타나면

약자는 그것을 걸림돌이라고 말하고

강자는 그것을 디딤돌이라고 말한다."

하지만 저는 그렇게 약자와 강자로 나누는 칼라일 식의 이분법은 사절하고 싶습니다. 차라리 비관론자와 낙관론자로, 혹은 어리석은 사람과 슬기로운 사람으로 바꾸고 싶습니다. 그리고 그 낙관론자와 슬기로운 사람이 한번쯤 바닥을 쳐본 경험이 있으면 더더욱 그 말뜻이 참되다고 거들고 싶습니다. 바닥은 걸림돌이 아니라 디딤돌이기도 합니다. 그걸 디뎌본 사람만이 디딤돌의 진정한 의미를 체감할 겁니다. 그것을 두려워하니, 혹은 업신여기니 그저 걸림돌로만 여겨지는 거지요.

바닥을 쳤을 때 절망하기보다는 오히려 다시 올라가 소소한 것들의 가치를 일깨우고 그것들을 여러 사람과 나누는 너그러움을 품어보는 여유가 있었으면 좋겠습니다. 그러니 나이 들어가면서 수면에만 떠 있으려고 바둥대기보다는 바닥을 툭 칠 수 있는 지혜도 갖추면 뭐 그리 무섭고 두려운 것만은 아니겠다 싶습니다.

열넷

있을 때 잘하라는 말이

가슴에 사무칠 때가 있다

　　　　　　　　　　든 자리 모르고 난 자리 안다는 옛말
이 한 올도 어긋나지 않는 말임을 새삼 깨닫습니다. 큰아들 녀석이
입대를 했습니다. 학교에서 돌아와 텅 빈 방 안을 들여다보니 마음
이 짠했습니다. 지금쯤 녀석은 무서운 조교의 닦달과 위압적 명령
에 심장이 반쯤은 오그라든 채 속으로 한숨만 푹푹 쉬고 있겠지요.
어른들은 예전에 비해 기간도 짧고 시설도 좋으며 구타도 없는 군
대 생활이 뭐가 어렵느냐고 혀를 차지만, 녀석들 입장에서는 처음

으로 부딪히는 난감함에 어찌할 바를 모르고 갈팡질팡할 겁니다.

아이가 유학 생활에서 돌아와 입대하기 전까지 서너 달을 함께 지냈기에 정도 들고 다툼도 많았습니다. 저는 대학생이라는 녀석이 책을 너무 안 읽는다고 잔소리하고 아들놈은 군대 가는 자식에게 책 읽으라고 채근한다며 삐치곤 하던 게 일상사였지요. 티격태격 어긋나고 삐그러진 적이 많았습니다. 누구나 그렇겠지만 아비의 눈으로 본 자식은 늘 불안하고 답답합니다. 그러니 자꾸만 잔소리를 해댑니다. 그게 그다지 효과 없다는 걸 이론적으로도 체험적으로도 알면서도 눈에 보이면 타박부터 해대곤 했습니다. 참 알량한 아비고, 철없는 아들의 유치찬란한 갈등이었지요.

다행히 건강하게 자라주어서 나라의 부름을 받고 군대에 간 녀석이 고맙고 대견합니다. 입대 전 제대로 잠을 이루지 못하는 걸로 보아 어지간히 심란했던 모양입니다. 그렇기도 하겠지요. 오래전 저를 돌아봐도 그랬으니까요. 한창 젊음 만끽할 때 덜커덩 군대로 끌려가는 심정이 만만하기야 하겠습니까. 무슨 수를 써서라도 군대에 가지 않으려고 나름 방법을 알아보다가 막상 영장이 나오면 절망과 좌절을 곱씹어야 했지요. 그렇지만 어느 누가 피할 수 있겠습니까. 대한민국의 건강한 젊은이라면 누구나 따라야 하는 의무지요. (물론 정작 힘 있고 돈 많은 사람들은 미꾸라지처럼 교묘히 빠져나가 많은 이들을 분노케 하는 경우가 허다하지만요. 이 나라에서 노블레스 오블리주는커녕 노블레스 '노'오블리주가 판을 치는 천박성은 언제쯤 없어질 것인지!) 그래서 회피하지 않고 당당하게 받아들이는 아들 녀석이 조금은 대견하고 자랑스럽습니다. 군대에서 제법 남자답게 강해지고 인격적으로도 성숙해져서 돌아오겠지요.

그런데도 막상 녀석이 떠난 빈자리를 바라보는 아비의 마음은 애잔합니다. 여러 해 동안 외국에 떨어져 살았기에 그저 유학 가 있겠거니 생각하면 된다고 애써 스스로 위로해보지만, 생각처럼 쉽지 않았습니다. 아침에는 항상 과일과 빵, 우유 또는 커피로 식탁을 차렸지만, 입대 날에는 그래도 먼 길 떠나는 녀석 아침밥은 먹여서 보내야 할 것 같아 일찌감치 일어나 밥을 짓고 국을 끓이고 갈비찜도 데워 제법 넉넉한 밥상을 차렸습니다. 녀석은 제 마음 무거울까 싶어서 애써 태연한 척 천천히 밥그릇을 비웠지만, 그리 쉬 넘어가지는 않았을 겁니다.

남들은 훈련소까지 따라가 부대 정문에서 헤어지면서 돌아서서 눈물을 짓는다고 하는데, 저는 오전의 수업을 핑계로 그 녀석 혼자 보냈습니다. 춘천까지 가는 길이 외롭지 않을까 싶었지만 애써 혼자 가겠노라고 사양하는 녀석이 은근슬쩍 고맙기도 했습니다. 오전 내내 그 녀석 갈 길이 눈에 밟히고 마음에 눈부처 되어 심란하던 차에 1시쯤 점심을 먹고 있는데 이제 부대로 들어간다며 마지막으로 전화를 했더군요. 그저 건강하게 잘 지내라고 이야기할 수밖에 없었습니다. 아마도 다른 부모들은 훈련소 입구까지 따라와 따뜻한 밥 한 끼라도 먹여 보냈을 텐데 혼자 훈련소 부근의 식당에서 외롭게 밥을 먹었을 녀석이 안쓰러웠습니다.

그렇게 제 아들 녀석이 군대에 갔습니다. 남들 다 가는 군대니 푸념할 것도 없고 별스러울 것도 없습니다. 그런데도 마음 한켠 허전하고 쓸쓸한 건 어쩌지 못하겠습니다. 있을 때 조금 더 살갑게 대해줄걸, 맛있는 거 조금 더 많이 해주고, 소주라도 함께 마시며 더 많은 이야기 나눌걸 하는 후회가 아침안개처럼 가득합니다.

그러다가 갑자기 어떤 생각이 와락 치솟았습니다. 자식을 잃은 부모의 마음은 어떨까, 군대에 보낸 아들이 주검으로 돌아온 부모의 심정은 어떨까, 다시는 사랑하는 자식을 보지 못할 운명을 안은 부모의 속내는 어떨까. 저야 그 녀석이 큰 탈 없으면 건강한 몸으로 돌아오리라 믿기에 그저 열심히 살면서 기다리면 되지요. 하지만 돌아오지 않는 자식을 품은 부모의 마음은……. 그저 2년쯤 비워둔 자식의 자리에도 이렇게 심란해하는데 영원히 돌아오지 않을 자식 가슴에 묻은 부모의 마음은 어떨까 생각하니 가슴이 아련하게 저며옵니다. 늘 일을 겪고 나서야 조금씩 깨닫는 저의 어리석음 탓입니다. 제 안타까움이 어찌 그분들의 아픔에 어깨견줌이나 하겠습니까. 그래도 이렇게 어쩔 수 없는 별리를 겪고 보니 그 마음 한 자락쯤은 함께 나눌 수 있을 것 같습니다. 그저 안됐다며 동정하고 지나치곤 했던 지난 삶을 돌아보니 부끄럽습니다. 뒤늦게나마 그런 마음 얻을 수 있어 다행이다 싶습니다.

녀석이 함께 있을 때는 몰랐던 그 존재의 부피와 무게는 생각보다 크고 무거웠습니다. 제 어미 안타까워할까 싶어 겉으로는 남들다 가는 군대 뭐 그리 호들갑 떨 것 있느냐고 애써 무시하지만, 막상 녀석의 빈자리에 앉고 보니 마음이 허전합니다. 그래도 이 경험을 통해 아비도 자식도 서로의 존재에 대해 고마워하고 그동안의 무심함과 다툼에 대해 반성하고 마음 다잡을 수 있어 다행입니다. 물론 제대하고 돌아오면 또다시 부딪치고 다투고 다시 껴안고 도닥이고 하겠지요. 그게 삶이니까요. 그래도 녀석의 부재 동안 차분히 아비로서의 반성과 다짐을 하며 보낼 수 있는 소중한 시간이겠다 싶습니다.

입대 전 녀석이 백화점에서 아르바이트를 하더니 입대하는 날 아침 쇼핑백을 내밀더군요.

"이게 뭐냐?"

"입대하기 전 선물하고 싶었어요."

줄무늬 푸른 셔츠와 진홍색 타이였습니다.

"개강하는 날 꼭 이 셔츠 입고 이 타이 매고 가세요. 그리고 학생들이 아들인 저라고 생각하시고 멋지게 강의해주세요."

기특하기도 하고 안쓰럽기도 했습니다. 무엇보다 그 마음씀이 고마웠습니다.

긴장에 뻣뻣해진 채 훈련소 생활을 하고 있을 아들 녀석이 벌써 그리워집니다. 내일은 녀석이 준 셔츠와 타이로 차려입고 학교에 가야겠습니다.

열다섯

불우한 이를 보고

나의 처지에 감사하는 것은

비겁하다

　　　　　　한 텔레비전 인기 프로그램에서 자
격증을 따는 임무가 주어졌습니다. 한 배우는 굴삭기 면허를 따고,
한 인기 개그맨은 도배사 자격증을, 그리고 한 가수는 알 공예에
도전하는 등 다양한 기술을 따기 위해 여러 달 동안 노력하는 모습
이 아름다웠습니다. 그런데 말은 어눌하고 이른바 예능감각이 뛰
어난 것도 아니어서 늘 웃기만 하는(사실 그게 그의 매력입니다) 한
젊은 배우가 선택한 분야는 뜻밖의 것이었습니다. 그는 손으로 하

는 대화, 즉 수화를 택했습니다. 말을 하지 못하는 이들과 소통하며 그들에게 다가가기 위한 수화는 생각보다 매우 어렵다고 합니다. 그도 그럴 것이 모든 의사표현을 손으로 하면서 때로는 몸짓과 표정으로도 나타내야 하기 때문이지요.

"왓슨—여기 오게—자네를 봤으면 한다네."

1876년 알렉산더 그레이엄 벨과 토머스 왓슨이 세계 최초로 전화 통화한 내용입니다. 1878년 토머스 에디슨이 "메리는 작은 양이 있었네"라는 자신의 말을 축음기 실린더에 녹음한 것만큼이나 유명한 말이 되었습니다. 그런데 벨이 전화기를 발명한 궁극적 목적은 청각장애인에게 말하는 법을 가르치려는 것이었음을 아는 사람은 의외로 많지 않습니다.

"그것은 그들을 대신해서 듣는 기계, 우리의 귀에 소리로서 작용하는 특정한 진동을 청각장애인의 눈앞에서 시각적으로 보여주는 기계다."

벨은 청각장애인에게 말하는 법을 가르쳐서 청력이 있는 보통사람들과 똑같이 행동하게 하면 그들의 문제를 해결할 수 있다고 믿었습니다. 물론 청각장애인 교육용이라는 벨의 계획은 결국 성사되지 못했습니다. 사실 이 장치로 청각장애인의 결핍된 청각을 벌충하면 그들도 청력이 있는 다른 사람들과 똑같이 말할 수 있으리라는 기대는 애초부터 잘못된 것이었습니다. 그러나 그것은 그의 궁극적인 목표와는 달리 오늘날 우리가 사용하는 전화기로 발전하여 청각에 문제가 없는 사람들에게 오히려 큰 선물이 되었습니다. 하지만 청각장애인에 대한 그의 애정이 얼마나 컸는지 잘 엿볼 수 있습니다.

들고 말하고 보고 느끼는 모든 감각이 아무런 장애 없이 늘 작용할 때는 잘 모르다가 막상 그 가운데 하나라도 막히거나 사용할 수 없게 되면 그 답답함은 엄청날 겁니다. 멀쩡하게 걷다가 사고로 깁스를 하고 목발을 짚으면 제 발로 걸어다니는 게 얼마나 행복한 일이었는지 새삼 알게 되는 것처럼 말입니다. 하고 싶은 말 많고 듣고 싶은 게 아무리 많아도 정작 말 못하고 들을 수 없으면 자기 혼자 빈 들판에 내몰린 듯한 느낌일 것입니다. 게다가 귀로 듣지 못하면 입으로 말할 수도 없습니다. 의사소통에 어려움을 겪게 되면 자꾸만 그런 상황을 피하려 들겠지요. 그러니 그들의 귀가 조금이라도 열리게 된다면 얼마나 행복해할까요. 벨은 바로 그 행복을 위해 전화기를 발명했던 겁니다.

벨이 이렇게 청각장애인에 각별한 관심을 갖게 된 건 독특한 그의 가족사 때문이라고 합니다. 그의 아버지 A. M. 벨은 시화법(視話法: 발음할 때의 입술이나 혀의 움직임을 보고 발음법을 익히는 방법. 말더듬이 같은 발음 이상을 고치는 데 씀)의 창시자였습니다. 그는 화술 교육가였으며 보스턴에서 청각장애인학교를 직접 운영하기도 했고 나중에는 아들 알렉산더가 그 학교를 꾸려갔습니다. 알렉산더 벨은 아버지를 도와 청각장애인 발음 교정에 오랫동안 종사했습니다. 부자가 이렇게 청각장애인에 대한 관심이 지극했던 건 바로 알렉산더의 어머니가 청각장애자였기 때문입니다. 그리고 벨의 아내와 딸 또한 청각장애인이었습니다. 부자의 장애인에 대한 지극한 사랑을 엿볼 수 있는 대목입니다. 보스턴의 청각장애인학교를 운영하는 비용도 바로 벨 전화회사를 설립한 후 생긴 이익금으로 충당했다고 합니다.

다들 잘 알듯이 헬렌 켈러의 인생을 바꾼 사람은 앤 설리번입니다. 헬렌이 설리번 선생을 만나게 된 계기가 바로 벨의 주선이었습니다. 헬렌 켈러의 부모가 당시 청각장애인 치료 전문가였던 알렉산더 벨을 찾아가 딸 문제를 상의하다가 좋은 선생님을 구해달라고 했던 겁니다. 그 부탁을 듣고 곰곰이 생각하던 벨은 보스턴 청각장애인학교에 다니던 헬렌 켈러와 그녀의 부모에게 보스턴에 있는 펄킨스 시각장애학원에 찾아가보라고 조언했고, 바로 그곳에서 당시 불과 스무살이던 시각장애를 가진 졸업생 앤 설리번을 만나 특수교육 선생님으로 맞이하게 된 겁니다. 그리하여 우리가 이미 알고 있듯이 설리번 선생의 헌신적인 노력과 헬렌 켈러의 불굴의 의지가 아름다운 꽃을 피우게 된 겁니다. 그리고 헬렌 켈러의 분투와 노력은 많은 사람들에게 감동과 희망을 주었고, 더 나아가 비장애인들로 하여금 장애를 안고 살아야 하는 사람들에 대한 따뜻한 마음을 갖게 해주었던 거지요.

훗날 헬렌 켈러는 자서전에서 벨을 이렇게 표현했습니다.

"당신은 제가 성공할 때마다 아버지의 기쁨을 보여주셨고, 제가 잘못을 저지를 때는 아버지의 자상함을 베푸셨습니다. 저는 알렉산더 그레이엄 벨을 전화기의 발명가보다는 청각장애인을 위한 봉사자로 더 기억하고 싶습니다."

그러나 우리는 여전히 벨을 전화기를 발명한 사람으로만 알 뿐입니다. 벨을 통해 헬렌 켈러의 메시지를 함께 볼 수 있다면 장애와 장애인에 대한 좀 더 깊은 이해와 공감을 키울 수 있겠지요.

사실 청각장애인 교육에 대한 벨의 접근법이 근본적으로 언어적 차이를 무효화하는 것이었다거나, '인류에 청각장애인이라는 별종이 형성되는 것'을 반대하고, 그런 맥락에서 청각장애인 간의 결혼과 출산을 금지해야 한다고 믿었던 점을 들어 벨을 비난하는 사람도 있습니다. 분명 우생학적 관점에서 청각장애인들의 장애를 제거함으로써 그들을 미국 주류 문화에 완전히 통합시켜야 한다고 주장한 그의 일관된 입장은 허물이 될 여지가 있습니다. 물론 오늘날의 관점에서 그렇다는 거지요. 하지만 그는 결코 우생학적 차별주의자가 아니었습니다. 그는 청각장애인 여성과 결혼했고 딸 또한 같은 장애를 지녔습니다. 아내와 딸의 고통을 누구보다 잘 아는 그였기에 그러한 불행이 반복되는 것을 막고자 하는 안타까운 마음이 있었던 것입니다. 그는 평생 청각장애인들의 친구를 자처했고 실제로 헌신적인 청각장애인 교육자였습니다.

베토벤의 심오한 교향곡도, 아름다운 새소리도 들을 수 없는 청각장애인들이 얼마나 갑갑할까 생각하면 안타깝습니다. 그들은 처음부터 소리를 들을 수 없었으니 베토벤의 음악에 대한 아쉬움이나 절망도 없을 거라고 쉽게 말하는 이들도 있습니다. 하지만 후천적 장애로 청각을 상실한 사람들도 많으니, 내가 누리는 걸 누군가 누리지 못한다는 데 대한 회한을 접을 수는 없는 일입니다. 그래도 청각장애인 나름의 의사소통 수단이 있으니 다행입니다. 바로 수화지요. 하지만 수화도 어려운 점이 없는 건 아닙니다. 수화를 할 때는 상대에게서 눈을 뗄 수 없으니 한꺼번에 여러 일을 하는 것이 어렵습니다. 장애인들에게 너그럽지도, 좋은 여건 마련도 하지 않는 무례하고 불공정한 사회에서 그들이 겪는 어려움을 조금이나마 덜어줄 수 있으면 좋겠습니다. 나보다 못한 이를 보고서야 자신의 처지에 감사하는 비겁함보다는 그들도 당당한 삶을 누릴 수 있도록 도와주어 함께 행복을 누려야겠지요.

오래전, 수화가 정말 아름답다는 경험을 한 적이 있습니다. 지리산에 가기 위해 서울역에서 밤기차를 타고 막 출발하려는데 창밖에서 한 여자가 애절한 표정으로 손짓을 하는 겁니다. 모르는 사람이어서 의아했습니다. 그래서 둘러보니 한 남자가 제 뒤에 서 있더군요. 그의 표정은 행복과 아쉬움으로 가득했습니다. 그들은 수화로 대화하고 있었던 겁니다. 두 사람은 사랑하는 사이인 듯했습니다. 그들의 표정을 보면 알 수 있지요. 두 사람이 여러 차례 같은 동작을 반복했습니다.

"사랑해."

다른 건 몰라도 짧은 수화 몇 토막 배운 것 가운데 '사랑해'는 또렷하게 기억하기에 그들이 지금 어떤 말을 하는지 알 수 있었습니다. 보통사람들 같으면 소리가 차단된 창밖과 실내의 답답함 때문에 안타깝게 손만 흔들었겠지만 그들은 아름다운 말을 주고받으며 행복해했습니다. 그 광경은 두고두고 잊지 못할 아름다움이었습니다. 사람의 눈이, 사랑의 눈이 그렇게 아름다운 건지 그때 처음 알았습니다.

텔레비전 프로그램의 그 잘생긴 배우가 언젠가는 수화 자격증을 꼭 땄으면 하는 바람에 어쩌다 그를 볼 때마다 응원을 합니다. 그 배우가 알렉산더 그레이엄 벨의 사랑을 느끼고 우리에게도 나누어주었으면 좋겠습니다.

열여섯

개인의 명예와 부귀보다

모두의 자유와 정의를 위하여

더 오래 고민하자

인간 승리의 드라마를 보는 건 언제나 감동적입니다. 지하 700미터 아래 그야말로 칠흑 같은 어둠의 갱도에 무려 69일 동안이나 갇혔던 서른세 명의 광부가 구출되는 날 지구촌 사람들의 눈은 한 곳에 몰렸습니다. 눈물과 환호, 박수와 노래가 온 세상에 퍼졌습니다. 그 드라마는 칠레 사람들뿐 아니라 온 세상 사람들을 하나로 묶어주는 감동 그 자체였습니다. 며칠도 아니고 두 달 넘는 시간을 지하 갱도에서 견디게 한 힘은 과연 무엇이었는지 사람들은 가슴 조이며 한 사람씩 구조되는 모습을 지켜보았습니다.

칠레인 서른두 명과 볼리비아인 한 명 등 서른세 명의 광부가 산호세 광산에서 발생한 붕괴 사고로 매몰 고립된 후 사람들은 과연 그들이 살아 있을지 무척 궁금해했습니다. 저는 1967년 양창선이라는 광부가 충남 청양의 한 금광에서 갱에 갇혔다가 16일 만에 기적적으로 생존 구조된 일이 떠올랐습니다. 혼자 갱 속에 갇혀 도시락 하나로 그 절망의 상태를 이겨내고 살아 돌아왔으니 그는 정말 대단한 사람입니다. 그에 비해 산호세 광산에 갇힌 이들은 물론 혼자가 아니어서 조금 더 나을지 모른다 싶으면서도 이미 양창선의 생존 기간을 넘겼으니 어렵겠다 싶었지요. 어쩌면 여러 사람이 공황 상태에 빠져서 갈등이 더 커질지도 모르는 일이었지요. 하루하루 시간이 흐르면서 사람들은 서서히 그들의 생존에 회의를 갖기 시작했습니다. 이미 인간의 한계를 넘어섰다는 판단이었기에 그런 절망감에 빠지는 걸 탓할 수는 없었지요. 물론 가족들은 결코 포기하지 않고 실낱 같은 희망의 끈을 놓지 않았을 겁니다.

17일째 되는 날, 그들이 생존해 있다는 사실이 확인되면서 구조가 본격화되었습니다. 광산 기술자, 구조 전문가, 의료 요원 등 250여 명의 구조팀이 결성되었습니다. 미국의 항공우주국(NASA)에서도 적극적으로 도움을 약속하고, 첨단 구조 캡슐을 제공했습니다. '불

사조(Phoenix)'라는 캡슐은 그 광부들에게 딱 알맞은 이름이었습니다. 마침내 오랜 기다림 끝에 매몰되었던 광부들이 바깥세상으로 나올 수 있었습니다. 그 감동은 이루 말할 수 없었습니다.

그렇게 한 사람씩 밖으로 모습을 드러낼 때마다 현장뿐 아니라 그걸 지켜보는 전 세계 모든 시청자들은 함께 환호하고 눈물을 흘렸습니다. 마침내 예상보다 빨리 22시간 만에 모두 구조되었습니다. 마지막으로 구조된 광부는 쉰네 살의 작업반장 루이스 우르수아였습니다. 그는 사고 이후 불안감에 빠진 광부들을 격려하고 냉정하게, 때로는 따뜻하게 도닥이며 질서를 유지한 실질적 리더였지요. 심지어 지하 갱도의 지도까지 만들었다고 합니다. 칠레의 대통령은 그를 뜨겁게 껴안으며 말했습니다.

"당신은 정말 대단한 지도자입니다."

적어도 그 순간만큼은 그가 대통령보다 더 위대한 지도자였습니다. 그는 담담히 말했습니다.

"다시는 이런 일이 발생하지 않기를 바랍니다. 모든 구조대원들에게 감사하고, 칠레인으로서 자부심을 느낍니다."

그 장면을 지켜보면서 한 사람이 떠올랐습니다. 가난하고 소외당하던 칠레인들을 위해 평생을 싸우다 희생된, 칠레의 위대한 민중가수 빅토르 하라(Victor Jara, 1932~1973)입니다. 그는 고통받는 칠레 민중을 위해 노래를 불렀다는 이유로 미움을 받았습니다. 민주적 절차에 의해 선출된 아옌데 대통령을 꺼린 피노체트 군부가 자기네에게 불편한 이른바 '좌파 척결'을 노린 미국의 지원으로 쿠데타를 일으켜 대통령 궁을 폭격하고 대통령은 자결했습니다. 그 사건과 더불어 빅토르 하라는 민중을 위한 노래를 불렀다는 이유로 체포되어 손가락 하나하나가 자전거 체인에 부러지는 고문을 받으며 결국 목숨까지 잃었습니다.

다국적 기업과 미국의 배후 조종 아래 극소수의 부호들이 국부와 권력을 독점하고 국민 대다수가 극심한 굶주림 속에 방치되었던 칠레에서, 빅토르 하라는 가난한 노동자들과 도시의 빈민들, 그리고 농노와 같은 삶을 살던 농민들의 깊은 상처를 어루만지고 새 희망과 연대의 열풍을 일으키며 새로운 노래운동과 문화운동의 폭탄 역할을 했던 사람입니다. 빅토르 하라는 난관에 부딪힐수록 슬퍼하거나 낙심하기는커녕 오히려 원기가 넘쳤고 정열적으로 맞서 싸웠습니다.

"나는 희망에 가득 차 있기 때문에 스스로를 정열적인 사람이라고 생각합니다. 그리고 수줍음 때문에 고통을 받는다는 이유만으로 오히려 대담한 사람이라고 생각합니다. 그러나 무엇보다도, 나는 지금 이 순간 살아서 존재한다는 사실을 기뻐하고 있습니다. 일을 한 뒤 고단함을 느끼는 행복감, 자신의 마음과 이성의 의지를 다해서 민중을 위해 봉사하는 행복감, 그러면서 다시 태어난 것 같은 행복감을 느끼고 있습니다."

그가 억압 속에 신음하던 칠레 민중을 위해 만든 노래 〈우리 승
리하리라 *Venceremos*〉를 들을 때마다 그의 삶과 죽음, 그리고 칠레
의 민주주의 투쟁사가 떠오릅니다. 피노체트 군부의 민중 학살과
전두환 군사정부의 광주 대학살이 겹치기에 유난히도 빅토르 하라
의 삶과 죽음, 그리고 그의 열정의 노래가 오래오래 가슴속에 살아
있습니다. 민주화 운동 때 많이 불리던 노래 〈우리 승리하리라 *we
shall overcome*〉와는 다르면서 훨씬 더 강하고 아름다운 데다가 빅토
르 하라의 희망과 열정이 살아 숨쉬는 노래여서 들을 때마다 힘을
얻습니다.

"우리는 승리하리라 우리는 승리하리라

수많은 사슬은 끊어지고

우리는 승리하리라 우리는 승리하리라

우리는 비극을 이겨내리라"

그 노래의 후렴을 칠레의 광부들도 소리 높여 불렀으리라고 생
각합니다. 마치 자신이 죽을 것을 알았던 듯 남긴 〈선언〉에서 하라
는 당당하게 말합니다.

"나의 노래는 덧없는 칭찬을 구하거나

국제적 명성을 얻기 위한 게 아니다

나의 노래는 이 좁다란 나라를 위한 것

땅속 깊이까지 이 나라를 위한 것

만물이 여기 잠들고

모든 것이 시작되는 이곳에서

그동안 용감했던 그 노래는

영원히 새롭게 태어나리라"

빅토르 하라가 대학의 특별 전시회 개막식에서 노래를 부르고 있을 때 모네다 대통령 궁이 폭격을 당해 화염에 휩싸였습니다. 아무리 정권을 차지하고 싶다 해도, 그리고 미국이 지원한다 해도, 더더구나 정당한 민주적 절차에 의해 선출된 자신들의 대통령을 어떻게 그렇게 무자비하게 폭사시킬 생각을 했는지 참 아연한 일입니다. 그렇게 칠레의 민주주의도 죽었습니다. 하라는 대학에 갇힌 상태에서 아내에게 전화를 걸었습니다.

"나는 여기 있어야겠어…… 통금 때문에 집에 돌아가기도 힘들 거야. 내일 아침 통금이 풀리자마자 제일 먼저 집으로 갈게…… 여보, 사랑해."

아내와의 통화를 마지막으로 그는 체포되었고 모진 고문과 모멸 속에 결국 살해되었습니다. 자신의 조국과 억압받는 민중을 위해 꿈과 희망을 노래하던 안데스의 남자는 그렇게 사랑하던 칠레 땅에서 삶을 마감했습니다.

어찌 그리고 자신의 평안과 편안을 꿈꾸지 않았겠습니까. 그에게는 명예와 부귀를 누릴 기회도 많았습니다. 그러나 그는 자신의 영달을 탐하지 않았습니다. 우리 같은 범속한 사람들이 영웅의 삶을 살기란 어렵습니다. 하지만 때로는 그런 영웅을 칭송하고 내 삶을 부끄러워하면서, 그들이 제시해준 꿈과 희망과 사랑을 조금씩이나마 배우고 따라갑니다.

빅토르 하라가 살아 있었다면 광부들의 매몰 소식에 가장 먼저 달려가 그들에게 〈우리 승리하리라〉를 노래해줬을 것만 같습니다. 아니 어쩌면 그들이 구출되는 날까지 갱 옆에서 희망의 메시지를 노래했을 것 같습니다. 그 위대한 광부들의 모습에서 하라의 불굴의 정신과 열정을 발견합니다. 마지막 광부까지 구출된 후 피녜라 대통령이 칠레인들이 전 세계에 헌신과 노력, 희망의 모범을 남겼다고 외치면서 밝힌 소감은 아직까지도 가슴에 잔잔하게 울립니다.

"칠레의 가장 큰 보물은 구리가 아니라 우리의 광부들입니다!"

우리나라와는 정반대 쪽에 위치한 남미(라틴 아메리카라고 하는 말이 그다지 달갑지 않습니다. '라틴'이라는 말 자체가 유럽인들의 시각에서 붙여진 이름이니 말입니다. 페루 바로 위에 있는 에콰도르는 적도가 지나간다고 그네들이 붙인 이름이고, 필리핀은 에스파냐의 필리페 왕을 기념해서 붙인 이름인 것처럼)에 있는 칠레가 이상하게 낯설지 않은 건 이제는 많이 수입되는 그곳의 와인 때문도 과일과 생선 때문도 아닙니다. 빅토르 하라의 노래와 정신이 살아 있기 때문입니다. 그리고 위대한 광부들 때문입니다. 그들이 정말 칠레의 가장 큰 보물이기 때문입니다.

물론 그들의 후유증이 생각보다 큰 건 어쩌면 당연한 일이겠지요. 그걸 빌미로 그들이 그 사건에서 보여준 고결한 휴머니즘과 뭉클한 동료애까지 깎아내려서는 안 됩니다. 그들이 빨리 그 질곡에서 벗어날 수 있도록 오히려 감싸주고 도닥여야 합니다. 그게 바로 진정한 연대이기 때문입니다.

열일곱

어느 하루

허튼 날이 있으랴

어느 시간 어느 해나 중간 지점은 반
드시 존재하는 법이지요. 그런데도 한 해를 여는 첫날이나 마감하
는 끝날은 각별하게 챙기고 의미를 부여하면서 정작 중간 지점은
그냥 흘려보내는 것 같습니다. 워낙 사는 게 밭고 사나우니 그럴
수 있겠지요. 하지만 어쩌면 그런 까닭에 더 챙기고 다잡아야 하는
건 아닌지 모르겠습니다. 그동안 뭘 했는지, 뭘 이루고 어떤 걸 놓
치고 살았는지 따져보면 부끄러움과 아쉬움이 먼저 자리 잡습니다.

그래도 아직 반이 남아 있다는 희망에 마음을 기대면 조금은 위안이 되기도 합니다.

세상은 탁하고, 그저 조금이라도 더 갖겠다고 온갖 곳에서 다툼이 일어납니다. 역사를 통해 우리가 배운 것은, 당장은 힘들지 모르지만 결국은 더 나은 미래, 더 나은 삶을 향해 진보해왔다는 점, 누가 거저 준 것이 아니라 때로는 분노하고 투쟁하며 질곡을 견디면서 쟁취한 것이라는 점, 그리고 조금만 방심하면 언제든 탐욕과 천박한 이기심으로 자신과 세상을 망칠 수 있으니 늘 깨어 있어야 한다는 사실입니다. 그런데 불행히도 그런 반성을 나날이 되씹고 안타까워하는 세상을 살고 있습니다. 정신의 올바른 가치를 상실하고 오로지 물질적 가치에만 몰두하는 까닭입니다. 심지어 정신적 가치를 일깨워야 할 교육과 종교마저 더 넓은 집, 더 호사스런 시설 따위에 매달리고 있으니 답답한 일입니다. 그리고 그 속에서 우리의 삶은 갈수록 건조하고 강퍅해지는 것 같습니다.

90대의 레지스탕스 활동가 스테판 에셀의 《분노하라》를 읽다가 부끄러움과 분노가 함께 뒤엉켰습니다. 그러나 돌이켜 생각해보니 그 모든 게 남 탓이 아니라 결국은 제 스스로의 나약함과 게으름, 그리고 적당한 무관심 따위가 만들어낸 괴물이라는 걸 깨달았습니다. 도대체 내 삶이, 우리 사회가 왜 이리도 무례하고 천박해졌는가에 대한 분노가 좌절이 아니라 지금이 그 모든 걸 다시 추스를 기회가 될 수 있다는 사실을 이토록 늦게 깨닫습니다. 그동안은 힘든 매듭들을 원망했을 뿐입니다. 삶의 매듭이나 마디가 겪어야 할 시간에는 감당하기 어려울 때도 있고, 왜 나만 그런 질곡을 떠안아야 하는가 원망스러울 때도 있겠지요. 한 해의 반나절 동안에도 그런 일들을 시리도록 겪었겠지요. 때로는 일부러 모른 척 지나기도 하고, 때로는 하도 익숙해서 딱히 각별한 생각이 들지 않았을지도 모릅니다. 그만큼 우리네 삶이 여간 만만한 게 아니니까요.

하지만 그런 매듭과 마디가 있어서 삶을 다잡고 생각을 정돈할 수 있지 않은가 곰곰 생각해봅니다. 호리호리하게 쭉 뻗은 대나무에게서도 그걸 배웁니다. 어떻게 대나무는 그리도 높은 곳까지 오를 수 있고, 거센 바람에도 끄떡없이 버틸 수 있는지요. 게다가 오동나무도 울고 갈 만큼 속은 텅 비어 있으니 말입니다. 그 비결은 바로 마디라지요. 각각의 마디 속에 나무의 성장이 저장되어 있고 마디 스스로 다음의 마디를 버텨주는 밑돌이 되기 때문이지요. 그러니 마디 하나 마련하지 못한 대나무는 결코 높게 뻗어오를 수 없습니다. 그런데도 당장 성장을 멈추는 것처럼, 혹은 더디 자라거나 힘겹게 버티는 것이라고 원망하고 아쉬워하는 건 아닌지 돌아볼 일입니다.

혹시 이런 생각 해보신 적 있는지요. 중국음식은 다양성이나 진기함 그 자체만으로도 유명합니다. 오죽하면 다리 네 개 달린 건

책상 빼곤 다 요리의 재료가 된다고 할까요. 그런데 다르게 보면 그런 음식의 다양성이 기근과 전혀 무관하지 않다는 점을 어렵잖게 헤아려볼 수 있습니다. 해마다 반복되는 기근은 공포 그 자체였을 겁니다. 당장 생목숨 이어가려면 뭐든지 먹어야 합니다. 그러다 보니 식량 넉넉할 때는 쳐다보지도 않던 것들마저 샅샅이 뒤져 온갖 시도 끝에 그걸 먹고 버텼고, 그런 미각들이 축적되면서 오늘날의 풍부한 음식문화를 만들어냈으리라 해석할 수도 있지 않을까요. 물론 어느 정도 다양하고 깊은 음식문화와 그 바탕이 있어야 가능한 일이기는 하겠습니다만.

우리 삶도 그렇겠지요. 배고픔을 겪어보지 않으면 그저 산해진미만 좋은 줄 알고 더 기름진 것만 먹으려 하겠지요. 그래서 정작 가장 무딘 미각을 지니게 되는 거지요. 그러니 지난 시간 속에서 겪었거나 버텨야만 했던 많은 버거움들이 사실은 앞으로의 삶에 풍부한 레시피로 작용하는 것이라면 마땅히 고마워하고 소중하게 여겨야 하겠습니다. 그런 지혜가 바로 세월이 주는, 좀 아프게 말하자면 나이 들어 얻는 자산입니다. 그런 깨달음 없이 탐욕으로만 채우고 내달릴 뿐이라면 나잇값조차 못하는 부끄러운 일이지요. 그게 바로 노욕(老欲)이고 노망입니다.

하루에도 한 해에도 중간이 있듯이 하나의 삶에도 그 중간이 있겠지요. 어쩌면 날마다 그날이 남은 절반의 삶의 시작일이라고 생각하면 섭섭하고 아쉬울 것도 불안하고 두려울 것도 없을 듯합니다. 오히려 앞으로 살아갈 절반의 삶을 더 충실하게 꾸려야겠다는 각오와 너그러움을 함께 누릴 수 있겠지요. 자신을 격려와 위로로 다독이며 잠시 숨 고를 수 있어야겠습니다. 그렇게 한 해의 굵은 매듭 하나를 정리할 때마다 잠깐 멈춰서 뒤도 돌아보고 앞도 바라보면 좋을 것 같습니다. 무더위로 지칠 때에야 쏟아지는 작달비의 청량함을 제대로 맛보는 것처럼 말이지요.

하루가, 한 해가, 그리고 한 삶이 그런 반환점을 지니고 있습니다. 처음과 끝에만 마음 두지 말고 그 지점에도 눈길 보내고 마음을 닿게 하면 조금은 더 충실하게 살아갈 수 있겠습니다. 아직, 시간이 그렇게 너그럽게 남았습니다.

열여덟

숨넘어갈 때조차

옛사람들은

나무에 핀 꽃을 보며

삶을 도닥일 줄 알았다

　　　　　　　　갈수록 봄이 짧아진다며 푸념하는
일이 늘었습니다. 지구온난화 탓으로, 아니 더 정확히 말하면 우리
네 인간의 욕심 탓으로 기후가 엉뚱한 방향으로 제 모습을 드러내
면서 가지런한 계절의 구분이 모호해집니다. 달(月) 수로는 석 달
의 몫을 배당받았지만 정작 베풀고 가는 건 반짝 한 달 남짓인 게
봄의 모습인 듯합니다. 하지만 그건 우리가 꽃을 기준으로, 기온을
가늠으로 따지는 까닭입니다. 봄은 덜 풀린 추위와 살짝 달뜬 더위

를 양끝자락에 거느리고 있습니다. 그러니까 제대로 봄을 누리는 건 그 세 계절을 짧은 시간 내에 골고루 맛보는 것이지 싶습니다. 그런데도 우리는 정점(頂點)에서만 누리고 이해하려는 이기적이고 좁은 소갈머리를 버리지 못합니다.

봄꽃이 거의 작별을 고할 때도 영산홍은 진득이 남아 있습니다. 소백산 정상의 언덕과 지리산 세석평전에는 철쭉이 아직 널찍한 카펫처럼 사방으로 흐드러져 있겠지만, 그건 높은 산이 주는 기온 차이 때문일 뿐입니다. 우리가 봄을 알아채는 건 개나리며 진달래, 벚꽃, 수수꽃다리 등을 통해서지만, 또 다른 꽃도 있습니다. 이제는 좀처럼 구경하기 힘든 꽃 가운데 하나가 흔히 복숭아꽃이라고 부르는 복사꽃입니다. 감나무처럼 집안 마당에 심는 법이 거의 없는, 오로지 과수원에서만 볼 수 있는 꽃이기에 일부러 찾아가기 전에는 보기 어렵지요. 제 고등학교 시절만 해도 부천에는 복숭아 과수원이며 포도밭이 천지였지만 이제는 상전벽해를 실감할 뿐입니다.

복숭아가 그렇듯 그 꽃도 연분홍 부끄러운 듯 그러나 은근한 춘정(春情) 돋우는 도발이 곁들었다는 느낌이 있습니다. 며칠 전 어떤 책에서 이런 글을 읽었습니다. 왜 옛 그림에 복숭아꽃이 드물잖게 나오는가 하는 물음에 스스로 답을 던져줍니다. 그건 옛날 사람들에게 그 시절이 가장 힘들었기 때문이라네요. 가장 힘들 때 혁명을 꿈꾸는 것처럼 말입니다. 처음엔 무슨 소린가 했습니다. 그러다가 무릎을 탁 치게 하는 말이 떠올랐습니다. 보릿고개! 그렇습니다. 호랑이보다 무섭다는 보릿고개가 절정일 때가 바로 복사꽃 피는 시기였습니다. 만발한 복사꽃과 춘궁기의 절정이 그렇게 겹쳤던 거지요.

유비, 관우, 장비의 도원결의는 그러니까 가장 어려운 시기에 의기투합하여 미래의 꿈을 서약한 것입니다. 복숭아꽃은 그저 근사한 장소적 배경으로 깔린 게 아니라 그렇게 의미심장한 속뜻을 품고 있다는 걸 알았습니다. 조선의 가장 위대한 산수화인 〈몽유도원도〉는 안평대군에게서 꿈속 무릉도원에서 사육신을 만난 이야기를 듣고 안견이 사흘 만에 그린 겁니다. 글쓴이는 그래서 그 그림이 복숭아나무에서 품은 이상세계의 꿈을 상징하는 것 아니겠느냐고 반문합니다. 그러니까 복숭아꽃은 지금의 우리 식으로 표현하자면 '바닥을 친 상태에서 비로소 깨닫는 희망의 메시지'가 아닌가 싶습니다.

일부러 춘궁기 찾아 궁기로 청승 떨고자 하는 사람은 없겠지요. 계절의 변화가 느린 듯, 때로는 없는 듯 눙치는 것으로 보이다가도 엄연히 제 시간 꼬박꼬박 드러내는 것처럼 삶에도 굴곡이 있습니다. 다만 그 굽이 상대적으로 크고 작은 것뿐입니다. 누구나 힘들 때 지치고 절망합니다. 그러나 그 시기에 분명 꽃이 피기 시작합니다. 불행히도 빌딩 숲에만 갇혀 사는 까닭에 만발한 복사꽃을 보지 못했을 뿐입니다. 옛사람들이 보릿고개 숨넘어갈 때조차 화사한 복사꽃을 보며 새로운 꿈을 도닥이고 삶을 추슬렀던 지혜를 조금은 배워야겠습니다. 이제는 직접 그 꽃을 보기는 어려워도 누군가 그 꽃이 피었다는 소식을 전해줄 수 있으면, 그리고 그 소식을 헛귀로 넘기지 않는 지혜와 겸손을 잃지 않는다면 그것만으로도 충분히 고마운 일이겠습니다. 시골길 걷다가 그 소식 소박하게 전해줄 수 있으면 좋겠다는 생각을 해봅니다. 그저 그런 일만 할 수 있어도 조금은 제 삶의 역할과 의미를 누릴 수 있는 노릇이겠습니다.

더울 때면 그늘을 찾습니다. 그늘에서 잠깐의 휴식을 맛봅니다. 휴식이란 한자말을 풀어보면 참 재밌습니다. 사람〔人〕이 나무〔木〕에 기대어 스스로〔自〕 제 마음〔心〕을 들여다보는 게 바로 휴식(休息)입니다. 잠깐의 쉼이지만 자연과 하나되어 영혼을 도닥이는 것이야말로 참다운 휴식이겠습니다. 하지만 너무 오래 머물면 시간을 놓칩니다. 아니, 시간을 모릅니다. 그늘 속에서는 해시계가 아무런 쓸모가 없습니다. 그러나 그렇다고 그걸 무용하다 버려서도 안 되겠지요. 나무에서 벗어나면 해시계가 지금의 시간을 알려줍니다. 그러니 그늘 속의 해시계도 잘 간수해야겠습니다.

복사꽃 아래에서 그늘에 가린 해시계를 품고 곤궁의 막바지를 이겨낼 힘은 바로 희망입니다. 도원결의는 세 영웅들만의 몫이 아니라 힘겨운 나와 또 다른 내적 자아가 손을 맞잡고 결연하게 희망을 갈무리할 우리들의 몫입니다.

이미 복사꽃도 진 지 오래입니다. 모든 봄꽃과의 작별과 함께 일찌감치 그 꽃도 떠났습니다. 그러나 복사꽃과 더불어 품었던 희망은 이제 서서히 제 모습을 드러내기 시작합니다. 그 꽃과 그 결의를 오랫동안 기억하며 살 수 있으면 참으로 좋은 일이겠습니다.

열아홉

떠나간 사람들의 흔적을
간직하고 산다는 것

　　　　　그의 집으로 가는 길은 참 아름다웠
습니다. 버스에서 내려 20분쯤 걸어가는 길은 그대로 한 장의 그림
엽서였습니다. 일부러 조성한 테마파크 류와는 전혀 맛이 다른, 있
는 그대로 삶의 속살 부끄럼 없이 드러낸 시골의 아주 한적한 길입
니다. 주변의 풍광이 좋은 나머지 시선을 빼앗겨서 외려 허전한 올
레길과는 달리, 그냥 돌담길 이어지고 좌우로 귤밭과 당근밭이 널
려 있는 시골길입니다.

집집마다 담 곁에 혹은 담 삼아 심어놓은 동백이 얼큰한 얼굴로 흰 눈을 받아내고 담벼락 아래엔 수줍은 수선화가 소담하게 피었습니다. 12월에 수선화를 본 건 처음입니다. 정작 찾아가는 두모악 갤러리보다 그 길이 더 좋았습니다. 그래서 목적지로 향하는 발걸음이 자연히 조급해져야 하는데도 일부러 천천히 걸었습니다. 함박눈은 펑펑 쏟아지지요, 동백은 그 눈에 저항하듯 발갛게 피었지요, 노란 귤들은 파란 잎새와 멋들어지게 어우러졌지요, 사진으로 찍는 것조차 미안할 절경이고 그대로 절창이었습니다. 굳이 소리가 들려야 노래일 까닭도 없는 것이지요.

그날은 제주에서 강연이 있었습니다. 아침부터 강의를 해야 하는 까닭에 이른 새벽 공항으로 나가기가 힘들기는 했지만 그만큼 일찍 끝났으니 대가치곤 괜찮았습니다. 게다가 쉽게 가지 못하는 제주였으니 말입니다. 돌아오는 비행기 시간까지 약간 여유가 있어서 시외버스를 타고 표선으로 달려갔습니다. 대설주의보에 걸맞은 눈은 아니어도 눈발이 제법 만만치 않아서 차가 중간에 몇 번이나 바짝 긴장하며 속도를 줄여야 했지만 모처럼 눈길 헤치고 가는 시외버스의 낭만은 그럴싸했습니다. 끝내 한라산은 보지 못했지만 여기저기 아담한 오름들이 눈을 담뿍 뒤집어쓴 모습에 그다지 아쉽진 않았습니다. 버스에서 내릴 때쯤은 눈발이 좀 잦아들었지만 오락가락할 뿐 멈추진 않았습니다.

버스에서 내린 곳은 표선리라는 마을이었습니다. 아주 작은 시골 동네의 정류장에 내린 사람이라곤 타관의 객손뿐이었지요. 버스 기사가 제 행색을 보고 외지인인 걸 알았는지 대뜸 '김영갑사진관'(그이는 그렇게 부르더군요. '갤러리'라는 말보다 어찌 그리 정겹게 느껴지던지요!)에 가느냐고 묻더군요. 정작 제주 사람들보다는 외지에서 더 많이 찾아오는 눈치였습니다.

제주도에 흠뻑 빠져 결국 그곳에서 삶을 마감한 김영갑의 사진을 처음 서울 전시회에서 봤을 때의 기억이 아직도 생생합니다. 그저 무명의(적어도 그때는 그랬습니다. 정식으로 사진을 전공하지도 않았고, 서울에서 활동하는 사람도 아니었으니 어쩌면 그런 '박대'가 자연스러운지도 모르지요, 무람하게도) 작가가 찍어낸, 단 한 컷도 예외 없이 파노라마로 찍은 제주의 모습에 숨 막혔습니다. 그냥 풍광이 좋아서 마냥 즐겁게 셔터를 누른 게 아닌 기색이 역력했습니다. 나중에 들으니 제주도를 고샅고샅 꿰뚫게 된 작가는 어느 장소는 언제 어떤 날씨에 몇 시쯤이 사진으로 담아내기에 최적이라는 걸 알고 있었다지요. 그걸 알아낼 때까지 얼마나 치열하게 제주도를 훑어냈을지 짐작하고도 남습니다. 마음먹은 곳에 적당한 때를 잡아 간다고 해서 원하는 그림이 잡힐 까닭이 없습니다. 자연의 흐름이 우리가 살아가는 식으로 또박또박 맞춰서, 혹은 기차 시간표처럼 그렇게 일목요연하게 이뤄지지는 않을 테지요. 그러면 작가는 그곳에서 마냥 기다렸습니다. 끝내 원하는 모습이 나타나지 않으면 무거운 장비 걸쳐 메고 돌아가야 하는 날이 반복되었습니다.

끼니 챙겨줄 가족도 없고, 넉넉하게 쉴 집도 없이 때로는 남의 집 창고나 외양간 빌려서 몇 달을 지내면서도 돈만 생기면 비싼 파노라마 필름 사는 데에 써버려 정작 밥값도 차비도 없을 때가 허다했다는 고백을 나중에 그의 책을 통해 들었을 때 참으로 애잔하고 먹먹했습니다. 그러나 그 고백조차 그가 이미 세상을 떠난 뒤에 남겨놓은 것이니 남은 자에겐 그저 미안함과 고마움뿐입니다.

그가 마지막으로 고단한 몸을 의탁한 곳은 시골의 한 폐교였습니다. 그의 사진에 흠뻑 반한 이들이 조금씩 늘어갈 때쯤이었지요. 이 집 저 집 얻어 쓰며 궁색하게 살다보니 정작 자신의 목숨보다 더 소중하게 여기는 필름들이 망가지고 정리도 못하던 처지를 비춰보면 너른 공간에서 마음껏 사진 작업을 했을 때 그는 참 행복했을 겁니다. 그런데 본격적으로 자신의 작업 공간을 가진 그에게 주어진 건 끝까지 냉혹한 운명이었습니다. 파킨슨병에 걸린 겁니다. 근육들이 차례로 무기력해져가는 속에서도 그는 손가락 근육을 움직일 수 있을 때까지 셔터를 눌러댔습니다. 결국 더 이상 그 행복을 누릴 수 없을 때 그에게 남겨진 건 그동안 찍은 엄청난 사진들이었지요.

그의 첫 전시회를 찾았던 사람으로서 그의 마지막 전시회를 찾아간 건 그이보다는 오래 살아남을 자가 치러야 하는 의무이며 또한 누려야 할 행운이었다고나 할까요. 이미 그의 상태로 보아 그게 마지막 전시회일 수밖에 없었기에 만사 젖혀두고 가게 되었습니다. 그의 숨이 아직은 남아 있을 때 마지막으로 그에게 보내는 경의가 그저 그뿐이라는 게 안타까울 뿐이었지요. 그리고 그렇게 그는 떠났습니다. 그 다음해에 그가 마지막까지 애정을 품었던 두모악의 갤러리를 찾았을 때, 뭐 마려운 강아지마냥 한나절을 거기에서 떠나지 못했던 기억이 선합니다.

그런데 막상 다시 찾은 갤러리에선 그리 오래 머물지 않았습니다. 돌아갈 시간에 쫓긴 탓도 있고, 처음 찾았을 때의 감흥이 어느 정도 물러진 까닭도 있겠지요. 그러나 그곳을 나와 다시 버스 정류장까지 걸어가면서 깨달았습니다. 정지된 그의 삶과 사진이 아니라, 아까 걸었던, 그리고 다시 걸어가는 그 길을 무수히 걸었을 김영갑 선생의 모습이 보였고 그가 눈에 담았을 동네가 다가왔던 겁니다. 그 눈길을 걸어가는 사람은 저 말고는 없었습니다. 렌터카를 빌려 타고 온 관광객들이나 택시를 대절해 온 이들이 그 길을 걸어갈 일은 없겠지요. 동네 사람들조차 눈 내리는 길을 나서지는 않겠지요. 그 길에서 김영갑 선생과 오롯하게 걸으며 누린 행복이 갤러리에 걸린 그의 사진이 준 행복보다 훨씬 더 컸습니다.

목적지보다 그곳을 찾아가는 길이 더 아름답고 행복한 걸 마음껏 누릴 수 있어서 얼마나 즐거웠는지 모릅니다. 돌아나오는 길가에 여전히 동백은 더 또렷한 선홍색으로 버티고 있고 수선화는 눈의 무게를 이기지 못해 고개를 살짝 떨궜습니다. 당근밭은 이미 설원으로 변해서 당근은 볼 수 없었지만 또 다른 맛이 느껴졌습니다. 길이 더 아름다운 걸 새삼 깨닫게 해준 게 두모악에서 얻어온 선물입니다. 다비드 르 브르통이 '걷는 것은 관능적이다'라고 했던 말이 다시금 떠오른 하루였습니다. 카메라를 가져가지 않은 게 얼마나 다행스러웠는지 모릅니다. 이청준의 〈눈길〉 같은 서러움이나, 가와바타 야스나리의 〈설국〉 같은 서정성 뛰어난 감각과는 다른, 소담하게 깨끔한 눈길이었습니다.

스물

추억의 풍경 앞에서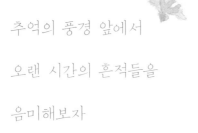

오랜 시간의 흔적들을

음미해보자

        계절학기 마치고 성적까지 입력하고 나면 비로소 여름방학이 시작되는 느낌입니다. 그래봐야 딱히 할 일이 있거나 어디 여행 갈 계획을 마련한 것도 아니면서 뭔가 해방된 느낌과 설렘의 긴장감이 뒤섞입니다. 기껏 누리는 호사라는 게 종강 다음날 아침 일찍 종묘와 창경궁을 찾아 뜨거운 태양이 인내심을 시험하기 전 느긋하게 산책하거나 모처럼 인사동 사간동 골목 찾아 그림 구경하는 게 전부입니다. 그리 시간에 쫓겨 사는 삶이 아니면서도 자주 나오지 못하기에 그 느긋한 호사를 마음껏 누려봅니다.

　종묘에서 인사동 건너오는 골목은 이제 더 이상 옛 정취가 느껴지지 않습니다. 누군가 길이 주름지면 골목이 된다고 했는데, 그곳에는 이제 주름이 없으니 더 이상 골목이라고 이름 붙이는 것도 열없는 일이 되고 말았습니다. 이 모퉁이 돌고 저 모퉁이 꺾어도 큰길 나오지 않고 마치 만화경처럼 끊임없이 닮은 듯 다른 풍경이 펼쳐지던 그 모습이 아닙니다. 어설프게 남아 엉뚱하게 분칠한 옛 가옥들이 오히려 부조화를 덧나게 할 뿐. 설령 개다리소반일지언정 가지런하게 놓인 밥과 국, 그리고 조촐한 반찬과 종지가 오물조물 어깨를 맞대고 있을 때 아름다움을 느끼듯이, 여기 불쑥 저기 찔끔 마치 헐다 만 집처럼 안쓰럽고 어색한 모습입니다. 누군가를 깊이 사랑하면서도 드러내지 못할 때 마치 최고의 보석을 아무에게도 보이지 못하는 여인의 심정에 비유하는 이도 있지만, 아무에게도 무람없이 자랑하지 않고 그저 속으로만 품고 있던 풍경이 사라지는 것 또한 그와 크게 다르지 않겠지요.

　강남의 집값이 여염집 사람들로서는 짐작도 되지 않고 실감하기도 어려울 만큼 치솟아 온갖 처방들이 쏟아져 나오지만 뚝 부러진 해결책은 마련되지 않는 모양입니다. 저야 애당초 그쪽으로 고개를 돌려본 적도 없고, 앞으로도 거기에 살고 싶은 생각 없으니 관심조차 없지만, 그곳에서 부는 바람이 온 나라를 흔드는 형편이다 보니 무조건 나 몰라라 할 수도 없어서 마음이 무겁습니다.

강남에 가면 길도 바둑판처럼 짜임새 있게 나 있고, 상가들이 모두 현대식으로 늘어서 있습니다. 그래서 길을 찾거나 물건을 살 때 쉽고 편하게 해결할 수 있어서 좋습니다. 그러나 이상하게도 거기에 가면 정감이 느껴지지 않아 그리 탐탁지 않습니다. 제가 구식이어서 그렇겠다 싶기는 하지만, 남의 동네 기웃거리는 낯섦을 떨치지 못합니다. 제가 중학교를 졸업할 무렵쯤 강남(그때는 영동〔永東〕이라 불렀습니다. 영등포 동쪽이란 뜻이었을 겁니다. 본디는 강북 밀집을 해소하기 위해 일종의 베드타운으로 조성하려 했습니다. 그래서 강북의 명문 학교들이 반강제로 그리로 옮겨 갔습니다. 그것이 오늘날 8학군이니 뭐니 하는 알짜배기가 될 줄 누가 알았겠습니까) 개발이 시작되었고, 배밭이던 압구정동의 현대아파트 특혜 분양으로 한창 시끄러웠습니다. 그때 말죽거리에 살던 친구 따라 가본 지금의 신사동은 온통 배추밭이던 게 기억납니다. 그랬던 곳이 오늘처럼 놀랍게 변했습니다. 상전벽해란 이를 두고 이른 말인 모양입니다.

아마 어릴 때부터 익숙해서 그렇겠지만 저는 아직도 강북의 좁은 도로며 지붕이 맞대어 늘어선 골목들을 다닐 때면 마음이 푸근해지고 여유로워집니다. 원서동에서 사간동까지 이어지는, 한옥들이 어깨를 비비며 만들어낸 꼬불꼬불한 골목은 금세라도 대문을 열고 친구가 나올 것만 같은 정겨움이 배어 있습니다. 요즘은 북촌 한옥마을이라고 해서 현대식 살림살이에 맞게 고치고 예쁘게 바꿔놓은 집도 많지만, 저는 지붕 한켠이 슬그머니 주저앉고 대문에는 아직도 지워지지 않은 낙서가 꼬불탕꼬불탕 춤추고 있는 골목이 더 좋습니다. 골목 끝자락에 초라하게 남아 있는 가게도 정겹습니다. 정말 구멍가게라는 말이 남지도 모자라지도 않는 그곳에 들어가면 한구석에 제비뽑기판이 있을 것만 같습니다.

중학교 시절 하굣길에 지금은 북촌마을로 개량되어 관광객들이 빈번하게 드나드는 계동에 있는 학교에서 경복궁까지 걸어가는 길은 꽤나 길었습니다. 지각하지 않기 위해 골목을 달려야 하는 등굣길과는 달리 미로처럼 이어지는 골목길을 누비며 다니다보면 두세 곱절의 시간쯤은 너끈히 걸렸지요. 그때만 해도 골목마다 꼬맹이들이 모여 딱지치기, 구슬치기, 숨바꼭질 등을 하느라 시끌벅적했습니다. 머리를 맞댄 듯 이어지는 기와지붕들이 골목의 하늘을 반쯤은 가렸지만 오히려 그 비율이 절묘하다는 걸 어린 나이에도 직감적으로 알았습니다. 휴일이면 내자동―관수동―당주동으로 이어지는 꾸불꾸불한 골목길이며 와룡동 골목길도 와글와글했습니다. 집에 있어봤자 딱히 할 것도 없고 심심한 아이들이 온통 골목길로 쏟아져 나왔습니다.

아직도 거기 사는 사람들은 자동차 재울 곳이 없어서 불편하기

짝이 없겠지만, 그래서 골목을 뛰어다니며 법석 떠는 아이들 웃음소리를 들을 특권을 여전히 누리는 겁니다. 개량하지 않은 약간은 촌스러운 한옥들의 한 뼘도 채 되지 않는 벽 아래 화단에 채송화도 심고 맨드라미도 심어 나름대로의 멋을 한껏 부린 것이, 그 소박함이 정겹습니다. 지난여름 창가에 제라늄 화분을 쪼르르 놓아서 지나는 사람들을 행복하게 했던 그 좁디좁은 카페에서는 지금도 지친 걸음과 추위를 덜기 위해 잠깐 들른 연인들이 따뜻한 차를 마시며 그윽한 사랑의 눈길을 주고받고 있겠지요.

한껏 호기를 부리며 들락거리던, 분식집 즐비하던 당주동에서 내수동에 이르는 골목이 사라진 뒤에는 이 골목들이 더 정겹습니다. 아직도 절반쯤 남아 제 집 내주고 마치 세 들어 사는 못난이처럼 거대한 오피스텔 옆구리에서 초라하게 과거를 간직하고 있는 와룡동 골목도 찾아가기 낯설지 않습니다. 겉보기에는 초라할지 모르지만 한때 세도와 자존심으로 당당했던 골목입니다. 자세히 보면 그 시절의 화려함이 드문드문 남아 있어서 반갑습니다. 강남의 화려한 큰길과 세련된 뒷길에서는 맛볼 수 없는 정경입니다.

아무래도 저는 시대의 결에 맞춰 살지 못하는 더딘 사람 같습니다. 강남의 아이들에게는 미로처럼 어지럽고 헷갈리는 옛길이, 블록으로 나누어진 강남보다 훨씬 더 쉽고 정겨운 것만 봐도 그렇습니다. 한편으로 그 정취를 맛볼 수 있는 심성이 남아 있는 것이 제겐 더 고맙고 소중합니다. 그저 골목에서 만나는 사람 아무나 붙잡고 물어도 어찌어찌 가라며, 그것도 모자라 골목 꺾이는 곳까지 따라나와 길을 가르쳐주는, 겉보기엔 딱딱한 듯해도 이내 그 보드라운 속정을 보여주는 사람들이 반갑습니다.

과거를 품고 살 수만은 없습니다. 그러나 너무 쉽게 잊어버리는 세태는 안타깝습니다. 그런 말이 있지요. 어제는 역사고(Yesterday is history) 내일은 신비며(Tomorrow is mystery) 오늘은 선물이라고(Today is a gift). 어쩌면 그래서 'Present is a present(현재는 선물이다)'라는 말이 나오는 건지도 모르겠습니다. 물론 새로운 공간의 필요에 따라 어쩔 수 없이 아파트라는 대규모 복합 주거단지를 지을 수밖에 없겠지만 오랜 시간의 흔적을 막무가내로 밀어내는 야만은 이제 그쳤으면 좋겠습니다. 시간과 공존하는 공간이 새삼 그리워집니다. 언젠가 마음먹고 시간 마련하여 골목 순례를 떠나면 어떨까 싶습니다.

선물은 책으로

　조금씩 차이는 있겠지만 50세를 앞뒤로 하여 눈이 침침해지기 시작한다지요. 맨눈으로는 신문 읽기도 힘들어지면서 할 수 없이 돋보기에 의존해야 하는 그 순간만큼 황당하고 서글픈 때가 또 있을까요! 그래도 돋보기를 쓰면 환하고 시원하게 글을 읽을 수 있으니 다행이지요. 그래서 돋보기는 언제나 재킷 안주머니에 혹은 가방에 넣고 다니는 필수품이 되었습니다. 처음에는 지하철에서 책을 읽기 위해 돋보기를 꺼내 걸치는 게 자존심 상해 눈을 찡그리며 용을 써보기도 했지만 이내 순순히 받아들이게 되더군요. 그래도 돋보기는 늙어감의 상징처럼 여겨져서 여전히 마뜩찮은 게 사실입니다. 그냥 안경처럼 쓰고 다닌다면 모를까 들고 다니다가 뭘 읽기 위해 썼다 벗었다 하는 것도 불편하기 짝이 없는 노릇이고요.

　제가 처음 노안이 왔다는 걸 알았을 때는 오십이 채 되기 전이었습니다. 합창 연습을 하고 있는데 악보 복사 상태가 영 엉망이더군요. 오선은 여러 가닥으로 얽혔고 음표들은 번져 있어서 도저히 읽을 수가 없는 겁니다.

"총무, 악보가 이게 뭐냐. 최소한 악보는 제대로 복사해서 나눠 줘야지 확인도 하지 않고 이렇게 주면 어쩌라는 거야."

애꿎은 총무를 닦달했습니다. 그랬더니 그 친구는 내 타박에 낯을 붉히거나 당혹해하기는커녕 연신 싱글벙글 웃어대는 겁니다.

"형님, 안경 벗고 읽어봐요. 이제 보이지? 악보에 문제가 있는 게 아니라 형님 눈에 문제가 있는 거요. 돋보기 하나 맞추셔야겠네."

하늘이 무너지는 정도는 아니었지만, 애들 말마따나 싸해지더군요. 세상에! 중학교 1학년 때부터 안경을 쓰고 살아온지라 별로 어색할 일은 없었지만, 사실은 근시인 까닭에 노안은 오지 않을 줄 알았던 겁니다. 그런데 곰곰 돌아보니 어쩌다 신문이나 책을 읽을 때 눈이 아파서 안경을 잠깐 벗어보면 뜻밖에도 글씨가 잘 보인 적이 있더군요. 제 몸은 이미 알고 있었는데 생각이 외면했을 뿐인 거지요. 어쨌거나 그때는 왜 그리 서러웠는지 모르겠습니다. 아마 '외관적 노화'의 시작이라고 여겼기 때문이겠지요.

한 손에 막대 잡고 또 한 손에 가시 쥐고
늙는 길 가시로 막고 오는 백발(白髮) 막대로 치려터니
백발이 제 몬져 알고 즈럼길로 오더라

예전 국어 교과서에 실렸던 우탁의 〈탄로가〉가 저절로 떠올랐습니다. 백발이나 노안이나! 고려시대에는 돋보기가 없었으니 백발타령으로 한탄했겠지요.

　그날은 악보도 보기 싫어 합창 연습을 제대로 하지 못했습니다. 며칠 동안 그저 우울하기만 했습니다. 하지만 버티기도 하루 이틀이지, 할 수 없이 돋보기 하나 마련할밖에요. 그런 저를 보고 친구하나가 그러더군요.

　"너만 노안 온 거 아냐. 난 벌써 이태 전에 왔다. 그거 그냥 늙어가는 거라고만 생각하지 마."

　"그게 아니면 뭐냐?"

　그 친구도 돋보기를 쓴다니 '모르는 놈이 염장 지른다'고 타박할수도 없고, 그렇다고 혼자만 그런 게 아니라는 말로 위안 삼기도치사하고 뭐 그렇더라고요.

　"지금까지 그저 눈앞에 있는 것만 보고 살았잖니. 이젠 멀리 보고 살라는 자연의 깊은 뜻이야. 이 나이에도 그걸 깨닫지 못하면그게 청맹과니지."

　정신이 번쩍 들더군요. 그냥 자신을 변명하거나 합리화하는 게아니라 그것을 더 넓고 깊게 받아들이면 생각도 정신도 달라지고,그러면 행동도 달라지겠지요. 물론 아직도 저는 늘 눈앞 코앞의 것보기에도 정신을 못 차리고 있긴 하지만 말입니다. 돋보기를 벗으면 가까운 건 안 보이고 멀리 있는 건 보이니, 세상 보는 것도 자신을 보는 것도 넉넉하게 멀리 보려고 합니다. 어쨌거나 이젠 책도 돋보기라는 친구를 갖게 되었으니 좀 덜 심심할지도 모르겠네요.

1970년대에 우리나라에서 호스티스 물 전성시대를 열었던 〈영자의 전성시대〉라는 영화가 있었지요. 염복순이라는 약간은 촌스러운 이름의 여배우가 글래머 몸매를 전라의 모습으로 보여주어 (사실은 목욕탕 신에서 뒷모습을 보여준 게 전부였지만) 뭇 남성들의 얼을 쏙 빼놓았던 영화입니다. 당연히 미성년자 관람불가였기에 초가을이었는데도 트렌치코트로 변장하고 침을 꼴까닥 삼키며 봤습니다. 《선데이서울》 표지모델의 비키니 차림만 보아도 눈이 돌아가던 시절이었으니까요. 이 영화 이후 '~전성시대'라는 신조어가 쏟아지기도 했습니다.

이왕 나왔으니 하는 말이지만 1970년대는 그야말로 '문고판 전성시대'였습니다. 앞에서 안경 이야기를 했지만 제가 안경을 쓰게 된 것은 어쩌면 문고판 때문이었는지도 모릅니다. 물론 요즘도 문고판이라는 게 아주 없지는 않습니다. 그래도 예전 것에 비하면 꽤 큰 편이지요. 당시 문고판이라 불리던 책은 크기가 딱 손바닥만 해서 들고 다니기 편했습니다. 뒷주머니에 꽂고 다닐 수도 있어서 포켓북이라고 부르기도 했지요. 국판 크기의 절반, 그러니까 가로 10센티미터 세로 15센티미터 정도에 불과한 귀엽고 작은 책이었습니다.

삼중당, 삼성당, 삼성출판사, 삼성문화문고, 범우사(고맙게도 여기에서는 아직도 문고판을 출간합니다) 등에서 수십 권 혹은 수백 권 시리즈로 출판했습니다. 크기도 작고 값도 싸서(100~300원가량 했으니까요) 특히 학생들에게 인기였지요.

다만 얻는 게 있으면 잃는 게 있고 빛이 있으면 어둠이 있듯이 이 문고판이라는 게 들고 다니기 좋고 값이 싼 미덕은 있었지만 글자가 너무 작아서 눈이 아팠습니다. 그걸 흔들리는 버스에서도 읽고 다녔으니 애꿎은 눈만 혹사했던 거지요. 그러니 눈이 나빠질 수밖에요. 결국 종로2가 네거리에 있던 화신백화점에서 안경을 맞췄습니다. 그때만 해도 안경 쓴 사람이 드문 까닭에(오죽하면 안경 쓴 애들 별명은 하나같이 '목사(目四)' '안경잡이' 등이었고, 교실에서도 선생님이 이름 기억 못하면 '야, 거기 안경 쓴 놈 왼쪽 옆에 있는 놈' 하는 식으로 표시판으로 딱 좋은 먹잇감이기도 했던 시절입니다) 부끄러워서 가방에 넣고 다니면서 수업 시간에만 꺼내 쓰다가 아무 생각 없이 가방 깔고 앉아 안경을 깨뜨리는 바람에 혼쭐이 나기도 했습니다.

그렇게 가난하던 시절에 지적 욕구를 충족시켜준 게 바로 문고판이었습니다. 지금처럼 전자오락이 있는 것도 아니고 심지어 컬러도 아닌 흑백텔레비전마저 흔하지 않던 시절이니(그래서 김일의 레슬링 시합이나 김기수며 유제두의 권투 빅매치를 보려면 만화가게로 달려가야 했습니다) 독서만큼 좋은 게 없었지요. 그런 점에서 보면 요즘 애들이 불쌍하기도 합니다. 교과서와 참고서 말고는 도무지 책이라곤 읽지 않는다지요? 적어도 그 점은 우리 세대보다 퇴행한 거지요. 그래서 참 안타깝습니다. 물론 비주얼 시대니 어쩔 수 없긴 하겠지만 책은 여전히 깊은 생각과 세상을 보는 시각을 마련해주는 것입니다. 책은 다른 사람의 눈으로 세상을 보게 해줍니다. 그런데 그저 내가 살아온 경험과 알량한 지식만으로 세상을 보려하니 우물 안 개구리나 쳇바퀴 도는 다람쥐처럼 사는 거지요.

지금 돌아보면 대학생쯤 되어야 제대로 읽을 수 있겠다 싶은 헤르만 헤세의 《데미안》이나 톨스토이, 도스토예프스키의 소설을 중학생 때 읽었습니다. 그게 어디 저만 그랬겠습니까? 가방에 문고판 하나쯤은 찔러넣고 다니면서 틈틈이 읽는 일이 허다했습니다. 물론 남학생보다는 여학생의 독서열이 훨씬 뜨거웠지요. 적어도 대화 중에 책 이야기나 팝송 몇 곡쯤은 곁들이고 들먹여야 수준 좀 있다 여겼으니까요. 때로는 그런 대화에 끼기 위해 책을 읽는 경우도 있을 정도였습니다. 감명 깊게 읽은 책을 서로 추천해주기도 했습니다. 요즘은 주로 전날 봤던 드라마가 주된 화제인 듯한데, 우리 때는 소설의 주인공을 들먹이며 이야기해야 제법 말발도 서고 은근히 뿌듯하기도 했거든요.

요새 젊은이들은 믿지 못할지 모르지만 어르신들이 지금보다 훨씬 책을 많이 그리고 열성적으로 읽었던 건 분명한 사실입니다. 요즘처럼 논술이니 뭐니 해서 그나마 '전투적이고 전술적으로' 읽는 입시용 독서가 아니라 독서 그 자체에 대한 사랑과 열정으로 읽었답니다. 그런데 워낙 각박하고 바쁘고 생각할 틈도 없이 몰아치며 사느라 많이 잊은 거지요. 정말 정신없이 살았습니다. 그렇지 않고서는 도저히 살아갈 수 없었으니까요. 물려받은 재산은 없지, 당시 우리 사회는 정말 숨 가쁘게 내달려갈 때였으니 어쩔 수 없었습니다.

사실 나이 들어가면서 독서만큼 긴요하고 고마운 게 있을까 싶습니다. 독서라는 게 동적인 게 아니라 정적이기 때문에 나이 든 사람에게 딱이지요. 게다가 예전의 왕성한 독서열을 되돌아보면 자연스럽게 잃었던 혹은 잊었던 청춘을 되살릴 수 있으니 말입니다. 그러나 솔직히 나이 들면 경제력이 쇠퇴하니까 책을 사보는 것이 만만치 않습니다. 자식들도 가끔 보약을 지어오거나 철 따라 옷을 사오는 경우는 있어도 책을 사다주는 일은 드물지요. 하기야 제 부모가 책 읽는 거 본 적 없고, 자기도 책을 거의 읽지 않으니 어쩌면 당연한 일이겠지요. 하지만 사실은 뜻밖에 책 선물을 받았을 때의 기쁨이 은근히 크다는 걸 좀 알아줬으면 좋겠습니다.

이제 예전의 문고판은 사라졌고, 설령 그런 책이 있다손 치더라도 노안 때문에 읽지도 못하지만, 그 시절 문고판 읽던 지식욕마저 사라진 건 아닙니다. 시도하지 않아서, 그리고 오랫동안 책과는 담

을 쌓고 지내서 그렇지 책을 읽을 기회가 주어지면 그 문고판 전성
시대로 돌아갈 수 있다 이겁니다. 그 열정과 추억 완전히 사라지기
전에 다시 한번 느끼고 누릴 수 있으면 좋겠습니다.

시적 감수성을 되찾자

몇 달 전 모처럼 기차를 탈 일이 있었습니다. 버스와 달리 기차는 역사(驛舍)를 통해 출입하는 게 마치 정식으로 절차를 밟아 통행증이나 비자를 발급받아 방문하는 듯한 느낌이 들어서 좋습니다. 그냥 시내 한복판을 불쑥 가로질러 가는 것도 아니어서, 그리고 자동차도로보다는 훨씬 한적한 철로로 달리기 때문에 더 그런지도 모르겠습니다. 그래서 기차를 타면 여행의 설렘이 더 커집니다. 물론 가끔은 시끄럽게 떠들어대는 사람들로 인해 불쾌한 적도 있긴 합니다. 이상하게도 기차 안에서는 넓어서 그런지, 마주 앉을 수 있어서 그런지 버스보다는 조금 시끄럽습니다. 하기야 그 맛에 기차가 더 살가운지도 모르지요.

기차가 영등포역에 도착하자 곱게 차려입은 예닐곱 명의 할머니가 우르르 몰려들었습니다. 어떤 분은 세련된 양장 차림이었고 또 어떤 이는 고운 한복 차림으로 꽤 우아했습니다. 차려입은 입성으로 짐작하건대 어느 정도 경제적으로 여유 있는 분들 같았습니다. 보는 이로 하여금 '참 곱게들 늙으셨네' 하는 생각이 절로 들게 할 만큼 말입니다. 기차가 출발하고 수원을 지날 때쯤까지는 도란도 란 나지막이 이어지던 대화가 어느새 수다로 변했습니다.

"얘, 너희들 우리 고1 때 국어 선생님 기억나니?"

"그럼, 어떻게 그 선생님을 잊을 수 있겠니. 아마 우리 가운데 그 선생님 때문에 가슴앓이 안 해본 사람 없을걸?"

대화로 미루어보건대 그분들은 여고 동창생들 같았습니다. 그렇게 학창시절의 풋풋한 이야기들이 앨범의 사진들처럼 폴폴폴 쏟아 져 나왔습니다. 표정은 금세 소녀시절로 돌아간 듯했습니다.

"너네들, 그 영화 봤니?"

"무슨 영화? 아무튼 정숙이 쟨 예전 버릇 못 버렸어. 영화라면 아주 환장을 한다니까. 쟤가 여고 때 영화 보러 다니다가 정학당한 거 기억나니?"

요즘에야 이해하기 어렵겠지만 그땐 정말 그랬지요. 중고등학생 이 영화관 드나들면 정학을 당했답니다. 극장 앞에 선생님들이 암 행하여 귀신같이(학생들의 입장에서는 그랬을 겁니다. "언니 옷 입고 왔 는데 어떻게 알았지?" 하지만 어른들 눈엔 그게 다 빤히 보인다는 걸 몰랐 지요) '색출'해냈으니까요. 심지어 제과점에서 남학생과 여학생이 같은 테이블에서 빵을 먹다 걸려도 정학이었으니까요.

"저 지지배는 쓸데없는 건 기막히게 기억해요. 윤정희 나오는 영화 〈시〉 말이야. 주인공이 환갑 넘은 할머니라서 그런지 난 짠하더라. 그리고 갑자기 국어 선생님이 생각나는 거야. 그 선생님은 꼭 시를 한 편씩 읽어주셨잖니. 지금도 시를 읽고 계실까?"

이창동 감독의 〈시〉가 아니라 윤정희의 〈시〉라는 말이 오히려 솔직하게 느껴지더군요.

"그래, 나도 그 영화 봤어. 난 미자랑 봤다. 미자가 주인공 이름이 미자라며 자긴 꼭 봐야 한다는 거야. 그래서 마지못해 끌려갔는데, 후반에는 왜 그리 눈물이 쏟아지는지 모르겠더라."

"난 두 번 봤다. 영희 쟤가 하도 권해서 봤는데, 며칠 뒤 우리 며느리가 모시고 가겠다고 하기에 안 본 척하고 또 봤어, 호호호. 그런 거 팅기면 다시는 그런 선물 안 할 거 아냐. 그리고 며느리에게도 시어미가 시어빠진 할망구가 아니라 시 한 편에 눈물 글썽이는 아주 감성적인 여자라는 걸 보여주고 싶었어."

〈시〉는 중학교 다니는 손자와 함께 한강변의 한 서민아파트에 사는 미자라는 이름의 할머니가 동네 문화원에서 시 쓰기 강좌를 수강하면서 세상을 보는 방법, 진정한 아름다움을 보는 방법을 배워나가는 삶에 대한 성찰을 그려낸 영화입니다.

"난 지하철 기다리면서 유리창에 붙여놓은 시 읽다가 눈물이 날 때가 있더라. 주책이지 뭐니, 이 나이에."

"너 같은 애가 그 영화 봤어야 해. 우리 여고 때 시 많이 외웠잖니. 처음엔 숙제여서 억지로 외우는 게 싫었는데, 지금도 그걸 가끔 중얼중얼하는 걸 보면 그 국어 선생님이 얼마나 고마운지 모르겠더라. 아마 우리가 요즘 애들보다 시 더 많이 읽고 더 많이 감동했을걸?"

그 시절에는 대개 그랬듯 이름은 조금은 촌스러운 말숙이었지만 감성만은 예전 그대로인 할머니가 갑자기 시 한 편을 읊조립니다.

"남으로 창을 내겠소

밭이 한참갈이

괭이로 파고

호미론 풀을 매지요"

할머니가 술술 시를 읊었습니다. 그런데 정작 더 놀라운 일이 벌어졌습니다. 나머지 할머니들이 합창하듯 그 뒤를 함께 읊어대는 겁니다. 세상에나!

"구름이 꼬인다 갈 리 있소

새 노래는 공으로 들으랴오

강냉이가 익걸랑

함께 와 자셔도 좋소

왜 사냐건

웃지요"

김상용의 〈남(南)으로 창(窓)을 내겠소〉라는 시입니다. 예전 국어 교과서에 실렸는지 자동으로 시 한 편이 할머니들의 입에서 낭랑하게 참으로 자연스럽게 굴러갑니다. 이창동 감독의 〈시〉를 제대로 맛볼 수 있는 이들이 바로 그분들이라는 생각이 새삼스러웠습니다. 그렇게 할머니들의 행복한 수다는 두 시간의 기차 여행 내내 이어졌습니다.

누구나 어린 시절, 젊은 시절을 그리워합니다. 그러나 그 시절로 돌아갈 수는 없습니다. 사실 그리워하는 건 그 시간이 아니라 그 시절의 순수한 감성 그 자체일 겁니다. 잊고 살았던, 삶의 무게와 속도에 쫓겨 어쩔 수 없이 외면하고 살았던 그 순수함을 애틋해하는 거지요. 그래서 생텍쥐페리의 《어린 왕자》를 읽으면서 감동하는 건지도 모르겠습니다.

지금의 60대와 70대 이상 된 여성분들은 사실 여고 진학만으로도 행운이었지요. 당시에는 대학에 진학할 형편도 아니었고, 대학 입학이 지금처럼 이렇게 전투적이지도 않았기 때문입니다. 그런 상황이다보니 자연스럽게 책도 많이 읽고 편지도 많이 썼지요. 다른 지역이나 외국 친구들과 펜팔 사귐도 유행하던 시절이었습니다. 사랑 고백도 편지로 하고, 늘 보는 친구들과도 편지로 우정을 더 돈독하게 했습니다. 편지에 써먹기 위해서라도 시나 소설에서 그럴듯한 구절을 옮겨두기도 했습니다. 가히 풋풋하고 따뜻한 감성의 전성기였지요.

　이창동 감독의 〈시〉는 그 시절 그러한 환경에서 뿌리를 내렸던 감성을 되살려놓고자 한 겁니다. 미자 할머니의 시심(詩心)은 그렇게 부활한 겁니다. 당시 대부분이 그랬듯이 여고 졸업 후 삶의 현장에서 나름대로 열심히 살았습니다. 너무나 바빠서 시 한 편 읽을 여유가 없었고, 결혼한 뒤에는 더 말할 나위도 없었지요. 한국 사회가 빠른 속도로 산업화되면서 그녀들의 삶도 그 와류(渦流)에 정신없이 휘말려야 했습니다. 결혼하면서 경제적으로 크게 지원받을 형편도 아니었고, 그만큼 키워주신 것만으로도 감지덕지해야 했으니 나머지 몫은 오롯이 자신들 차지였습니다. 새벽에 출근해서 한밤중에 퇴근하는 남편이 벌어다주는 많지 않은 돈으로 이리저리 쪼개고 키워서 집 한 채 마련하는 데에 온 힘을 쏟아야 했습니다. 아이들만은 자신보다 더 나은 삶을 살게 해야 한다는 사명감에 최선을 다했습니다. 그러면서 그녀들의 감성은 무뎌지고 만 거지요. 하지만 사라진 것은 절대 아닙니다. 그저 그건 내 몫이 아니려니 살았을 뿐입니다. 그러다보니 자신도 그 감성에 대해 그리워만 할 뿐 어떻게 되살려야 할지 잊어버리고 만 겁니다. 어쩌다보니 할머니가 되어버린 동창들끼리 어울려서, 그것도 일상의 틀에서 벗어나 짧은 여행이라도 하면서 다시 맛보는 그 감성들의 어울림에 스스로 감격하고 애틋해하시는 모습을 제가 보게 된 거지요.

얼마 전 한 텔레비전 프로그램에서 기획한 '청춘합창단'의 도전기를 보았습니다. 단원들의 평균 연령은 62.3세였고 최고령은 84세였습니다. 그들의 표정은 행복에 겨워 보였습니다. 머리에는 이미하얗게 서리가 내렸지만 그 표정만은 순수하던 시절의 모습 그대로였습니다. 그저 함께 모여 노래할 수 있다는 사실만이 행복한 게아니라 그 시절의 감성을 되살려 누린다는 게 마냥 행복한 거지요. 마침내 그들이 무대에 섰습니다. 그것은 감동 그 자체였지요. 무엇보다 그들에게 잃었던 감성을 되돌려주고 그것을 누리게 했다는게 가장 고마웠습니다. 상을 받느냐 못 받느냐 하는 건 아무 문제도 관심거리도 아니었습니다.

합창단 이름에 '청춘'을 붙인 건 역설(逆說)이 아니라, 그들의 감성과 열정이 이전의 그것보다 오히려 더 커지고 애틋해졌기에 딱제격인 역설(力說)이었습니다. 사느라 바빠서 감성이라는 사치를제쳐놓을 수밖에 없었으니, 어쩌면 다시는 돌릴 수 없고 누릴 수없다고 포기했던 그 감성을 오롯하게 누렸기에 합창단원들뿐 아니라 그것을 본 사람들에게도 커다란 감동을 주었습니다.

이제는 나이 들어 어디 불러주는 이도 없고, 할 일도 없다고, 자신의 지난 삶은 그저 고단하고 힘들었다고 탄식만 하는 게 아니라, 그 짧았지만 애틋하고 소중했던 감성을 포르르 되살릴 수 있다는것만으로도 고맙고 행복한 일이겠지요. 이제 그들에게 그 감성을 되돌려주는 일들을 찾아야겠습니다. '미자'의 감성과 통찰을 되찾게 할 사회를 만들어야겠습니다. 그게 가장 큰 복지고 정의입니다. 그들은 그런 보상을 받을 자격이 충분한 분들입니다. 그런데도 자꾸만 돈으로 따지는 이 무례하고 무지한 세상이 야속합니다.

스물하나

그들도

나와

다르지 않다

요즘은 모두가 너나없이 쉽고 가벼운 책들만 찾아서 그럴까요? 노벨 문학상을 수상한 작가의 작품은 오히려 더 팔리지 않는다는 기이한 현상에 쓸쓸할 때가 많습니다. 예전에는 노벨상을 탄 작가의 작품은 수상자를 발표하자마자 초고속으로 번역 출간되어 감탄을 하곤 했는데 이제는 그것도 잊혀진 전설이 되고 말았습니다. 노벨상 수상이라는 조금은 과대평가된, 혹은 적당한 속물근성이 스민 그 행태에서 벗어난 때문이라면 모르겠지만, 노벨상 수상작이라면 뭔가 묵지근하고 복잡한 내용과 형식일 거라고 지레짐작하여 아예 눈도 맞추지 않으려 하니 안타까운 일이지요.

그런 세태와 조류 때문에 어처구니없게도 우리나라 독자들의 외면을 받고 있는 작가 가운데 한 사람을 꼽으라면 주저하지 않고 토니 모리슨이라고 말하겠습니다. 흑인 여성으로는 처음 노벨 문학상을 받은 그녀에게 퓰리처상을 안겨준 《빌러비드》(1988)는 미국 내전(The Civil War. 흔히 남북전쟁이라 부르지요) 직후 노예제도가 남긴 상처와 치유를 다룬 소설입니다. 그저 백인의 사유재산으로만 살아가다가 해방은 되었지만 여전히 사회적 비인격성과 정체성의 혼란을 겪는 흑인 노예들의 삶을 섬세하면서도 도도하게 그려낸 그녀의 시선은 그 비극마저도 스스로 삭히고 이겨내는 한 흑인 여성의 슬픈 자화상입니다. 충격적인 영아 살해 사건을 다룬 이 소설이 던지는 울림은 허구가 아니라 실화라는 점 때문에 더더욱 읽는 이의 마음을 아프게 합니다.

주인공 시이드는 자신의 아기를 제 손으로 죽인 냉혹한 모성으로 비난받을 수밖에 없습니다. 하지만 그녀의 삶을 따라가다 보면 왜 그럴 수밖에 없었는지, 그리고 그런 과거를 지니고도 어떻게 미치거나 죽어버리지 않고 삶을 버텨내는지, 그 강인한 힘이 무엇인지 알게 됩니다. 자유를 얻지 못하는 삶이라면 차라리 포기하는 게 나을지도 모른다는 그녀의 판단은, 그녀와 같은 삶을 살아보지 않은 사람으로서는 감히 내릴 수 없다는 걸 작가 토니 모리슨은 균형을 잃지 않으면서도 그 섬뜩한 비극을 외면하지 않고 위안과 포용으로 껴안는 휴머니즘의 진면목을 보여줍니다.

때로 우리는 참혹하거나 절망스러운 상황에서 아름다움의 극상(極上)을 경험하곤 합니다. 옛사람들은 그걸 애이불비(哀而不悲)라고 했지요. 주인공 시이드는 자신의 농장에서 어렵사리 탈출하지만 만삭의 몸으로 중간에서 탈진하고 맙니다. 다행히 동행하던 백인 소녀 에이미가 그녀를 도와줍니다. 에이미는 시이드의 옷을 풀어 등을 보면서 이렇게 말합니다.

"이건 나무야, 루. 벚나무야. 이거 봐, 줄기는 붉은색이고 쩍 갈라져 있어. 수액이 가득 차 있어. 가지들은 사방으로 갈라져 있고. 네 나무엔 가지들이 정말 많네. 잎도 많고…… 아주 작은 하얀 벚꽃들. 네 등에 나무 한 그루가 자라고 있어. 꽃이 활짝 핀 채. 나도 채찍질은 좀 당해봤지만, 이런 건 듣도 보도 못했어."

흑인 노예에게 채찍질은 예사로운 일이었겠지요. 그 채찍 자국을 보면서 이렇게 아름답게 그래서 더 슬프게 묘사할 수 있을까요. 에이미는 시이드에게 절대로 죽으면 안 된다고 독려하면서 두 손 가득 거미줄을 들고 와 시이드의 등에 얹어주며, 마치 크리스마스 트리를 장식하는 것 같다고 말합니다. 탈출한 흑인 노예와 백인 소녀. 이들에게 신분과 처지는 중요하지 않습니다. 똑같이 신의 피조물이라는, 인간이라는 동질감이면 충분합니다. 그래서 에이미는 시이드의 현실을 보면서 하느님 머리에 뭐가 들어 있는지 모르겠다며 한탄합니다.

죽음쯤은 식사 한 끼 건너뛰는 정도에 불과하다고 느끼는, 자기가 누더기 봉제인형 신세와 다름없다고 느끼는, 시이드의 애인 폴디는 그녀를 먼저 탈출시킵니다. 느닷없이 내리기 시작한 눈을 바라보며 그는 그들이 지금 느끼는 감정에 일부러 표식을 달아주려고, 그래서 나중에 필요할 때 기억해낼 수 있도록 하늘에서 눈을 내려주는 거라고 생각합니다. 마침내 시이드는 탈출에 성공하지만 폴디는 합류하지 못합니다. 그는 잡혀서 구덩이에 갇힌 신세가 됩니다.

사람이 다른 사람을 오로지 자신의 재산쯤으로만 생각하던 노예제도의 산물은 이제 없습니다. 그러나 그 못된 생각은 여전히 남아 있습니다. 인간의 탐욕은 자신의 행복을 위해서는 다른 이의 불행을 담보로 하는 것조차 마다하지 않습니다. 두려워하지도 부끄러워하지도 않습니다. 오로지 자신의 이익과 행복을 탐할 뿐입니다. 그걸 자신의 능력과 행운이라고 여깁니다. 모양과 방식만 달라졌을 뿐, 여전히 우리는 그 탐욕적 관계에서 벗어나지 못하고 있습니다.

에이미가 시이드의 등에 난 채찍 자국을 보면서 읊조린 벚나무 이야기는 단순한 문학적 수사가 아닙니다. 채찍질은 탐욕과 비인격성의 상징입니다. 그런데 그것을 나무로, 그리고 상처가 터져서 난 피고름을 벚꽃으로 묘사한 것은 그 채찍질에 대한 준열한 고발 그 이상입니다. 그것을 슬픔과 분노로 되돌려주기보다는 오히려 아름다움으로 해원(解寃)하는 살풀이 굿입니다.

경의선 전철을 타고 가다가 한 청년이 열심히 책을 읽고 있는 모습이 눈에 잡혔습니다. 청년의 나이 고개는 이미 넘긴 듯했지만 그렇다고 중년의 문턱에 들어서지는 않은 듯한 애매한 나이로 보였습니다. 그도 그럴 것이 그는 다른 나라 사람이었기 때문입니다. 외국인들의 정확한 나이 가늠은 의외로 좀 어렵습니다. 한낮의 경의선 전철은 한가합니다. 그래서 자리가 넉넉합니다. 그렇긴 해도 그의 옆자리는 텅 비었습니다. 외국인, 그것도 까무잡잡한 남쪽 아시아인이기에 더 그랬을 겁니다. 다른 자리가 없는 것도 아니었고요. 그가 읽고 있는 책이 궁금해 일부러 그의 옆에 앉았습니다.

그가 읽는 책은 허먼 멜빌의 《모비딕》이었습니다. 얼굴은 까무잡잡하고 콧날은 오뚝 선 외모로 보아 인도나 파키스탄 사람 같았습니다. 요즘 인도인들이 IT업계에 많이 진출했다더니 그런 사람 가운데 하나인지도 모르겠습니다. 그러나 그의 입성으로 보아 사무직이나 연구직에 종사하는 사람 같지는 않았습니다. 부끄럽지만 그것도 어쩌면 외모로 판단하는 편견이겠지요.

독서에 열중하던 그가 갑자기 고개를 돌려 바라보더니 씩 웃었습니다. 나도 그 책을 재미있게 읽었다고 말했더니 자연스럽게 이야기가 풀렸습니다. 그는 방글라데시에서 고등학교 교사를 하다가 돈을 벌기 위해 한국에 온 이른바 외국인 노동자였습니다. 인근의 가구공단에서 일한다고 했습니다. 고등학교에서 아이들을 가르치던 사람이 멀고 추운 나라에까지 와서 일해야 하는 처지가 안쓰러웠습니다.

우리나라 사람들이 외국인 노동자를 멸시하는 경향이 있어서 혹여 그가 그런 불쾌감을 느꼈는지, 불이익을 당하지는 않았는지 내심 걱정이 되어 조심스럽게 물었습니다. 그는 가지런한 치아를 드러내 웃으며 예전의 사장은 아주 혹독하고 잔인한 사람이었다고, 임금도 제대로 주지 않고 심지어 폭언과 폭행까지 일삼았다고 했습니다. 그 말을 듣는 순간 얼굴이 화끈거렸습니다. 마치 내가 공범이기라도 한 듯 미안하고 부끄러웠습니다. 그러나 그는 여전히 넉넉한 웃음을 지우지 않았습니다.

"그 사장은 정말 죽이고 싶을 만큼 미웠어요. 하지만 지금의 사장님은 참 좋아요. 함께 노력해서 같이 성공하자며 격려하고 늘 도와주고 싶어해요. 우리 사장님 고생해요. 나도 알아요. 그래서 열심히 일해요. 우리 사장님 돈 걱정 안 하게 하는 게 나도 좋은 거니까요. 이 옷도 우리 사장님이 주신 거예요. 세상엔 나쁜 사람도 있지만 좋은 사람 더 많아요."

그 말에 얼마나 안도했는지 모릅니다. 그가 다니는 가구공장의 사장은 자신도 젊을 때 사우디아라비아에 가서 일했기 때문에 외국인 노동자들의 삶이 얼마나 힘든지 안다고 했습니다. 강한 사람에겐 비굴할 만큼 약하고, 약한 사람에겐 잔혹하게 구는 사람들도 많습니다. 올챙이 시절 기억 못하는 개구리 같은 인간들도 많습니다. 이제 조금 사는 게 나아져서(그러나 여전히 힘들고 버겁기는 마찬가지지요) 먹고살 만하니까 힘들고 거친 일 하지 않으려 해서 막상 일꾼 구하지 못하는 세상이 되고 말았습니다. 그 일을 외국인 노동자들이 채웁니다. 몇 년 고생해서 고국에 있는 가족들에게 보탬이 되려고 말도 통하지 않고 문화도 다른 나라에 와서 열심히 일합니다. 하지만 나쁜 고용주들로부터 착취당하고 멸시받습니다. 사람들의 시선도 차갑습니다.

그들 역시 제 나라에서는 가정을 꾸린 가장이고, 한때는 어엿한 직장도 있었으며, 좋은 교육을 받은 이들도 많습니다. 그들을 인격적으로 대하고 조금이라도 마음을 열어준다면 사는 게 원망스럽지 않을 것이고 이 나라에 대한 섭섭함과 증오는 갖지 않을 겁니다. 우리도 힘든 시절 그렇게 견뎌내고 이만큼 성장했습니다. 조금만 더 마음 덜어주고 적어도 인간적으로 대할 수 있는 너그러움과 그들에 대한 애정을 가졌으면 좋겠습니다.

　그가 《모비딕》을 읽는 지성을 가져서가 아니라 그 힘든 삶에서도 정신의 토양을 포기하지 않는 진지함을 지니고 있어서, 그가 이 나라에서 열심히 일해 그의 말처럼 회사 사장도 돈 걱정하지 않고 그도 돈 많이 벌어서 제 나라 돌아가 그의 바람대로 살게 되기를 마음속으로 빌었습니다.

인간에 대한

기본적인 관심과 애정이 없다면

성공하기 어렵다

유행을 타지 않는 패션은 거의 없습니다. 요즘은 심지어 남자들의 양복도 유행에 민감합니다. 제가 입는 양복 가운데 절반은 20년 이상 된 것들입니다. 제가 둔감해서인지 그래도 남성복이라서 유행 지난 게 눈에 덜 띄는 때문인지는 모르겠지만 지금도 잘 입고 다닙니다. 하지만 양복 입을 일은 별로 없어서 청바지를 즐겨 입습니다. 요즘은 청바지 위에 양복 재킷을 입는 것도 나름대로 젊은 감각에 어필하는지 오히려 제 입성을 보고 험한 소리 하기보다는 패션 감각이 있다고 칭찬하니 고마운 일입니다. 아마 그 옷들이 20년 넘은 거라고 하면 믿지 않겠지요.

요즘은 청바지도 약간씩 변화를 주면서 유행을 의도적으로 만들어가기도 하지만 그 기본은 크게 변하지도 않거니와 무시해도 좋을 정도여서 무방합니다. 게다가 질기고 오래 입으니 아주 경제적이기도 합니다. 사실 저는 서른 이전에는 청바지를 입지 못했습니다. 이상하게도 다른 것에는 진보적이고 개방적인 아버지가 청바지만은 혐오하셨기 때문입니다. 심지어 칼라가 없는 라운드 티셔츠도 밖에 입고 나가면 안 된다고 하셨습니다. 그것은 마치 음식물을 입에 물고 길거리를 돌아다니는 것과 다르지 않은 상스러운 일이라고 말씀하셨지요. 그런 영향으로 서른이 될 때까지는 청바지도 라운드 티셔츠도 입고 다니지 못했습니다. 1970년대가 청바지의 시대였다는 점을 고려한다면 참 희귀한 경우였지요. 그러던 제가 서른 넘어서면서 청바지를 입더니 쉰 넘어서까지 거의 매일 입고 다니니 친구들이 한마디씩 합니다.

"늦게 배운 도둑질로 밤새는 줄 모른다더니, 너를 두고 한 말이구나."

"네가 애냐? 백발에 청바지라니. 너는 왜 늘 그렇게 어긋나게 사냐?"

말은 그렇게 하면서도 은근슬쩍 부러워하는 눈치라서 저도 청바지 입는 걸 별로 꺼리지 않는 모양입니다. 싸고, 오래가고, 편하고, 무엇보다 젊은 감각을 유지할 수 있으니 굳이 마다할 이유가 없지요. 사실 제 청바지들은 대부분 할인매장 등에서 불과 2, 3만 원에 구입한 것들입니다. 가격 대비 성능을 시시콜콜 따지는 좀생이인 저로서는 양복 한 벌 값에 버금가는 고가의 프리미엄 청바지에는 아예 눈도 돌리지 않으니까요. 물론 왜 저라고 그게 싫겠습니까만 그건 최소한 '청바지 정신'은 아니라고 애써 합리화하며 살아갑니다.

청바지를 입을 때마다 저는 이상하게도 청각장애인학교의 종(鍾)이 생각납니다. '청바지—청각장애인학교—종'은 아무리 따져봐도 연관성이 없어 보이지요. 그 사연은 이렇습니다. 청바지를 처음 고안한 리바이 스트라우스(바로 '리바이스' 청바지의 창업자지요)는 노년에 청각장애인학교에 큰돈을 기부했습니다. 그저 생색만 내는 정도가 아니라 거액의 돈이었지요. 사실 리바이는 실연의 아픔을 이겨내지 못하고 평생을 홀로 살았기 때문에 재산을 물려줄 자식이 없었습니다. 나중에 재산의 일부를 조카들에게 물려주었지만(이 가족들이 훗날 리바이스 청바지를 세계적 상품으로 키워낸 겁니다) 거의 전 재산을 고아원과 양로원, 그리고 자선단체에 기부했습니다. 그런데 청각장애인학교에 거액을 희사하면서 따로 종을 달아주었다는 겁니다. 참 이상한 일이지요. 조카인 제이콥이 물었습니다.

"삼촌, 애들은 종소리를 듣지 못하잖아요. 그런데 왜 하필 종을 다시려는 거예요?"

제이콥이 아니더라도 누구나 그렇게 물었을 겁니다. 그런데 리바이의 대답은 진지했습니다.

"그래도 애들 중 몇몇은 소리를 느낄 수 있지 않을까? 진동으로 말이다."

과문한 저는 이 사람처럼 따뜻하고 섬세한 기부를 한 경우를 거의 보지 못했습니다. 귀가 전혀 들리지 않는 아이들이 혹시라도 그울림을 느낄 수 있다면, 그래서 그 아이들이 종의 존재와 그 가치를 누릴 수 있기를 바라는 배려는 평소에 인간에 대한 관심과 애정이 없었다면 생각조차 하기 어려운 일이지요.

리바이는 뉴욕 빈민가에 우유공장을 지어주었고, 미국의 36개 도시에 젖먹이 아이들을 위해 살균시설을 세워주었습니다. 그런 그의 뜻은 그가 죽은 후에도 조카들과 회사에 의해 미국에 최초로 아동결핵요양소를 설립하게 만들었습니다. 이미 1940년대에 공장 내 인종차별을 철폐하고 후에는 흑인과 백인을 동등하게 취직시킨 것도 그런 정신의 계승이었을 것입니다.

흔히 청바지는 젊은이들의 저항의 아이콘으로 여겨집니다. 그리고 리바이 스트라우스가 골드러시 때 고안해서 그야말로 대박을 터뜨렸다는 것쯤은 중학교 영어 교과서를 통해 익히 알고 있습니다. 그러나 유대계 독일인인 그가 열여덟 살에 미국으로 건너가 뉴욕에 있는 이복형의 가게에서 일하다가 캘리포니아로 가서 포목도매상을 했고 쫄딱 망할 위기에서 마지막으로 선택한 것이 청바지였다는 사실은 잘 모릅니다. 그것 또한 광부들에 대한 평소의 관심이 없었다면 불가능했을 것입니다. 그러니 사실 청바지는 단순한 저항의 상징이 아니라 관심과 배려의 산물이었다는 것쯤은 기억하면 좋겠습니다. 젊은이들이 그저 상표와 살짝 손만 댄 유행을 좇아서 그 비싼 청바지를 동경하기보다는 그 청바지를 만든 이의 따뜻한 마음씨도 배우고 따랐으면 좋겠습니다.

대강당에서 특강을 할 때도 저는 청바지를 입고 가곤 합니다. 이젠 백발과 청바지의 조합이 슬그머니 저의 패션 코드라도 되는 양 말입니다. 그러나 그저 단순한 패션 코드가 아니라 늘 젊고 신선한 생각을 떠올리게 해주니 이젠 청바지가 그냥 옷이 아닌 발상 전환의 코드로 생각됩니다. 더불어 청각장애인학교에 종을 달아주었던 청바지 아버지의 뜻도 기억할 수 있으니 참 좋습니다.

스물셋

아이들에게는
호밀밭의 파수꾼이
필요하다

　　　　　　　　　　점점 더 빠른 비행기가 생겨나고 새로운 항로가 계속해서 열리면서 이제 서울에서 미국이나 유럽까지 한나절이면 가는 세상이 되었습니다. 예전 같으면 몇 날 걸리던 그 거리를 그저 후딱 바람처럼 다녀올 수 있게 되었습니다. 물론 그 속도만큼 삶도 바쁘고 정신없어지긴 했지만요.

　어릴 적 학교에서 집으로 돌아오는 길에 조그만 도랑이 있었습니다. 놀잇감이 흔치 않을 때였으니 친구들과 종이배를 만들어서

도랑에 띄워놓고 시합을 했습니다. 때로는 돌멩이에 부딪히고 어떤 때는 어이없게 뒤집히는 경우도 있었지만, 그 종이배 따라가다 보면 어느새 집 근처까지 오는 행복한 시간이었지요. 아주 느린 종이배였지만, 학교에서 집까지의 제법 먼 길을 금세 오게 만드는 마법 같은 배였지요. 하늘을 가르며 나는 비행기보다 훨씬 더 빠르고 신나는 종이배였던 시절을 누구나 갖고 있을 겁니다. 하루의 고된 학업 마치고 그 종이배에 신나게 박수치던 날들을.

저마다 빨리 달려야 한다며 밀치고 제치며 뛰어가는 세상입니다. 정작 천천히 느껴야 하는 것들은 하나도 보지 못한 채 말입니다. 빨리 갈 수만 있다면 그 무엇도 마다하지 않습니다. 그렇게 정신없이 달려간 곳에서 좀 쉬는 것도 아닙니다. 또다시 다음 목적지를 향해 발바닥에 불이 나도록 뛰어가고 날아갑니다. 그렇게 무한히 달리다가 심장이 터지고 다리가 상할지도 모른다고 느끼면서도 정작 두려워서 멈추거나 천천히 걷지 못합니다.

숨도 못 고르고 달려서 얻는 게 없지는 않으니 그리들 달음박질 하겠지요. 더 넓은 집, 더 큰 차, 더 높은 지위…… 그걸 얻어야 성공이라 여기는 세상이니 탓할 일은 아니지요. 그걸 못하면 능력이 없기 때문이라 타박하면 할 수 없는 일이지요. 하지만 그것들을 위해 삶 모두를 바칠 건 아니지 싶습니다. 세상을 쉬엄쉬엄 살아갈 수만은 없는 노릇입니다. 그건 여유가 아니라 태만일 뿐입니다. 그렇지만 내처 달려가기만 하면 곧 쓰러질 것도 알아야겠습니다.

요즘 아이들은 학교 끝나면 학원에 과외에 끌려다니느라 바쁩니다. 또래들과 이리저리 뛰놀지도 못하고 하다못해 골목에서 숨바꼭질하며 비석치기도 하지 못하고 살아갑니다. 마음껏 공차고 그네 타는 짜릿함도 누리지 못합니다. 그저 남들보다 한 발짝이라도 앞서가기 위해 정신없이 달려갈 뿐입니다. 그렇게 살다가 갑자기 뒤를 돌아보았을 때 삶이 얼마나 팍팍하고 무자비한지 느낄까 두렵습니다. 그저 남들과의 경쟁에서 이기고 그들을 쓰러뜨려야 내가 산다는 투쟁심으로 자라는 것 같아 안타깝습니다. 경쟁을 배우기 전에 함께 사랑하며 사는 법을 먼저 깨우치며 자라야 할 아이들인데 말입니다. 아이들을 그렇게 내몰기보다는 부모의 삶을 통해 아이들이 자연스럽게 세상을 보고 배울 수 있게 해주는 것이 도리요 의무라고 생각합니다.

하퍼 리의 소설 《앵무새 죽이기》는 진 루이스 핀치가 일곱 살에서 열 살까지 미국 남부 앨라배마 주의 조그만 마을 메이컴에서 경험한 것을 회상하는 내용입니다. 주인공 소녀는 네 살 위 오빠 젬과 함께 3년 동안 세상에 대한 이해를 조금씩 넓혀갑니다. 흑인이라는 이유만으로 강간범으로 몰린 톰 로빈슨을 변호한 아버지 애티커스. 로빈슨의 결백을 명백하게 증명했는데도 배심원들이 결국 유죄라고 판결한 그 사건은 아이들로 하여금 인종차별이 얼마나 부당하고 비인격적 야만행위인지를 저절로 깨닫게 합니다. 톰 로빈슨과 미스터리한 인물인 부 래들리라는 소외된 이웃이 아이들에게 진실이 무엇인지 깨닫게 해줍니다. 남매는 먼 훗날 추억을 더듬는 행복과 함께 무엇이 참된 교육인지, 어떻게 사는 것이 참된 삶인지를 확인합니다.

제롬 데이비드 샐린저의 소설《호밀밭의 파수꾼》을 읽다보면 우리 아이들이 참으로 안쓰럽다고 느껴집니다. 이 소설은 열여섯 살난 소년의 이야기입니다. 그것도 고등학교를 퇴학당한 소년입니다. 싸움에서 이긴 적이 없는(2전 2패의 전적입니다), 섬약하고 인간적 양심을 지닌 소년은 거칠고 힘센 상급생과 함께 기숙사에서 살았습니다. 오로지 작문 과목에만 관심과 재능이 있을 뿐 나머지 과목에서는 낙제를 하자 그는 학교 생활이 정말 싫었습니다. 결국 퇴학을 당하지요. 하지만 부모님에게는 고백하지 못하고 여동생에게만 귀띔합니다. 소년의 도덕성은 대단한 건 아닙니다. 어떤 이념에 따르는 것도 아닙니다. 베이컨과 달걀을 아침으로 먹는 자신과 토스트와 커피만으로 아침을 때우는 수녀의 식사를 비교하면서 부끄러워하는 소년은 거창한 꿈을 꾸지 않습니다. 그저 어떻게 자신의 인생을 살아야 하는지 담담하게 보여줄 뿐입니다. 그러나 그 속에서 진실의 힘을 볼 수 있습니다.

소년은 '호밀밭의 파수꾼'이 되고 싶어합니다. 호밀밭 끝에는 낭떠러지가 있습니다. 아이들이 그것도 모른 채 넓은 호밀밭을 휘젓고 다니다 그리로 달려오면 낭떠러지 앞에 서 있다가 아이들을 붙잡아주는 겁니다.

"애들이란 달릴 때는 저희들이 어디로 달리고 있는지 모르잖아? 그럴 때 내가 어딘가에서 나타나 가지고 그애를 붙잡는 거야. 하루 종일 그 일만 하면 돼. 이를테면 호밀밭의 파수꾼이 되는 거지. 바보 같은 짓인 줄은 알지만 내가 정말 되고 싶은 건 바로 그런 거야."

우리는 파수꾼 노릇을 하지 않으려 합니다. 그저 아이들이 아예 호밀밭에 들어가지 못하게 할 뿐입니다. 아이들의 꿈과 자유를 빼앗는 것으로 할 바를 다 했다고 자부하면서 말이지요. 두렵고 부끄러운 일입니다.

어쩌면 우리는 파수꾼이 될 생각은 미뤄두고 아이들만 채근하는 것은 아닌지 돌아봐야 하겠습니다. 사실 학원이나 과외도 모자란 부분 채우고 뒤떨어진 부분 보충하거나 잠재된 능력 계발하려고 다니는 게 아니라 선행학습이 거의 유일한 목적입니다. 남들 달려가니 내 아이 차곡차곡 걸으라고 할 수 없어 서로 눈치 보며 아이들을 학교 밖으로 내모는 형편입니다. 학교에서 자고 학원에서 배우는, 웃지 못할 상황입니다. 그러면서 아이들의 꿈도 앗아버리는 건 아닌지 두렵습니다.

속도를 얻으면 풍경을 잃는다지요. 그렇다고 풍경을 얻기 위해 속도를 포기할 수도 없는 세상입니다. 속도와 풍경을 아우르며 누릴 수 있는 삶의 지혜를 조금씩은 마련하며 살았으면 좋겠습니다. 아이들이 그런 귀한 가치를 배우며 자랄 수 있는 사회를 만들어줘야 하겠습니다.

스물넷

한 끼 굶음으로써

나눌 수 있는

희망이 있다

어린 학생들이 방학이 두렵다고 말하는 걸 이해할 수 있는지요? 학생이라면 누구나 방학을 손꼽아 기다리는 법이니까요. 하지만 방학이 되면 밥을 먹을 수 없기에 두렵다는 아이들이 있습니다. 무상급식이 아닌 경우는 급식비가 면제되는 사유를 밝혀야 하기 때문에 마음에 상처는 받겠지만(그런데 어른들은 왜 '애써' 이해하지 않으려 하는지 모르겠습니다) 그래도 잠깐(?) 자존심 구기면 밥은 먹을 수 있습니다. 그런데 방학이 되면 학교 급식이 중단되니 두려울 수밖에요. 그 아이들도 잠시나마 공부에서 해방되는 방학을 싫어하지 않습니다. 다만 끼니 걱정을 해야 하는 방학을 두려워할 뿐이지요.

어른들이 더 관심을 기울여야 할 일은 이 아이들이 학습 경쟁에서도 뒤처지는 경우가 많다는 겁니다. 남들은 과외다 학원이다 별도의 보충학습 또는 선행학습을 받는 데 비해 가난한 집 아이들에겐 그림의 떡이지요. 이른바 교육의 양극화 현상이고 가난의 재생산이 그렇게 이루어집니다. 개천에서 용 난다는 건 호랑이 담배 피던 시절의 이야기일 뿐입니다. 용은커녕 변변한 미꾸라지도 되기 어렵습니다. 오죽하면 '개천에서 욕 나온다'고 비틀어 말하겠습니까. 집에 가도 돌봐줄 어머니가 없는 경우가 허다합니다. 어머니도 밖에서 일을 하고 있으니까요. 그 아이들 볼 때마다 가슴이 먹먹해집니다. 요즘 같은 세상에 밥 굶는 아이가 얼마나 있겠느냐며 무상급식은 있을 수 없다고 강변하는 정치인들을 볼 때마다 자꾸만 그 아이들이 눈에 밟힙니다.

지금이야 어지간히 먹고살 만해서 굶는다는 게 어떤 건지 잘 모릅니다. 미용으로나 체중 조절을 위해 또는 건강을 위해 굶는 경우는 제외하고요. 하지만 겨우 30년 전쯤으로만 돌아가도 굶는 사람이 허다했습니다. 도시락을 싸오지 못해 수돗가에서 물로 배를 채웠다는 경험담 정도는 숱하게 들었습니다. 오죽하면 세상에서 가장 무서운 게 '보릿고개'라고 했을까요. 쌀밥은 그야말로 부자들만 누릴 수 있었고 보통사람들에겐 들에서 캔 쑥에 된장 풀고 밀가루 반죽해서 수제비로 몇 끼 때우는 일이 다반사였습니다. 그러나 이제는 구황(救荒)식품이던 수제비가 별미로 여겨질 만큼 적어도 먹는 일은 풍부해졌습니다. 그래서일까요? 지금 우리 곁의 많은 아이들이 굶고 있다는 것을 깨닫지 못하는 것 같습니다.

가난 구제는 나라도 못한다던가요? 다들 그냥 고개돌림만 합니다. 굶어봐야 그 고통을 통감할 텐데 겪어보지 않았으니 모르지요. 저는 그래서 가끔은 일부러라도 굶어봅니다. 그래봐야 그저 한 달에 서너 차례뿐이지만 그렇게 덜어낸 돈으로 굶는 이들에게 보냅니다. 보잘것없는 돈이지만 함께 굶으면서 그 아픔을 느껴보는 것만으로도 의미 있다고 생각합니다. 제 수업을 듣는 학생들에게도 그 과제를 내줍니다. 한 끼를 굶되 그들의 고통을 함께 느끼면서 내가 무엇을 해줄 수 있는지 고민하라는 숙제입니다. 고맙게도 학생들은 그 과제를 충실히 이행합니다. 그리고 그 후에도 지속합니다. 자선은 행복한 중독입니다. 우리는 그 과제를 통해 행복이 그저 자신만의 몫이 아니라 모든 이들의 몫이어야 한다는 것을 깨닫습니다.

최민석의 《너의 눈에서 희망을 본다》라는 책을 지하철에서 읽다가 그만 눈물을 뚝! 흘리고 말았습니다. 머리에 잔뜩 서리가 내린 중년의 남자가 사람들 가득한 지하철에서 눈물을 흘렸으니 참 남세스런 일이긴 합니다만 전혀 부끄럽지 않았습니다. 오히려 사람들에게 그 내용을 알려주고 싶었습니다. 제가 눈물을 흘릴 수밖에 없던 대목을 잠깐 전해드릴까요?

이 책의 저자는 국제구호개발 NGO 월드비전에서 홍보 일을 담당하는 사람입니다. 아프리카, 중남미, 동유럽, 아시아 등을 돌며 직접 만난 사람들의 삶과 이야기를 전해주는 책입니다. 그가 방문한 유럽의 나라는 보스니아였습니다. '보스니아, 여기가 유럽 맞나요?'라는 꼭지에서 그는 전쟁의 상흔으로 어린아이들과 부녀자들이 겪고 있는 고통을 생생하게 전합니다.

인터뷰는 대개 의례적인 질문으로 시작하지요. 이름, 나이, 성별, 결혼 여부, 직업 등을 묻는, 어찌 보면 별 의미도 없는 일입니다. 그런데 바로 그 별 의미도 없는 절차에서 저자는 말문이 막히고 가슴이 무너지는 아픔을 느낍니다. 자신의 이름을 라지야라고 대답한 곱게 생긴 아이 엄마. 나이는 서른둘입니다. 그런데 문제는 바로 뭘 하느냐는 물음이었습니다. 여인은 아무 대답도 하지 않았습니다. 정적이 흐르고 고개를 들어 여인을 본 저자는 순간적으로 자신의 실수를 깨달았습니다. 여인의 눈동자가 빠른 속도로 붉게 타들어가고 있었던 겁니다. 그녀의 눈동자는 순식간에 젖었고 눈 밑의 붉은 핏줄이 나무줄기처럼 뻗어나가기 시작했습니다. 여인은 뭔가 말을 찾는 듯했습니다. 마침내 여인이 입을 열었습니다.

"I am a beggar(저는 거지입니다)."

그녀는 통역 없이 영어로 짧게 말했습니다. 왜 그랬을까요? 바로 아이 때문이었습니다. 그녀가 보스니아어로 '거지'라고 말하면 아이 가슴에 상처를 줄 것이기 때문입니다. 그게 엄마로서 유일하게 아이를 감싸줄 말이었던 겁니다. 전쟁이라기보다는 잔혹한 학살이라고 해야 옳을 유고연방 해체 이후의 갈등과 투쟁은 사람들의 일상을 모두 망가뜨려버렸고 그들이 살아갈 방편마저 앗아가 버렸습니다. 일을 하고 싶어도 할 일이 없는 상황, 눈물도 사치인 그런 상황에서 딸의 손을 잡고 속수무책으로 살아가야 하는 한 여인의 참혹한 고백입니다. 그런데도 혹여 아이에게 상처를 줄까 봐 영어로 대답한 그 어머니로서의 마지막 자존심은 책을 읽는 저를 한없이 부끄럽게 만들었고 도저히 눈물을 참을 수 없었습니다.

베트남에서 겪은 일을 읽다가 또 눈시울을 적셔야 했습니다. 일하러 가기 전 새벽 서너 시면 일어나서 식사 준비를 하는 가족을 찾았습니다.

"식사는 주로 뭘 하시나요?"

"밥이요."

베트남 사람들이 밥을 먹는다는 것쯤은 당연히 알고 있는 입장에서 의아해서 다시 물었습니다.

"그러니까 무엇으로 식사를 하느냐는 말입니다."

"밥이요."

저자는 뒤늦게 눈치를 채고 후회합니다. 그러나 이미 늦었습니다. 그 가족은 오로지 '밥만' 먹는 거였지요. '밥만' 먹을 때 말고는 어떤 걸 먹느냐는 물음에는 '채소'라고 대답하고, 그것 말고는 뭐가 있느냐는 물음에는 '소금'이라고 대답합니다. 그러니까 '밥과 소금'이 그들의 유일한 식사인 겁니다. 옆에서 통역하던 사람이 이번에는 소녀에게 묻습니다. 혹시 고기 먹어봤느냐는 내용이었습니다. 그녀는 태어나서 세 번 먹었다고 담담하게 대답했습니다. 사진 속 소녀는 참 예쁘고 참하게 생겼습니다. 때 묻은 후줄근한 셔츠도 가로막지 못할 만큼 그녀는 맑고 아름답습니다.

평생 고기라고는 먹을 일이 별로 없었고 가끔은 세 끼를 다 채우지 못하는 식사도 밥과 소금으로 때운다는 그 가족이 정말 안타까워하는 건 아이들의 미래입니다.

"맨밥을 먹든, 소금을 찍어 먹든, 하루에 한두 끼 굶든, 어떻게든 살아갈 수는 있어요. 하지만 오늘은 이렇게 살지만 내일까지 이렇게 살 수는 없잖아요. 제가 이렇게 한평생 살아왔다고 아이들마저 이렇게 살라는 법은 없잖아요."

맨밥에 소금이나마 먹기 위해서는 해 뜨기 전 새벽에 온 가족이 논밭에 나가서 일해야 합니다. 그러니 학교는 언감생심 그림의 떡이지요. 한 아이 가르치고 기르는 데 일년에 고작 60달러가 든다는 데도 말이지요! 저자의 주머니에는 몇 백 달러가 있었지만 그걸 줄 수는 없었습니다. 그것은 그가 속한 단체의 규정에 어긋날 뿐 아니라 당사자들에게도 자칫 상처만 줄 수 있습니다. 그들이 속한 공동체 전체가 함께 상황을 극복할 수 있는 대안을 마련해주는 것이 장기적으로 보면 옳기 때문입니다. 그러나 참으로 안타까운 그 가족에게 자신의 지갑에서 덜어낸 돈으로도 미래의 희망을 키우게 할 수 있다는 현실 인식과, 그렇지만 그렇게 해줄 수 없다는 제약이 그의 가슴을 찢었습니다.

인터뷰를 마치고 시내로 돌아온 저자와 사진작가는 쌀국수를 주문합니다. 국수에는 고기가 듬뿍 얹혔습니다. 다른 때라면 맛있게 먹었겠지만 소녀가 자꾸만 눈에 밟혀 두 사람은 도저히 먹질 못합니다. 국수를 먹다가 화장실에 들어가 울었다는 그들의 고백에 왜 그리도 가슴이 시렸는지 모릅니다. 학생식당은 말할 것도 없고 교직원식당에서도 걸핏하면 메뉴 타령을 합니다. 시중보다는 싼 값이니 조금은 부실할 때도 있는 게 사실입니다. 이 책을 읽으면서 그런 푸념이 얼마나 사치스런 것이었는지 부끄러웠습니다.

불과 30여 년 전만 해도 우리 부모님은 그렇게 살았습니다. 자식의 미래를 위해서라면 어떠한 일도 마다하지 않았습니다. 고생은 오직 당신들 몫인 양, 당신들은 끼니 건너뛰는 일 예사로 하면서도 자식들만은 꼭 챙겨 먹이고 학교에 보냈습니다. 그래도 다행히 이제는 먹고사는 것 자체에 대해서 고민하는 이들은 줄었다고 합니다. 그러나 끼니 굶는 일이 다반사인 사람도 여전히 적지 않습니다. 우리는 그저 나만 잘살고 행복하면 되는 양 살아갑니다. 혹여 작은 측은지심마저 잊고 사는 건 아닌지 두렵습니다.

한 달에 한 끼 더 굶어야 할 모양입니다. 그래도 그게 누군가에게는 작은 격려와 희망이 된다면 기꺼이 행복하게 견딜 수 있겠습니다. 조금이라도 덜 부끄러워질 수 있기에…….

스물다섯

따뜻한 삶이

가장 성공한 삶이다

　　　　　　해마다 때가 되면 사람들의 시선이
몰리는 곳이 있습니다. 바로 노벨상 수상자를 발표하는 스웨덴의
한림원입니다(물론 평화상 발표는 다른 곳에서 합니다). 사람들의 관심
은 노벨 평화상과 노벨 문학상에 집중되는 게 상례인데 그해는 조
금 달랐습니다. 평화상은 정치와 밀접한 관련을 맺은 지 이미 오래
되었고, 문학상은 지나치게 유럽 중심적이라는 비판이 만연한 까
닭일 겁니다. 우리나라의 고은 시인이 후보에는 올랐지만 수상은

못한 탓에 사람들의 관심이 더 시들해졌지요. 다만 노벨 화학상 수상자로 일본의 과학자들이 선정되어 모처럼 아시아인들에게 조금은 위로가 된 점이 특별하다 할 것입니다.

사실 노벨상 가운데 가장 관심이 떨어지는 분야가 경제학이 아닐까 싶습니다. 연륜도 얕고 그야말로 서양 경제학자들 일색이기 때문에 더욱 그렇겠지요. 그런데 그해는 조금 달랐습니다. 미국발 금융위기가 전 세계적 상황으로 번지면서 대공황 상태에 빠지는 것은 아닌가 하는 두려움에 경제에 대한 관심이 고조된 탓이기도 했을 겁니다. 노벨 경제학상을 수상한 학자는 바로 폴 크루그먼(Paul Krugman)입니다. 프린스턴 대학의 교수이며 〈뉴욕타임스〉지의 논객이기도 한 크루그먼은 사실 우리에게도 낯설지 않은 이름입니다. 10여 년 전쯤 아시아의 경제위기 상황을 정확하게 예측했고 진단과 처방까지 상당히 설득력 있었을 뿐 아니라 여타 학자들처럼 냉소적이기보다는 진정성과 애정을 가지고 문제를 다루었기에 더더욱 그렇습니다.

크루그먼은 이미 5, 6년 전부터 미국의 부동산 거품에 대해 경고하면서 그것을 방치하면 반드시 치명적 결과를 초래할 것이라고 예측했습니다. 하지만 그의 말에 귀기울인 사람은 거의 없었습니다. 잘 나가는 미국 경제에 쓸데없이 딴죽을 건다는 비난을 거두지 않았습니다. 그런데 불행히도 그의 예언은 현실로 나타났습니다.

불편한 진실이란 바로 이런 걸 두고 하는 말이겠지요.

　고백하건대 저는 경제학자도 아니고 기업인도 아닌 까닭에 경제 이론에 대해서는 잘 모릅니다. 다만 경제윤리를 공부하면서 제임스 뷰캐넌의 학설을 중심으로 두루 살펴본 게 전부입니다. 그런데도 이렇게 크루그먼에 대해 짧은 소견을 다루는 까닭은 그가 노벨상을 수상했다는 속물적 관심 때문이 아닙니다. 그의 태도에 대한 인상 때문입니다. 그는 경제학자로 보자면 네오 케인지언이고 정치적으로 따지자면 진보주의자입니다. 사실 경제학자들 가운데 진보적인 사람은 흔치 않습니다. 얼마 전 번역 출간된 그의 책《폴 크루그먼, 새로운 미래를 말하다》의 원제목이 '진보주의자의 양심(The conscience of a liberal)'이라지요. 그의 블로그 제목이기도 한 이 명칭의 인상은 강렬했습니다. 지금 세상의 큰 흐름은 보수주의로의 회귀입니다. 그것은 우리나라도 마찬가지지요. 신자유주의가 마치 보수주의의 본류인 것처럼 행세하는 세상입니다. 이른바 '뉴라이트'라는 것도 그 잔가지 하나를 차지하고 있는 거지요. 사실 진보라는 이념을 이고 지고 산다는 건 쉬운 일이 아닙니다.

　진보는 항상 따가운 시선을 받아야 합니다. 정체(停滯)와 부패를 안정과 질서라고 착각하는 사람들 눈에 진보는 철딱서니 없는 만용쯤으로나 보일 뿐이지요. 사실 진보는 부담이 많습니다. 보수는 대개 정태적 사회를 유지하는 편이니까 결과에 대해 크게 책임질 일이 없습니다. 예나 지금이나 다르지 않다는 걸 안정의 유지라고 강변하면 될 뿐이지요. 그러나 진보는 다릅니다. 고루한 사회의 질서를 개편하고 의식을 바꾼다는 건 쉬운 일이 아닌 데다가 그 결과에 대해 냉혹한 판단을 피할 수 없기 때문이지요. 잘되면 모를까 조금이라도 낯선 곳이 있거나 서운한 구석이 있으면 신랄하게 비난받기 십상이니까요. 그래서 사람들이 나이가 들면 저절로 보수를 선택하게 되는 건지도 모릅니다. 이미 진보와 보수의 몫을 잘 알고 있기 때문이겠지요.

사실 진정한 보수의 가치는 신중함과 절제, 균형 있는 숙고와 합리적 판단, 그리고 지속적인 실천력과 높은 도덕성입니다. 안타깝게도 이 나라의 보수는 그 가치는 망각한 채 그저 과거에의 향수와 자신에게 돌아오는 몫이 줄어든 것에 대한 분노로 착각하고 있습니다. 그들은 자신들의 이해를 조금이라도 침해하는 이들을 용납하지 않으려 합니다. 자신들이 지난날 누렸던 부당한 몫에 대해 반성하거나 너그러워지기는커녕 자신들의 몫을 더 공고히 확보하는 데에만 관심이 있을 뿐입니다. 그들은 기존의 모든 수단을 다 동원해서(특히 수구적인 언론은 그 대표적 집단들이지요) 건강한 진보의 가치마저 한 묶음으로 매도할 뿐입니다. 그래서 진보가 서 있을 자리는 항상 난간 위처럼 위태롭고 불안합니다. 약빠른 사람들은 얼른 난간에서 뛰어내려 보수로 갈아탑니다. 그런 이들을 하도 많이 봐서 이제는 그러려니 하지만, 그들이 진지하게 자기 변화의 속내를 털어놓거나 양해를 구하는 경우는 별로 보지 못했습니다.

　진보주의가 당파성을 띤다는 것에 대해 크루그먼은 정확하게 인식하고 있는 듯합니다. 그것은 소수이기 때문이기도 하고, 자칫 과격한 개혁을 주창하는 이들이 견뎌야 하는 몫이기도 하며, 동시에 그들의 편협성의 결과일 수도 있는, 일종의 양 날의 칼과 같기 때문입니다. 보수의 반격과 견제는 조직적입니다. 그들은 사회 체제와 질서, 그리고 권력의 힘을 업고 자신들에게 날을 세우는 진보를 결코 용납하지 않으려 합니다. 그들과는 어떠한 사회적 결과의 몫도 나누려 하지 않습니다. 가능하면 그들을 고사(枯死)시킬 수 있는 교묘한 방법을 마다하지 않습니다. 지금 우리 사회에서 자행되는 NGO 단체에 대한 전방위적 탄압을 보면 쉽게 알 수 있는 일이지요(물론 사회운동 하는 이들 가운데 설익은 진보나 얼빠진 포퓰리스트들도 있고, 어쩌다 생긴 돈에 눈이 잠깐 먼 이들도 있겠지요. 그러나 한 무더기로 싸잡아 잘됐다는 듯 뿌리까지 뽑아내려는 야만이 태연하게 자행되고 있는 게 현실입니다).

　크루그먼은 다음과 같이 경고합니다.

　"위험을 제때에 경고하는 사람은 인심을 소란하게 만드는 사람으로 간주되며, 환경에의 적응을 권고하는 사람은 균형감각을 갖춘 분별 있는 사람으로 간주된다."

어쩌면 우리네 행태를 그토록 날카롭게 지적했는지 뜨끔할 지경입니다. 그가 일찍이 신자유주의 경제론의 감춰진 발톱을 비판했을 때나 미국의 부동산 거품에 대해 경고했을 때 사람들은 그저 시끄러운 진보주의자가 앙앙불락하는 것쯤으로만 여겼습니다. 사실 네오 케인지언이 신자유주의 경제구조에 차지할 몫은 애당초 허락되지 않았을 겁니다. 하지만 그는 그저 현상에 대한 피상적 진단이 아니라 본질을 꿰뚫는 혜안과 깊은 통찰을 지니고 있었고 예언은 거의 들어맞았습니다. 그는 신자유주의 경제와 신보수주의가 초래하는 정치적 경제적 양극화 현상을 우려했지요. 약자를 외면하는 정부, 가난한 이들을 억압하는 사회가 만들어내는 비인간화 현상이 초래하는 불평등은 결국 커다란 사회적 부담으로 남게 될 게 뻔한데 당장 먹기에는 곶감이라고 지갑에 돈이 들어오기만 하면 그걸로 끝이라는 천박한 생각들만 하고 있음을 비판한 거지요. 정부가 복지국가의 지향을 포기하고 천박한 실용주의를 천명하는 게 얼마나 어리석고 위험한지를 비판합니다. 결국 전체적인 경제성장과 일반 국민의 재산과의 연계가 단절된 것을 외면했을 때 어떤 일이 생길지 깨달아야 한다고 외치는 거지요.

일찍이 C. W. 밀즈가 미국을 움직이는 힘은 군정경 복합체라고 《파워 엘리트》에서 말하던 바가 노골화되고 당당하게 드러나는 형태까지 왔습니다. 시장만능주의는 겉으로는 자유주의와 맞닿아 있는 듯하지만 속내는 기득권자들이 자신들의 이익을 고착화하려는 것일 수도 있음을 놓쳐서는 안 되겠지요. 그렇다고 정부의 간섭이나 개인에 대한 억압을 허용하라는 건 아닙니다. 엉뚱하게 그것을 실용주의라고 겉포장하는 걸 보면 측은하기까지 합니다.

사실 실용주의는 경제적 가치만을 따지는 황금만능주의가 아닙니다. 멈포드나 러셀 같은 이들이 그것에 대해 길디드 에이지(Guilded Age)의 시대정신을 대변하는 것일 뿐이며 미국 상업주의의 철학적 표현에 불과하다고 비판했던 것도 그런 착각에 대한 성찰입니다. 진정한 실용주의는 다원주의적 민주주의를 지향하는 개혁주의적 철학입니다. 정치적 자유와 경제적 평등, 그리고 자유로운 개인의 완성이라는 가치를 실현하기 위해 잘못된 관습이나 제도를 타파하고 실천할 것을 요구하는 사상입니다. 그것은 단순한 소비사회의 이데올로기가 아니라 각자가 소중하게 생각하는 삶의 가치를 추구할 자유가 보장되는 다원적이고 민주적인 사회지요. 우리나라의 보수나 진보가 관용이 없는 건 그런 점에서 안타까운 일입니다. 가장 비판적인 시각을 길러야 하는 대학생들조차 그릇된 실용주의 시각을 갖고 있어서 보기에 안쓰럽기까지 합니다. 실용주의적 지식이란 현실에 순응해서 돈벌이하는 데 도움이 되는 지식을 말하는 게 아니라 인간이 처한 한계에 도전하면서 인간의 가능성을 확장하는 창조적 지식이어야 하겠지요.

크루그먼이 자신의 블로그와 책의 제목으로 삼은 '진보주의자의 양심'이라는 말이 파랗게 날선 채 가슴에 파고듭니다. 신문이며 방송마다 노벨상 수상자의 책을 설명하고 그의 이론을 간략하게 해설해주는 데 급급했던 게 그래서 안타깝습니다. 끊임없는 자기 성찰과 세계의 흐름에 대한 비판적 시각을 늦추지 않는, 인간의 가치에 우선성을 두는 건강한 진보의 힘을 두루 느꼈으면 좋겠습니다. 이 나라의 진보와 보수 모두 그이가 말하는 '양심'에 방점을 쳤으면 좋겠습니다. 저 또한 그렇게 하도록 스스로를 채근하고 반성해야 하겠습니다. 진보와 보수가 서로 싸우는 게 아니라 박동수의 차이로 다투는, 그러나 그 박동수가 결국에는 하나의 공배수의 진동으로 울려서 멋진 화음을 만들어내는 그런 사회가 되도록 모두가 정신 바짝 차리고 살아야겠다 싶습니다. 따뜻한 삶이 가장 성공한 삶이라는 걸 모두가 느끼고 누릴 수 있는 세상이 왔으면 좋겠습니다. 프랑스 68혁명 때 내걸었던 구호가 새삼 기억납니다.

　"황금에 휘둘리지 않는 시대가 바로 황금기다!"

스물여섯

젊음은

잃는 것이 아니라

잊는 것이다

　　　　　　　　　　　　몇 해 전에 갑자기 세시봉 열풍이 불
었습니다. 조영남, 송창식 윤형주의 트윈 폴리오, 김세환이 출연할
때만 해도 방송국에서는 아마 그저 한 주 채우는 것으로만 여겼을
지 모릅니다. 그러나 반응이 워낙 뜨거워서 판을 키웠습니다. 다시
열린 그들의 특집에 〈그건 너〉의 이장희와 기타의 전설 강근식, 함
춘호와 이익균까지 출연하여 세시봉 시절의 추억을 되살리면서 관
심은 열풍으로 번졌고, 급기야 환갑 넘은 가수들이 전국을 순회공

연하며 연일 표를 매진시키는 놀라움을 보여줬습니다. 그들의 건재가 고마웠고 부러웠고, 나도 마찬가지로 아직은 팔팔하다는 걸 은근슬쩍 확인하고 싶었는지 모릅니다.

고등학교 때 외사촌형을 따라 처음 가본 세시봉은 놀라움 그 자체였습니다. 종로1가에 있던 르네상스에는 사장님의 특별 배려로 학생 신분에도 드나들 수 있었기에 거기라고 뭐 별다를까 싶었는데, 클래식 감상실이던 르네상스의 분위기와는 완전 딴판이어서 오히려 어색할 지경이었지요. 대학생으로 보이는 형들이 통기타를 치며 노래하는 모습이 그렇게 멋있어 보일 수 없었습니다. 그러나 트윈 폴리오가 해체되고 김세환은 이미 텔레비전 스타가 되어 〈쇼쇼쇼〉에서나 볼 수 있게 되면서 세시봉은 잠깐의 외출과도 같은 추억으로만 남았습니다.

그런데 수십 년이 지나 그들이 돌아온 겁니다. 송창식과 윤형주가 트윈 폴리오를 재결성하여 아주 짧은 기간 활동했을 때 공연을 본 이후 다시 그들이 함께 노래하는 것을 볼 수 없었기에 반가움이 앞섰습니다. 요즘 아이돌의 노래는 대부분 기본적으로 고음인 데다 리듬도 빨라서 따라 부르기 어려워 자연스럽게 외면하던 차에 어쿠스틱 사운드의 정감을 마음껏 발휘하는 그들의 모습이 자랑스럽기까지 했습니다. '녀석들아, 진짜 노래란 바로 저런 거야.' 그런 속마음도 있었지요. 게다가 젊은이들까지 그들의 매력에 흠뻑 빠지는 걸 보면서 우쭐함도 덩달아 상승했습니다. 비단 저만 그렇지는 않았을 것입니다. 그래서 예능 프로그램에 단발성으로 출연한 것이 특집으로 만들어지고 마침내 전국 순회공연으로까지 이어진 겁니다.

그들에 대한 열광은 뜻밖에 통기타 열풍으로까지 이어져서 악기상들이 때 아닌 호황을 누리고 있다는 보도까지 들렸습니다. 역시 좋은 음악에는 세대나 장르의 차이가 있을 수 없다는 걸 새삼 깨달았습니다. 한 번으로 그치려던 애당초의 계획이 특집방송으로까지 확대된 건 그런 이유 때문이었을 겁니다. 그리고 그게 추석 연휴에 재방송된 것이지요. 마치 올림픽에서 금메달 딴 경기의 하이라이트처럼, 보고 또 봐도 질리지 않고 또 다른 새로운 맛을 느낄 수 있는 콘텐츠가 갖춰졌으니 그럴 만도 했겠지요.

그런데 저는 추석에 재방송되는 걸 보면서 엉뚱하게 마음이 심란했습니다. 왜 그랬을까요? 처음엔 저도 그 까닭을 정확하게 설명할 수 없었습니다. 그런데 뉴스에서 계속해서 고속도로 교통상황을 전해주는 걸 보면서 알았습니다. '그래, 세시봉 세대들이 이제 구들마님이 된 거야!' 흔히 명절 전날 여러 차례 틀어주는 프로그램은 귀성하는 사람들보다는 그들을 집에서 기다리는 세대들을 위한 경우가 많지요. 세시봉 세대들이 이미 50대 후반에서 60대 중후반쯤 되니 부모님을 뵈러 고향에 내려갈 나이가 아니라 차례 지

내려 오는 자식들 기다리는 나이가 된 것이지요. 거기에 생각이 미치자 그 프로그램을 보면서 갑자기 서글퍼졌습니다. 제가 지나치게 예민하게 받아들였는지 모르지만요.

세시봉(C'est si bon).

"그것은 멋지다오. 어디서나 상관없다오. 팔짱을 끼고 노래 부르면서 가는 것은……. 그것은 멋지다오. 달콤한 말을 주고받는 것은……. 아주 사소한 것이지만 많은 의미가 있는 말을. 우리의 즐거운 모습을 보고 길을 가는 사람이 부러워하고 있네. 그것은 멋지다오. 서로의 즐거운 모습을 보고 길을 가는 사람이 부러워하고 있다는 것은……."

에디트 피아프의 노래 〈세시봉〉에서 따왔을 그 이름은 '참 좋다'는 뜻이지요. '삶은 아름다운 것'이라고 노래할 수 있었던 건 1970년대의 역동성과 낭만, 그리고 풍요의 시작을 처음 누린 세대들의 자연스러운 합창이었을 겁니다.

1970년대는 격변의 시대였습니다. 정치적으로나 경제적으로나 사회적으로나 온통 정신없이 빠르게 변화했습니다. 정치적으로는 암울했습니다. 1960년대 후반 삼선개헌으로도 성이 차지 않은 대통령 박정희는 종신통치를 꾀하는 '10월 유신'을 감행했고, 대한민국의 정치는 숨이 끊어졌지요. 그것으로도 모자라 이른바 '긴급조치'라는 해괴한 초헌법적 만행까지 저질렀습니다. 요즘 젊은이들로서는 도저히 이해되지 않겠지만, 유신헌법에 대한 호불호나 찬반을 언급하는 것 자체가 불법이고 무조건 구속하는, 그야말로 그런 야만이 없었습니다. 민주주의의 가치를 외치는 사람들은 모두 감옥에 가고, 살아남은 사람들은 그저 입 다물고 눈 감고 귀 막으며 살아야 했습니다. 언론도 예외는 아니었지요. 조금이라도 자기들에게 결기를 세우면 잡아가두는 것만으로도 모자라 아예 광고를 막기까지 하는 만행을 서슴지 않았습니다.

사람들이 정치적 암울을 견뎌낸 것은 좌절과 절망의 체념도 있었고(물론 그걸 정치랍시고 찬성 대열에 앞장선 자들도 있었지요. '통일주체국민회의'라는 부끄러운 제도에 적극 참여했던 그 사람들이 지금도 여전히 권력의 양지를 차지하고 있습니다) 두려움과 비겁 때문이기도 했지만, 무엇보다 경제에 대한 열망으로 대체할 수 있었기에 가능했는지도 모릅니다. 아무리 새마을운동이다 뭐다 해서 개량을 해도 농어촌에서의 삶의 희망은 보이지 않았고, 대도시에는 일자리가 널려 있었기에 모두 도시로 나갔지요. 전통적인 대가족제도는 그렇게 한방에 핵가족으로 분화되었고, 도시의 익명성 속에서 사람들은 경쟁과 전투의 삶을 살아야 했습니다.

그 시대의 젊은이들은 처음으로 풍요의 혜택을 누렸습니다. 상아탑 대신 우골탑(牛骨塔)이라 빈정거림 받던 대학에 진학하는 젊은이의 수가 늘었고, 졸업도 하기 전에 4학년 2학기면 이미 직장에

나가 일할 수 있었습니다. 지금의 학생들에겐 꿈같은 일이겠지만 그땐 정말 그랬지요. 풍요와 억압이라는 이중장치 속에서 젊은이들은 방황했고 좌절했으며 동시에 저항했고 희망을 품었습니다. 생맥주, 통기타, 청바지는 바로 그런 젊은이들의 아이콘이었지요.

탁주(濁酒)라는 이름의 막걸리는 가장 싸고 낮은 등급의 술로 여겨졌고, 농사 때나 마시는 것으로 치부되어 농주(農酒)라고 불리기도 했습니다. 과외교습 등으로 주머니 사정 넉넉한 대학생들은 삼삼오오 짝을 지어 생맥주를 마셨습니다. 물론 여전히 삶은 각박했지만 그 정도의 여유는 있어서, 혹은 그런 호기라도 부려보고 싶어서 그랬지요. 어른들은 그런 젊은이들의 '사치'에 혀를 찼지만, 생맥주는 젊은 세대의 암호처럼 받아들여졌습니다. 그런 사치를 누리는 건 기성세대에 대한 저항과 차별의 의미도 있었기에 생맥주는 젊은이들에게는 새로운 상징으로 여겨졌습니다.

술이 나오면 노래가 빠질 수 없지요. 애수 띤 트로트 가요에 별다른 감흥을 느끼지 못하던 젊은이들에게 새로운 음악의 복음이 선포되었습니다. 포크송이 그것이었지요. 사실 포크송이라는 건 민요나 민중가요를 뜻하지만, 새로운 세대에게는 그게 마치 자신들의 대변인 듯 느껴졌습니다. 처음에는 외국의 번안곡에서 시작되었지만 점차 우리 음악인들이 스스로 생산하기 시작했습니다. 김민기, 양희은, 양병집, 서유석 등은 이미 대학가에서 스타였지요.

축제마다 그들은 단골손님이었습니다. 이른바 통기타 음악의 전성 시대가 열렸지요. 그 한복판에 세시봉이 있었습니다. 기타는 들고 다니기도 편했고, 그리 비싸지 않았으며, 누구나 쉽게 코드만 몇 개 익혀도 흉내는 낼 수 있었기 때문에 젊은이들이 모인 곳에는 언제나 빠지지 않았습니다. 굳이 대학가 싱어송라이터가 아니더라도 김정호, 어니언스, 장현 등 수많은 포크싱어들이 젊은이들의 정서를 감쌌습니다. 그리고 그 중심에는 항상 통기타가 있었지요.

젊은이들의 힘은 저항과 실험정신입니다. 그런 점이 기성세대로서는 불안하고 못마땅했을 겁니다. 그래서 거기에 재갈을 물리고 싶어했던 거지요. 장발과 미니스커트 등이 미풍양속을 해친다는 이유로 단속되었는데, 사실은 젊은이들의 겉모습까지 통제하려는 천박한 핑계였을 뿐입니다. 급기야는 통기타조차 빼앗았습니다. 당시 경춘선을 타고 엠티나 야유회 가는 젊은이들이 청량리역에 모이면 경찰들이 다가와 통기타를 압수했지요. 황당한 일이지만, 그땐 그랬지요. 그래도 통기타의 저항은 사라지지 않았습니다.

젊은이들의 패션 종결은 청바지였습니다. 제임스 딘의 영화가 인기를 끌면서 자연스럽게 저항의 아이콘으로 떠오른 청바지는 일명 남대문 도깨비시장에서 없어서 못 파는 지경이었습니다. 리바이스 청바지는 당시 '쌍마' 바지로 불리기도 했지요. 로고에 찍힌 마차 때문에 그렇게 불렸습니다. 사실 젊은이들이 그 바지에 열광

한 건 편하고 활동적인 데다 경제적인 이유 또한 컸지요. 일년 내내 같은 바지를 입어도 무난했고 그 위에 티셔츠 하나만 걸쳐도 젊음은 아름다웠습니다.

이렇게 일명 세시봉 세대의 아이콘이던 통기타, 생맥주, 청바지는 억압에 대한 저항이었고, 곤궁에서 벗어난 풍요의 첫 번째 수혜자로서의 여유였습니다. 그리고 그것은 자유에 대한 희구와 발산이기도 했습니다. 그 세대들이 지금 예순 고개 안팎에서 노인 대접을 받기 시작했습니다. 그이들이 집에서 자식들 명절 쇠러 오는 걸 기다리며 세시봉 특집을 시청하고 있는 겁니다.

이젠 더 이상 통기타, 생맥주, 청바지가 저항과 풍요의 상징도 아니거니와, 낫살 먹은 이들이 그 향수와 미련에 매달리는 것도 그리 매력적이진 않을 겁니다. 하지만 그들이 살아온 그 격동의 시기에 자신을 지켜주고 버텨준 힘이 노래와 술과 패션으로 녹아들었었다는 사실마저 지워낼 까닭은 없습니다. 아니, 지금이라도 청바지 입고 통기타를 퉁기며 생맥주 한잔 하면서 그 시절의 자유와 저항과 고뇌를 다시 맛보는 것도 좋겠지요.

젊음은 잃는 것이 아니라 잊는 것 아닐까요? 그 시절의 힘을 이런 계기를 통해 다시 기억하는 것도 좋은 일이겠지요. 세시봉 특집은 우리에게 잊었던 그 시절의 힘을 되살리게 하는 계기가 되어야 합니다. 그 시절에 대한 향수가 아니라 힘이지요, 힘! 그 호기와 저항정신과 낭만을 그리워만 할 게 아니라 지금 되살려 누려야 하겠습니다. 복고적으로 돌이키자는 게 아니라 정신만이라도 되살려내자는 것이지요.

경제적인 불안과 노년의 건강에 대한 두려움으로 전전긍긍할 게 아닙니다. 그 암울하고 힘들었던 시간을 용감하게 견뎌내고 이겨낸 사람들 아닌가요. 요즘 우리는 자꾸만 경제적인 대책에 대해서만 따집니다. 사실 그건 마케팅적 측면이 없지 않지요. 연금보험이니 뭐니 하는 금융상품 개발자들이 윽박지르듯 자신들의 상품을 내세우면서 나타난 현상이기도 하다는 거지요. 그보다 더 중요한 건 잊고 지냈던 그 열정과 자유로운 정신을 놓치지 않는 것입니다. 잃은 것은 되돌릴 수 없지만 잊은 건 언제나 누구든지 되살려낼 수 있습니다. 건강이나 돈은 잃는 것이지 잊는 것이 아닙니다. 그러나 정신은 잊는 것이지요.

자식들 기다리며 세시봉 특집을 보면서 감회에만 젖을 게 아니라 내 삶이 '세시봉'이었다고 당당하게 노래할 수 있어야 하겠습니다. 그 질곡과 격변의 시기를 이겨낸 내공을 바탕으로 멋지게 포효하는 모습을 보고 싶습니다. 노벨 문학상을 수상한 펄 벅 여사가 이런 말을 했습니다.

"내가 다시 젊어지길 원할까요? 아닙니다. 왜냐하면 너무 많은 것을 배웠기 때문에 그것을 잃고 싶지 않습니다. 나는 70세 이후에 참으로 많은 것을 배웠습니다."

　잃은 게 아니라 잊어버린 젊음이라면 더 늦기 전에 되살려야겠습니다. 펄 벅이 말했듯이 인생에서 배우고 얻은 게 많고 아직도 더 배울 게 있다면 어찌 고마운 일이 아니겠습니까.

스물일곱

그저 묵묵히

자신의 길을 걷는 사람이

있다

세시봉 열풍을 보면서 그 사람이 가
장 먼저 떠올랐습니다. 김민기. 그의 이름은 이미 그 자체로 하나
의 상징이고 기호입니다. 제겐 아직도 그렇습니다. 시위 때마다 그
의 노래 〈아침이슬〉은 빠지지 않았습니다. 그래서 그는 독재자에
게 미움을 받았습니다. 그의 노래들이 아예 몽땅 금지곡이 된 건
그런 연유 때문이었습니다. 음악가에게 사망선고나 마찬가지인 금
지곡이란 철퇴를 그이에게처럼 처절하게 내린 경우는 전무후무합

니다. 사실 그의 노랫말을 곰곰 살펴보면 어떤 이념이나 주장이 아니라 우리의 삶, 좀 심각한 척 말하자면 인간의 실존을 담고 있습니다. 한 전임 대통령이 즐겨 불렀다는 〈상록수〉도 사실은 봉제공장 노동자들의 합동결혼식 축가로 만들어진 곡이라지요.

그런가 하면 〈늙은 군인의 노래〉는 전역하는 병기 선임하사의 부탁으로 만들어진 노래입니다. 1974년 군에 입대한 김민기는 카투사 신분으로 AFKN에 배속되어 근무하고 있었는데, 그 당시 명동성당에서 열리기로 한 반정부 집회의 정보가 미리 새면서 행사가 무산되었습니다. 그리고 그는 영문도 모른 채 군 수사기관에 연행되어 조사를 받고 원통에 있는 전방의 사단으로 끌려가 보름 동안 영창에 갇혔습니다. 그 행사가 군에 간 그와는 아무 상관도 없을 텐데 이상한 일이지요. 그러나 그는 이미 대학생들에겐 저항의 아이콘이었고 살아 있는 전설이었습니다. 내막은 이렇습니다. 집회에서 그의 저항가요들이 불릴 예정이었다는 겁니다. 그러니 그 노래를 만든 김민기는 그들의 눈으로 보자면 '악성 빨갱이'와 다름없었겠지요. 그랬던 시절입니다(불행히도 이런 악습이 완전히 사라지지 않고 지금도 엄연히 작동되고 있습니다).

그 사단의 중화기부대에 배치된 그에게 선임하사가 자신의 이야기를 노래로 만들어달라고 부탁했다고 합니다. 그렇게 해서 만들어진 곡이 〈늙은 군인의 노래〉입니다. 막걸리 두 말을 사례비로 받았다지요. 그런데 이 노래 또한 '당연히' 금지됩니다. 가뜩이나 미운 털 박힌 그가 만든 데다가 가사가 병사들에게 나쁜 영향을 준다는 당국자들의 판단 때문이었지요.

그의 노래에는 정직하게 땀 흘리는 사람들에 대한 애정과 관심이 소담하게 담겨 있습니다. 실제로 자신이 봉제공장과 농장에서 일을 했었기에 그의 노랫말에는 그이들의 삶에 대한 사랑과 고마움이 묻어납니다. 하지만 그의 생각과는 달리 나오는 족족 모두 금지곡으로 묶여버립니다. 하기야 이미 그의 첫 번째 앨범이 통째로 회수되어 폐기된 전력이 있으니 더 무슨 말을 하겠습니까. 오죽하면 다른 사람의 이름으로 곡을 만들어야 했을까요. 그런 일이 있기 전에도 자신이 앞에 나서서 노래하는 걸 즐겨하지 않았던 터에 모든 노래가 금지곡이 되었으니 김민기는 사람들의 눈에 띄지 않는 삶을 살았습니다. 그렇게 그는 '살아 있는 전설'로 시대를 움직이면서 정작 자신은 숨어서 살았습니다.

그 시대를 산 사람들뿐 아니라 지금의 젊은이들도 김민기의 노래를 모르는 이는 별로 없을 겁니다. 대개는 운동권에서 번져나간 탓이기도 하겠지만, 사실 그의 노래는 서정적으로도 아주 뛰어나고 작곡 수준도 매우 높기 때문에 시대와 상황에 무관하게 사람을 끄는 힘이 있습니다.

그러나 제가 김민기를 좋아하고 존경하는 건 다른 대목입니다.

그는 자신의 곡이 더 이상 금지곡이 아닌 상황에서도 대중에 모습을 드러내지 않았습니다. 자의든 타의든 자기 노래 때문에 부당한 억압과 감시를 받았던 사람입니다. 그렇다면 상황이 바뀌었을 때 자신이 잃어버린 것에 대해 되돌려받거나 그에 상응하는 보상을 받아야 한다고 느끼는 게 인지상정이지요. 보상심리라는 거겠지요. 하지만 그는 그러지 않았습니다. 그 어떤 음악가보다 극심한 억압과 감시를 받았으면서도 그는 나서지 않았습니다. '내가 그때 이런 일이 있었는데~' 운운하는 말 한마디 그에게서 들어본 적이 없습니다. 적어도 제 기억으로는 그렇습니다. 암울하던 시절 그의 노래가 우리에게 얼마나 큰 희망과 위로를 주었는지, 그 시대를 산 이들은 모르지 않을 겁니다. 그런데도 그는 여전히 마치 숨어 있는 듯 자신을 드러내지 않습니다. 저는 그런 그에게서 진정한 군자의 모습을 봅니다.

겨울이 지났습니다. 독재의 억압과 비인격적 폭력에서 가까스로 벗어나 잠깐이나마 봄은 온 듯했습니다. 그런 봄을 맞을 수 있었던 건 수많은 사람들이 맞서 싸우다 죽고 다치고 삶을 망가뜨린 대가입니다. 그런 이들 가운데 일부는 돌아온 봄의 햇살을 누릴 자격이 분명 있습니다. 그러나 어떤 이는 숨죽이고 있다가 봄이 온 것이 마치 자기 때문이라는 듯 뻔뻔하게 고개 내밀며 자리 탐을 했습니다. 개중에는 목숨 걸고 싸우다가 권력의 지근거리에 서게 되자 놀랍게 타락하여 우리를 실망시킨 이들도 있습니다. 그러나 정말 아무 대가 없이 자신의 모든 것을 내던지고 민주주의를 외치며 싸운 이들이 훨씬 더 많습니다. 눌려 있다 혹은 숨어 있다 나타난 수많은 이들이 자신의 몫을 외칠 때조차 그들은 걱정스럽게 바라보기만 했습니다.

그렇게 사람들은 한겨울 추위가 지나자 정말 시들지 않고 당당한 나무가 무엇인지 조금씩 알게 되었습니다. 저는 그런 나무 가운데 우뚝 선 소나무가 바로 김민기라고 생각합니다. 결코 자신을 내세우지도 않거니와 남들에 대해서도 이러니저러니 입을 대지도 않는 과묵한 그는 정말 닮고 싶고 닮아야 할 사람입니다. 그가 이루어낸 결과 때문이 아니라 그가 보여준 삶의 태도 때문에 말입니다. 자신을 드러내거나 큰 소리로 외치지 않고 그저 뒤에 서서 묵묵히 바라보는, 이제는 환갑을 넘긴 '이 영원한 소년'이 있어 행복합니다.

김민기를 다시 만나게 된 건 뜻밖에 뮤지컬에서였습니다. 엄밀히 말하자면 '뜻밖'은 아니지요. 억압받는 노동자를 모티프로 한 뮤지컬 〈금관의 예수〉를 봐도 알 수 있듯이 그는 많은 이들에게 음악과 연극을 통해 삶과 사회를 성찰할 수 있는 방법을 제시한 것이지요. 그의 출발이 음악이었으니(그 유명한 경기중고등학교를 나와 '엉뚱하게' 서울대 미대에 진학했으니 미술이어야 했겠지만) 어쩌면 자연스러운 일입니다. 하지만 그가 선택한 뮤지컬은 요즘 흔히 유행하는 블록버스터 격의 오락 지향적인 것이 아니었습니다. 작은 소극장에서 소박하게 공연하는 방식을 택했습니다. 그게 바로 〈지하철 1호선〉이라는 작품입니다. 지금은 슈퍼스타로 떠오른 황정민과 조승우 등이 바로 이 작품을 통해 성장한 배우지요. 대학로에 '학전'이라는 극단과 극장을 만들어 올린 이 작품은 본디 독일의 폴커 루트비히의 〈line 1〉을 한국적 상황과 정서에 맞게 번안한 뮤지컬입니다. 뛰어난 풍자와 해학을 통해 한국 현대사회의 모습을 그려낸 이 작품에 반한 원작자가 나중에 저작권료를 전액 면제해주기로 할 만큼 각색과 연출 능력을 발휘한 작품입니다. 그 주인공이 바로 김민기입니다.

저는 그 작품을 보면서 김민기가 묵묵히 자신의 길을 뚜벅뚜벅 걷고 있다는 사실이 반가웠고 그가 우리와 함께 호흡하고 있다는 것만으로도 고마웠습니다. 그렇게 성공한 연출가라면 자기가 누구를 키웠네 어쨌네 자랑하였을 겁니다. 그랬더라도 충분할 일입니다. 하지만 지금까지 김민기의 입에서 그런 말을 들어본 적이 없습니다. 그는 처음부터 끝까지 겸손하고 소박한, 그러나 자신이 가야 할 길을 꾸준히 걸어갑니다. 과연 그 같은 사람을 또 찾을 수 있을까요? 저는 그의 능력보다는(이미 그의 능력은 누가 왈가왈부하지 못할 만큼 도드라졌습니다) 인품에 흠뻑 반했다고 고백하고 싶습니다.《논어》에서 말하듯이 추운 겨울 지낸 뒤에 알게 되는 소나무와 잣나

무의 모습을 그에게서 보기 때문입니다.

세시봉 열풍에도 그는 꿈쩍도 않고 자신의 자리에서 벗어나지 않습니다. 그 열풍을 보면서 김민기를 떠올리는 건 모두에게 자연스러웠을 겁니다. 그런 그가 있어서 고맙습니다. 그런 사람과 같은 시대에 살고 있다는 것만으로도 행복합니다. 만년 청년인 그의 모습은 그의 삶에 대한 소박함과 정직함에서 스며 나오는 것이겠지요. 늙지 않는 그의 모습을 보면서 저도 그이처럼 살면 조금은 닮아가지 않을까 하는 작은 바람을 품어봅니다. 가끔 삶이 힘들고 버거울 때면 그가 직접 부른(그의 묵직하고 낮은 투박한 목소리는 정말 매력적입니다) 노래 〈봉우리〉를 들으며 힘을 냅니다.

사람들은 손을 들어 가리키지

높고 뾰족한 봉우리만을 골라서

내가 전에 올라가 보았던 작은 봉우리 얘기 해줄까

봉우리……

지금은 그냥 아주 작은 동산일 뿐이지만

그래도 그때 난 그보다 더 큰 다른 산이 있다고는

생각지를 않았어

나한테는 그게 전부였거든……

혼자였지

난 내가 아는 제일 높은 봉우리를 향해

오르고 있었던 거야

너무 높이 올라온 것일까

너무 멀리 떠나온 것일까

얼마 남지는 않았는데……

잊어버려! 일단 무조건 올라보는 거야

봉우리에 올라서서 손을 흔드는 거야 고함도 치면서

지금 힘든 것은 아무것도 아냐

저 위 제일 높은 봉우리에서 늘어지게 한숨 잘 텐데 뭐……

허나 내가 오른 곳은 그저 고갯마루였을 뿐

길은 다시 다른 봉우리로

거기 부러진 나무등걸에 걸터앉아서 나는 봤지

낮은 데로만 흘러 고인 바다

작은 배들이 연기 뿜으며 가고

이봐, 고갯마루에 먼저 오르더라도

뒤돌아서서 고함치거나 손을 흔들어 댈 필요는 없어

난 바람에 나부끼는 자네 옷자락을

이 아래에서도 똑똑히 알아볼 수 있을 테니까 말야

또 그렇다고 괜히 허전해하면서

주저앉아 땀이나 닦고 그러지는 마

땀이야 지나가는 바람이 식혀주겠지 뭐

혹시라도 어쩌다가 아픔 같은 것이 저며올 때는

그럴 땐 바다를 생각해

바다……

봉우리란 그저 넘어가는 고갯마루일 뿐이라구……

하여 친구여 우리가 오를 봉우리는

바로 지금 여긴지도 몰라

우리 땀 흘리며 가는 여기 숲속의 좁게 난 길

높은 곳엔 봉우리는 없는지도 몰라

그래 친구여 바로 여긴지도 몰라

우리가 오를 봉우리는

야속하게 느껴질 때를

경계하라

가끔 개념 상실한 몰상식한 인간들
도 있고, 심지어 어르신에게 막말하는 청년이나 삿대질에 주먹질
까지 해대는 젊은 여자가 인터넷에 회자되면서 혀를 끌끌 차게 하
는 경우도 있지만, 그래도 저는 우리나라 젊은이들이 참 착하고 예
의바르다고 생각합니다. 지하철을 타보면 쉽게 알 수 있습니다. 자
리가 없어 서 있더라도 경로석 빈자리를 덥석 차지하는 젊은이들
은 거의 없습니다. 외국인들은 그 모습이 신기한지 사진을 찍기도

하더군요.

며칠 전 지하철을 탔을 때도 경로석은 비어 있었습니다. 여럿이 서 있기는 했지만 감히 그 자리를 넘보는 이는 없었습니다. 그런데 지하철 문이 열리고 중3이나 고1쯤 되어 보이는 여학생 둘이 무거운 책가방을 메고 어깨를 축 늘어뜨린 채 탔습니다. 파릇파릇할 나이에 어쩌면 그리도 세상 온갖 시름 다 떠안은 듯한 모습이었는지 애처로워 보였습니다. 여학생들은 눈치를 쓱 보더니 그대로 경로석에 앉더군요. 조금은 맹랑하다 싶기는 했지만 워낙 지쳐 보여서 대놓고 탓하는 이들도 없었습니다. 두 학생은 서로에게 기댄 채 금세 눈을 감았습니다. 거의 탈진한 듯한 모습이어서 딱하다 생각하고 있었지요. 그런데 그다음 역에서 한 할아버지가 타더니 그 자리 앞에서 대뜸 야단부터 치는 겁니다.

"이놈들아, 너희들은 애비 에미도 없냐? 어서 일어나지 못해?"

물론 몰염치하게 건강한 젊은이들이 경로석에 앉아 있는 경우도 가끔은 있지요. 그런 때는 태연하게 자리를 차지한 모습에 한 대 쥐어박고 싶기도 합니다. 아마 그 할아버지도 그런 경우를 여러 차례 보았기에 여학생들이 경로석에 앉아 있는 게 못마땅했겠지요. 충분히 그럴 수 있고 어쩌면 그렇게 따끔하게 야단쳐줄 어른이 있다는 게 다행스러울 때도 있습니다. 그러나 그날은 좀 성급했다 싶더군요. 앞뒤 사정 가리지 않고 고성부터 질러대는 모습은 그리 좋게 비치지 않았습니다. 물론 어르신들을 위한 자리이긴 하지만 어른의 입장에서 고깝게만 보기보다는 상대의 상태를 고려할 너그러움이 아쉽게 여겨졌습니다. 저는 그 아이들이 어떻게 대처하는지 유심히 봤습니다. 그래도 다행히 벌떡 일어나 "죄송합니다"라고 송구스러워하는 모습이 고마웠습니다. 어쨌거나 민망했는지 얼른 옆 칸으로 옮겨 갔습니다.

정작 문제는 그다음이었습니다. 맞은편에 조용히 앉아 있던 할머니가 정색을 하면서 말했습니다.

"학생들이 얼마나 힘들고 지쳤으면 그 자리에 앉았겠어요. 그리고 영감님 타시는 걸 보고도 안 일어난 게 아니라 자고 있었잖아요. 조용하게 타일렀어도 아이들이 당연히 자리를 내드렸을 텐데 다짜고짜 소리부터 치시니 애들이 얼마나 무안했겠어요."

저는 할아버지가 "아이고, 그건 미처 생각하지 못했네요"라고 말씀하실 줄 알았습니다. 그런데 그분은 할머니 말씀이 더 고까우셨던 모양입니다. 마치 시어머니와의 싸움을 말리는 시누이처럼 보였나 봅니다. 얼굴이 벌게진 할아버지가 아까보다 더 큰 소리로 맞대응을 합니다.

"아니 내가 무슨 잘못을 했다는 거요. 어린놈들이 싸가지 없이 노인네들 자리에 앉아 있는 거 야단치는 게 당연하지. 당신들처럼 오냐오냐 하면서 모른 척하니까 예절이고 나발이고 요즘 것들이

이 지경인 게요!"

할아버지가 버럭 소리를 지르는 바람에 사람들의 시선은 두 분에게 몰렸습니다. 그렇게 할아버지는 엉뚱하게 할머니한테 화풀이를 했습니다. 급기야 할머니한테 호통을 치고 삿대질까지 해댑니다. 여차하면 한 대 칠 기세였습니다. 하지만 할머니는 그런 것쯤이야 아무렇지도 않다는 듯 자분자분 어린아이 타이르듯 설득합니다.

"제가 애들 역성을 들거나 영감님 비난하는 게 아니에요. 그렇게 대뜸 고래고래 소리치며 야단부터 치지 말고 조용히 말씀하시거나 손녀 같은 애들이 얼마나 힘들고 고되면 염치 불고하고 이렇게 경로석에 앉았을까 한번쯤 생각해보셨다면 좋지 않았겠나 해서 말씀드린 거라구요."

어림짐작에 할머니 연세가 그 할아버지보다 위로 보였습니다. 하지만 할아버지는 마치 자신이 부당하게 야단이라도 맞은 듯 화를 삭이지 못하며 할머니를 향해 욕설까지 섞어가면서 소리칩니다.

"당신 같은 할망구들이 집구석에나 있지 뭐 할 일 있다고 싸돌아다니며 되도 않는 말 함부로 지껄여!"

저는 그 말을 듣는 순간 할아버지가 졌다고 판단했습니다. 애들 말마따나 '게임 오버'죠. 대화나 토론에서(사실 그건 '대화'도 '토론'도 아닌 '말싸움'처럼 되어버렸지만) 먼저 소리 지르는 사람이 지는 거니까요. 할아버지는 자신의 유일한 무기가 큰 목소리라고 여기시는 듯했습니다. 지하철에 타고 있던 다른 승객들도 그렇게 생각했을 겁니다. 그렇다고 호락호락 넘어갈 할머니는 아니었습니다.

"부엌에서 새는 쪽박이 들에서도 샌다더니 집에서 큰소리친다고 바깥에서도 그게 통할 것 같으우? 그저 모자란 남자들이란 다 저렇다니까. 그리고 우리 같은 할머니들이 댁들처럼 그냥 바람 쐬러 나오거나 며느리 눈치 보여서 나오는 줄 아시우? 딸네서 김장 담가주고 오는 거유. 남정네들이 우리 여자들만큼 생산적인 일을 하면서 소리치면 내가 말을 않겠소. 그리고 요즘 애들 소리치며 야단친다고 싹싹 빌 것 같으우? 천만의 말씀이오. 속으로 욕해요. 아까 개들이 댁의 손녀라고 생각해보우. 그 어린것들이 얼마나 피곤하면 그랬을까."

저나 다른 승객들은 이미 속으로 '할머니, 파이팅!'을 외치고 있었습니다. 할아버지는 씩씩거리기만 할 뿐 더 이상 대꾸하지 못하고 입을 닫았습니다. 그래도 당신의 완패를 온전하게 받아들이지는 못하겠다는 듯 "여자들이란 입만 살아서…… 말로는 못 당해" 하며 당신에 대한 위로인지 변명인지 기어들어가는 소리로 논쟁은 마감되었습니다.

할아버지들이라고 모두 소리만 지르거나 경우 벗어난 언행을 일삼는 건 아니지요. 그러나 일반적으로 보면 할아버지가 할머니보다 훨씬 더 보수적이고 폐쇄적인 경향이 있는 것 같습니다. 흔히들 남자는 나이 들면 유순해지고 여자는 억세진다면서 그 까닭을 설명합니다. 이른바 호르몬의 역전현상이지요. 하지만 그것만으로는 설명이 부족합니다. 지하철에서 내려 집으로 걸어오면서 저는 다른 요인은 무엇일까 생각해봤습니다. 남자들은 자신이 제일 잘 나가던 시절 혹은 그 언저리에 생각이 멈춰 있는 경우가 많은 듯합니다. 심정적으로는 이해할 수 있습니다. '이제 끈 떨어진 갓 신세가 되었지만 그래도 내게는 화려한 시절도 있었고 한때 잘 나갔다. 그러니 날 무시하지 마라' 뭐 이런 심리적 보상이 필요도 하겠지요. 문제는 그 상태에서 생각이 멈춘다는 겁니다. 그러면서 새로운 정보나 지식의 보충이나 전환은 시도하지 않습니다.

안타깝게도 남자 어른들은 정보도 퇴행하고 감성은 메마른 상태로 노화되는 경우가 많습니다. 그걸 그냥 자연스러운 노화라거나 경제적 고통 때문이라고 변명할 일이 아닙니다. '남자니까 강해야 한다'거나 '약한 모습을 보이면 자존심이 상한다'며 버티지만 그건 이미 흘러간 강물이지요. 그런데도 그 생각에서 벗어나지 못하니 멈춘 시계에 불과할 뿐입니다. 그러니 갈수록 고깝고 서운하며 다른 세대와의 격차는 더 커져만 갑니다.

그에 반해 여성들은 양성불평등의 열악한 환경에서 묵묵히 견뎌왔습니다. 가정 밖의 일은 전적으로 남편과 가장의 의견을 따르는 게 마땅한 도리인 듯 살았습니다. 가족만을 위해 정말 헌신적으로 살았습니다. 그렇지만 시간이 지날수록 양성평등을 향해 변화하는 사회의 영향도 조금씩 겪게 되고 세상을 보는 눈은 점차 넓어집니다. 또한 자녀들 여의고 나면 가사 전념에서도 벗어나면서 집 밖으로 자연스럽게 눈을 돌립니다. 남자들만큼 먼 곳으로 나다니는 건 덜 익숙하지만 시각이 유연해집니다. 그래서 아직은 남편의 말을 대놓고 반박하지는 않지만 이전처럼 맹목적으로 따르거나 들어주지는 않지요. 그런데도 남자들은 그걸 깨닫지 못하는 겁니다.

남자들의 시계는 멈춰 있고 여자들의 시계는 느린 속도라도 진득하게 움직이니 어느 시점에서 역전되는 건 당연하고 자연스러운 일이겠습니다. 어쩌면 그게 호르몬 체계의 역전보다 더 중요하겠지요. 게다가 여자가 나이 들면 거칠어지고 드세진다 해도 천성적인 모성은 변하지 않습니다. 물론 남자도 나이 들면 자정(慈情) 없던 사람들조차 손자들은 끔찍하게 예뻐한다지만 주로 내 새끼들에만 해당하는 경우가 많지요. 생각은 유연해지고 행동은 너그러워지니 할머니들이 변화에 훨씬 더 잘 적응하며 나름의 역할을 해나가는 건 아닌가 싶습니다.

생각이 멈추고 야속함만 커지는 걸 스스로 경계해야 제대로 존경받고 대우받는다는 것을 나이 들면서 너그럽게 깨달았으면 좋겠습니다.

스물아홉

노장들이

의연하게 버티는 모습은

숙연함을 불러일으킨다

스포츠 사회에서 예전에는 서른은 커녕 20대 후반만 돼도 노장이라는 말을 서슴지 않고 붙였습니다. 그러나 이제는 오히려 30대가 넘어서면서 진가를 발휘하는 경우가 많아졌습니다. 직장인들의 정년은 짧아졌지만(명목상 정년은 그대로이거나 늘어났지만 실질적으로는 '명예' 퇴직이라는 '불명예'스러운 이름으로 쫓아내는 경우가 많으니 그런 셈이지요) 스포츠계에서 그 활동시기가 늘어난 것은 다행스러운 일입니다. 사실 경기 수는 이전과 비교가 되지 않을 만큼 늘었는데 활동시기가 늘었다는 것은 그만큼 훨씬 체계적이고 과학적으로 관리하기 때문이겠지요. 그리고 예전에는 하루라도 빨리 현실 생활로 복귀해야 했지만 이제는 전성기 때 열심히 해서 프로 세계에서 더 많은 돈을 벌어둬야 하기 때문에 그렇기도 할 겁니다.

그래서 서른 막바지쯤 되어야 은퇴하는 게 보편적이 되었습니다. 다른 경기에 비해 야구는 특히 오랫동안 선수 생활을 하는 것 같습니다. 관중 수도 폭발적으로 증가했습니다. 흔히 야구는 쉽게 빠지기 어렵다고 합니다. 복잡한 규칙과 아리송한 용어들, 그리고 엄청난 통계자료 등이 그대로 적용되는 운동이기 때문입니다. 그래서 예전에는 야구장에서 여자들 보기가 가뭄에 콩 나듯 했지만 이제는 그녀들이 없으면 야구장의 절반은 텅 빌 지경이 되었습니다. 자신이 좋아하는 팀이나 선수들에게 마음껏 소리치고 환호하며 울고 웃는 모습은 원초적인 아름다움을 고스란히 드러냅니다.

한화 이글스의 송진우 선수는 42세 7개월, 그러니까 우리 나이로 치면 무려 44세까지 선수 생활을 했습니다. 그것도 가장 힘들고 체력이 많이 소모되는 투수로 뛰었습니다. 그가 쌓은 기록만으로도 그대로 전설이 될 만큼 뛰어난 선수였습니다. 늘 겸손함을 잃지 않는 그를 보는 것만으로도 비슷한 나이 대의 사람들은 은근히 자랑스러워했지요. 송지만이라는 선수도 있습니다. 마흔의 나이에도 어린 선수들보다 훨씬 뛰어난 기량을 자랑하던 그 선수를 특별하게 기억하는 까닭이 있습니다. 홈런을 잘 치는 이 선수는 홈런을 날리고 홈베이스로 돌아오면서 아무런 세리머니도 하지 않습니다. 이상한, 혹은 낯설기까지 한 모습이지요. 그가 이유를 말했을 때 코끝이 시렸습니다.

"투수에게 미안해서요."

길게 말하지도 않았습니다. 자기는 홈런을 쳐서 기쁘지만 상대 투수의 마음은 얼마나 쓰리겠느냐는 거지요. 고개 떨군 어린 친구에 대한 배려로 아무런 세리머니 없이 홈베이스를 밟는다는 거였습니다. 기본적인 품성이 갖춰진, 그야말로 대인으로서의 풍모는 그의 기량보다 훨씬 더 도드라집니다. 이런 노장 선수들의 모습을 경기장에서 볼 수 있어서 야구가 좋은지도 모르겠습니다. 모든 경기가 그렇지만 특히 야구는 인생과 많이 비슷하다고들 하지요. 다른 운동보다 노장들이 많아서 그렇게 생각될 수 있습니다. 미국 메이저리그 야구에서 플로리다 말린스의 잭 매키언은 여든이 넘은 나이에도 짱짱하게 감독으로 활동했습니다.

우리나라 야구에도 노장 감독이 있습니다. 일흔의 나이에도 여전히 현역을 고집하는 김성근 감독입니다. 자신의 원칙을 고수하되 선수들의 기량 향상을 최우선으로 하면서 구단과 마찰을 마다하지 않는 까닭에 무려 열두 번이나 '잘린' 그는 SK 와이번즈 감독으로 4년 동안 세 번의 우승과 한 번의 준우승을 차지한 명감독입니다. 한국말이 서툰 재일교포로서 오로지 야구가 좋아서 고국에 들어와 고독하게 싸우며 살아온 사람입니다. 그러나 그에게 돌아간 몫은 또다시 해고였지요. 어지간한 사람 같으면 적당히 타협하거나 편안한 노후를 선택했겠지만 그는 의표를 찌르듯 독립구단을 택했습니다. 명문 프로팀 감독에서 2군도 아닌 독립구단의 초대 감독으로 옮긴 것은 오로지 야구에 대한 그의 열정 말고는 달리 설명할 길이 없습니다.

그의 좌우명이 일구이무(一球二無)라지요. 늘 마지막 기회라는 마음가짐으로 살아야 한다는 뜻이겠지요. 활살자재(活殺自在)라는 말도 즐겨 씁니다. 죽고 사는 것은 나 자신에게 달렸다는 뜻으로 모든 결과를 자신에 귀속시킨다는 다짐입니다. 승리에 강한 집착을 보이는 그의 야구 색깔 때문에 그에 대한 호오가 도드라집니다만, 제가 김성근 감독을 좋아하는 가장 큰 이유는 선수들에 대한 깊은 애정 때문입니다. 선수를 매섭게 몰아치는 것은 최고의 기량을 발휘해서 프로 선수로서 더 좋은 대우를 받게 하기 위해서고, 그것이 감독의 역할이기 때문이라는 겁니다. 감독이기 전에 아버지의 마음이지요. 높은 정신의 소유자는 고난이 왔을 때 더 큰 압박 속에 자신을 가둔다며 선수들을 독려하고, 목표를 더 크게 세워 자신을 몰고 가라며 채근하는 그의 연습방법은 그야말로 지옥훈련에 가깝다고 합니다. 하지만 그것이 자신의 승리를 위해서가 아니라 팀의 승리와 그를 통한 선수들의 좀 더 나은 삶을 위해서라는 생각을 버리지 않는 그의 삶은 치열하기까지 합니다.

지나간 실패보다 다가올 성공이 중요하다며 좌절한 선수들을 격려해서 난관을 극복하게 하는 그의 야구철학의 매력이 가장 잘 발휘된 곳은 쌍방울 레이더스라는 팀이었습니다. 최약체로 평가되던 팀이었지요. 구단의 살림도 빈약하고 연고지의 구장이나 연습시설은 열악하기 짝이 없었습니다. 명색이 감독인 사람이 손수 빨래까지 했다던가요. 무엇보다 선수들의 패배의식과 열등감이 문제였습니다. 그나마 쓸 만한 선수들은 모두 트레이드로 팔아치워서 남은 선수들의 평균 연령이 30대 중반이었으니 말 다한 거였지요.

그랬던 팀이 그의 손을 거치면서 돌풍을 일으켰습니다. 1996년과 1997년에는 시리즈 2위까지 올라서는 대활약을 펼쳤습니다. 사람들은 꼴찌의 반란에 열광했지요. 인생에서도 그런 역전이 있을 수 있다는 희망을 그의 야구팀에서 발견한 까닭입니다. 저는 지금도 쌍방울 레이더스의 무한돌격을 잊을 수 없습니다. 변변한 스타플레이어도 없고 살림살이 빈약한 팀의 감독과 선수들이 똘똘 뭉쳐 보여준 감동을 어찌 잊을 수 있겠습니까?

선수들이 모여 환갑잔치를 열어준 경우는 김성근 감독이 처음이라지요. 입에 단내 날 정도의 훈련은 한 가정의 가장이기도 한 선수들에게는 더 견디기 어려운 과정이었을 겁니다. 무뚝뚝하고 차가운 감독이 때로는 밉기도 했겠지요. 하지만 노감독의 열정과 애정의 속내를 알게 된 선수들은 야인으로 표랑하던 옛 감독의 잔칫상을 마련했습니다. 억대 연봉 받고 스포트라이트 받는 감독보다 그렇게 진한 사랑을 받는 더 멋진 감독이 된 것은 야구와 선수들에 대한 그의 무한사랑에서 비롯되었을 겁니다.

"야구는 끝날 때까지 끝난 게 아니다. 인생도 마찬가지다. 한 순간도 포기하지 않으면 끝끝내 이긴다."

"한계를 설정할 때 너는 진다."

그가 어눌한 투로 툭툭 내뱉는 말에는 삶에 대한 그의 경외와 열정과 신념이 그대로 드러납니다. 명예보다는 자신의 신념을 선택한 그가 고희의 나이에 완전 무명인 선수들에게 쏟는 야구 철학입니다. 아니 삶의 철학입니다. 그가 묵묵하게 '무소의 뿔처럼 나아가는' 모습에서 삶의 용기를 얻습니다. 진정한 노장이 주는 희망이고 격려입니다. 이제는 그의 야구보다 그의 삶과 철학이 훨씬 더 먼저, 더 가까이 다가옵니다.

아름다운 노장이 있다는 것은 행복한 일입니다. 그리고 존경은 그들에게 돌아가야 마땅한 몫입니다. 그런 멋진 노장들이 의연하게 버티는 모습이 아름답습니다.

서른

제자리에 있을 때

진정 아름다운 것들이

있다

　　　　　　　　　아마 지금의 40대들까지만 해도 먹고사는 게 넉넉하지 않은 시절을 보냈을 겁니다. 40대야 보릿고개를 겪지 않았겠지만 50대의 상당수는 그것의 질곡을 어린 몸으로 고스란히 안고 살았을 것입니다. 어른들은 밥풀 하나 흘리거나 버려도 벼락 호통을 쳤지요. 배고픔에 대한 트라우마는 그렇게 유전인자로 지금의 중장년들에게 고스란히 남았습니다. 지금이야 먹지 못해 배곯는 사람이 드물어서 남은 음식 억지로 먹어치우기보다는 버리는 게 더 합리적이라고 생각합니다. 그 배고픔을 겪었던 사람들마저도.

아내가 일년 내내 병원에 입원해 있는 몇 해 동안 제가 살림을 하면서 살이 빠지지 않은 건 남은 밥을 몽땅 제 밥통에 쓸어 담았기 때문이라고 농담 반 진담 반 둘러대기도 했습니다. 사연은 이렇습니다. 묘하게도 양을 딱 맞춰 밥을 해놓으면 아이들은 평소보다 더 먹습니다. 그래서 식탁에서 만족감을 느끼며 일어나지를 못하는 겁니다. 예전에 어른들이 새끼들 먹는 것만 봐도 배부르다고 하신 말씀대로 밥그릇에 아쉬움 잔뜩 남기고 일어나는 아이들을 보면 안쓰러워서 다음날은 약간 여유 있게 밥을 하지요. 그러면 이 녀석들이 귀신같이 알고 평소보다 덜 먹는 겁니다. 그러면 제가 아이들이 남겨놓은 밥에 국이나 뜨거운 물 말아서 먹습니다. 이성적 합리성으로 따지면 아무런 도움도 되지 않는 일인 걸 저라고 모르는 바 아닌데도 자꾸만 그렇게 되는 겁니다. 가끔 병원에서 휴가 삼아 퇴원한 아내는 그걸 보고 저의 비합리성을 타박하기도 했는데 못내 그 습관을 버리지 못하더군요. 그래서 살림하랴 밖에서 생활하랴 아이들 돌보랴 살이 빠질 만한데도 빠지지 않았다고 웃으며 말하곤 했습니다.

밥이 솥이나 그릇에 담겨 있을 때는 세상에서 가장 아름다운 모습입니다. 아무리 아름다운 미녀도 그보다 아름다울 수는 없습니다. 그야말로 살이 되고 피가 되는 영양의 바탕일 뿐 아니라 하루 세 번의 즐거움의 원천이기 때문이지요. 갓 지은 밥을 소담하게 그릇에 담아낼 때는 보는 것만으로도 행복합니다. 그런데 그게 개수대에 버려져 있는 모습은 흉하기 그지없습니다. 예전 어른들이 수채에서 쌀 한 톨 밥 한 톨만 발견해도 무슨 큰 사달이라도 난 양 어쩔 줄 모르던 모습이 지워지지 않기 때문일 겁니다. 심지어 그걸 주워서 물에 씻어 입에 넣는 경우까지 보았습니다. 그 한 톨 먹는다고 배불러서가 아니었을 겁니다. 행여 누가 보고 욕하고 흉볼까 싶어서, 그 한 톨 밥풀이 쓰레기로 버려지는 건 농부에 대한, 그리고 삶에 대한 예의가 아니라고 여겼기 때문일 겁니다. 그런 모습을 보고 자란 까닭에 여전히 쌀이나 밥이 버려지는 걸 보면 마음이 쓰립니다. 아마도 젊은이들이나 아이들은 이해하기 어렵겠지요. 풍요는 고마운 것이지만, 정말로 고맙고 소중한 것을 제대로 깨닫지 못하게 한다는 점에서는 훼방꾼과도 같습니다. 쌀은 쌀독에, 밥은 밥그릇에 담겨 있을 때 가장 아름답습니다. 그렇기 때문에 다른 곳에 버려진 모습은 추할 수밖에 없겠지요.

군대에 간 아들 녀석들이 휴가를 나올 때마다 잠깐씩 실랑이가 벌어지곤 했습니다. 큰녀석도 그랬고 작은녀석도 마찬가지였습니다. 할머니께 인사드리러 갈 때 군복을 입으라는 저와, 밖에 나와서까지 군복을 입을 수는 없다는 녀석들의 저항은 금세 저의 패배로 끝납니다. 지겨운(?) 군복을 사회에서까지 입고 싶지 않은 심정을 모르는 바 아니니 말입니다. 하지만 서운한 건 사실이지요. 학생에겐 교복이, 군인에겐 군복이 가장 잘 어울린다고 생각하는 걸 보면 저도 역시 '꼰대' 같은 사고를 가진 건 아닌지 모르겠습니다. 하지만 젊은이들이 자유를 스스로 유예하고 귀한 시간을 군대에 맡긴 모습을 군복만큼 또렷하게 보여주는 것은 없겠지요. 그래서 군복 입은 젊은이들을 보면 고맙고 다 제 아들들 같습니다. 그런 생각이 드는 걸 보니 저도 분명 나이를 먹은 모양입니다.

그런데 엉뚱하게 군복을 입고 설치는 이들이 있습니다. 총 들고 나라를 지키는 군인이 아닌데도 군복을 입고 있습니다. 중장년에서 심지어 노인들까지 있습니다. 군복에 대한 향수가 그토록 강했을까요? 그렇게 군복을 입으면 없던 용기도 나는 걸까요? 애국심을 표현하기 위해서라고 말할지 모르지만 그렇게 군복 입고 다녀야 애국심을 드러내는 건가요? 저는 그것이야말로 비겁의 포장이라고 생각합니다. 물론 나름대로 충정과 안타까움이 있겠지만 자신들의 눈으로 봤을 때 지금의 세상이 이상하게 돌아간다고 생각하는 모양입니다. 그런데도 논리적 대화나 설득의 노력은 전혀 하지 않으면서 우격다짐으로 우~ 몰려가 떼쓰듯 소리치고 설쳐댑니다. 자신들만 군대 갔다 온 것도 아닌데 마치 자기네들이 이 나라를 지킨 양 앙앙불락입니다. 그래서 조금이라도 자기네와 결이 다르다 싶으면 군복 입고 몰려가 난장판 만드는 일도 마다하지 않습니다. 급기야 가스통을 짊어지고 나가 자유와 정의를 외치는 젊은 이들을 협박하기도 합니다.

그이들을 보면 군복이 불쌍하다는 생각이 듭니다. 자신들의 비겁을 감추기 위해 그들 말마따나 신성한 군복을 왜 그렇게 부끄럽게 하는지 모르겠습니다. 물론 자신들이 쌓아놓은 (혹은 그렇다고 믿는) 이른바 '조국 근대화'의 토대를 망가뜨리는 철부지들의 패악을 막기 위해서라고 강변합니다. 그러나 그것은 세상의 흐름과 변화에는 거의 신경도 쓰지 않고 공부도 하지 않으면서 그렇게 매도하는 것이 얼마나 위험한지는 전혀 모르는 행태일 뿐이지요. 개중에는 어려운 삶 때문에 자신들의 몫을 얻기 위한 경우도 있을 겁니다. 하지만 군복은 신성한 국방의 의무를 수행할 때 제 몫을 하는 것입니다. 군복을 입었을 때의 뜨거운 열정과 사랑은 되살리지 못하고 그 시절에 머물고 있는 어리석음을 유치하게 표현하는 것이지요.

제 나이에 걸맞게 사는 건 그래서 생각보다 어려운지도 모르겠습니다. 어른이면 어른답게 다음 세대에 지혜와 용기, 위로와 격려를 아끼지 말아야 하겠지요. 그러려면 꾸준히 공부하고 너그러운 마음 씀씀이를 길러야겠습니다. 생각과 판단은 수십 년 전에 묶인 채 현재에는 몽매하고 미래는 외면하는 부끄러운 짓은 하지 말아야겠습니다. 고민하는 젊은이가 편안하게 다가와 가르침을 청하고, 그의 아픔은 달래고 희망은 도닥이는 그런 어른이 되어야겠습니다. 그런 모습에 우리의 미래가 건강해집니다.

쌀이나 밥이 수채나 싱크대에 버려진 걸 보면서 안타까워하는 건 제자리를 잃고 제 역할을 하지 못하기 때문입니다. 군복을 부끄럽게 하는 건 그 속에 숨어서 행패를 부리는 비겁 때문입니다. 제자리 찾아 제 몫의 일을 하는 아름다운 모습의 어른이 되어야겠습니다. 참된 용기는 거짓과 맞서고 불의에 항거할 때 가장 아름다워 보인다는 진실을 깨달아야 합니다. 밥그릇에 소담하게 담긴 밥이 아름다운 것처럼 말입니다.

추억의 영화관

앞에서 노인도서관 이야기와 영화 〈시〉를 본 할머니 이야기를 했습니다. 시 한 편이 인생을 바꿀 수도 있고 영화 한 편이 삶을 행복하게 만들기도 합니다. 그런데 막상 나이 드신 분들이 볼 만한 영화를 찾기란 섶에서 바늘 찾기만큼이나 어려운 게 현실입니다. 대다수의 영화가 빠른 속도로 전개되는 건 사실 큰 문제가 아닙니다. 세상이 핑핑 돌아가는데 어찌 그 정도의 속도도 감당을 못하겠습니까. 문제는 내면 깊숙한 곳을 울리는 그런 영화가 드물어졌기 때문이 아닌가 싶습니다.

블록버스터는커녕 그 근처에도 얼씬하지 못하는 〈워낭소리〉 같은 독립영화에 사람들이 감동하는 건 그만큼 건조한 영화들에 지쳤음을 반증하는 것입니다. 물론 젊은이들에게는 여전히 박진감과 속도감 있는 영화가 어필하는 건 사실입니다. 그러나 그들에게도 보편적 정서는 공존합니다. 〈워낭소리〉를 전파한 것도 젊은이들이었다는 점만 봐도 틀림없는 사실입니다.

　여러 해 전 수업 시간에 토론을 위해 〈러브스토리〉를 틀어줬다가 낭패를 겪은 적이 있습니다. 우리 때는 그 영화를 몇 번이나 보면서도 눈물 흘리며 사랑의 진정성에 대해 공감했었기에 자신 있게 보여줬는데 결과는 그 반대였습니다. 도무지 영화에 몰입하는 학생이 별로 없는 겁니다. 사랑은 그렇게 지루하게 만들어지는 것이 아니라고 여기는 탓인지는 몰라도 서운했던 건 사실입니다.

　그렇게 실망한 후로 다음에는 절대 옛날 영화 보여주지 않겠다고 했는데, 자아 문제를 다루면서 〈갈매기의 꿈〉을 보여줬을 때는 뜻밖에도 이 친구들이 감탄하며 몰입하는 겁니다. 두 시간 가까이 사람이라고는 딱 한 차례, 그것도 쓰레기를 버리는 사람의 뒷모습만 보일 뿐 온통 갈매기만 나오는 영화를 말입니다! 〈러브스토리〉에 하품하던 학생들과 〈갈매기의 꿈〉에 매료된 그들이 동일인인지 의아스러울 지경이었습니다. 그 까닭을 물었더니 돌아온 대답은 이랬습니다.

　"이런 영화가 있었다는 게 놀랍습니다. 정말 보고 싶은 영화는 이런 거였는데 구경은커녕 상상도 못했습니다. 왜 지금은 이런 영화를 만들지 않는지, 혹은 못하는지 모르겠습니다."

　그 말을 듣고 어떤 느낌이 들었는지 아세요? 솔직히 말씀드리면 '거 봐라, 이놈들아. 우리 때는 그런 거 만들고 보고 누리며 살았어.

너희들이 낭만을 알아? 너희들이 인생의 깊은 맛을 알아?' 그런 우쭐함이었습니다. 유치하지만 그런 생각이 들었습니다. 영화 한 편에서 그런 위로와 자부심을 얻을 줄은 몰랐습니다.

제가 〈갈매기의 꿈〉을 봤던 게 고등학교 때 허리우드극장에서였습니다. 당시엔 꽤 세련된 극장이었고 좋은 영화를 상영했던 곳이지요. 그러다가 멀티시네마 등이 생겨나면서 기억 속에서 사라졌습니다. 그런데 지금 그곳이 여전히 극장으로 건재하고 있습니다. 물론 예전처럼 대형 극장은 아니고 고작 300석뿐인 소극장이지만 영화의 고전들이 그대로 재현되는 멋진 곳이 되었습니다. 예전의 '총천연색 시네마스코프'의 대형 화면이 주는 현장감이나 박진감은 없지만 그래도 그런 영화를 볼 수 있다는 것만으로 충분히 행복한 곳입니다. 저는 학생들에게 그 극장을 소개해줬습니다. 며칠 뒤 극장에 다녀온 학생들은 행복했다며 다른 친구들에게도 자랑하더군요.

얼마 전에는 〈닥터 지바고〉를 상영하기에 만사 제치고 극장을 찾아갔습니다. 이제는 제법 소문이 났는지 간간이 젊은 친구들도 보였습니다. 명절이 낀 때문인지 자리가 다 차진 않았더군요. 수십 년 전에 보면서 때론 감탄하고 때론 잘 이해하지 못하는 부분도 있어서 갸우뚱했던 것들이 순식간에 포르르 떠올랐습니다. 제가 그 영화를 본 건 중학교 3학년 때 지금은 없어진 명동 입구의 중앙극장에서였습니다. 여고생 여대생 누나들이 손수건 꺼내 눈물 콧물 찍어내며 몰입해서 보던 모습도 선연히 떠올랐습니다. 그 누나들이 이제는 초로의 할머니가 되어 영화관에 앉았습니다. 그러나 그이들도 영화가 시작되자 순식간에 여고생 여대생 시절로 돌아갔을 겁니다. 제가 중학교 시절로 돌아갔듯이 말입니다. 집에서 DVD로 보는 것과는 비교할 수 없는 감동이었습니다. 놀랍게도 옆자리에 앉은 할머니들이 부랴부랴 손수건을 꺼내 들더군요. 그 순간은 할머니가 아니라 파릇파릇한 10대 소녀의 모습이 겹쳤습니다. 아니 그이들이 소녀들이었습니다.

단순히 예전의 그 시간을 공유해서가 아니라 그 영화에 공감하고 함께 눈물 흘릴 감성을 잃지 않았다는 사실이 얼마나 신기하고 신선하던지요! 요즘의 대작 영화들이라는 게 대부분 자본을 앞세운 물량공세에 빠른 전개와 적당한 폭력성과 박진감이 가미된 것들이라면, 고전 영화들은 그 자체가 하나의 문학작품처럼 깊은 맛과 멋을 우려냈습니다. 힘들고 가난하던 시절이지만 그런 영화들에 일희일비하며 삶의 위안도 얻었기에 그 영화들이 새삼스럽게 다가옵니다.

젊은 친구들도 무조건 빠르고 거친 영화에만 탐닉하지 말고 이런 영화들을 보면 깊이와 속도의 여유를 누릴 수 있지 않을까 생각합니다. 실버극장이라고 해서 그저 어르신들만을 위한 극장이라고 생각하지는 않습니다. 젊은이들도 좋은 영화 누릴 수 있거니와 자연스럽게 어르신들과 공감하고 교류할 수 있기 때문입니다. 세대 간 대화라는 게 굳이 꼭 말로만 이루어지는 건 아니지요. 영화는 물론이고 책이나 여행처럼 감성(물론 해석이나 느낌의 차이는 당연히 있겠지요)을 나누는 것 자체만으로도 훌륭한 대화가 된다는 점을 기억했으면 좋겠습니다.

극장을 나서면서 새삼 극장주 김은주 님의 마음이 고마웠습니다. 그곳이 없었다면 볼 엄두도 내지 못하고 그저 기억으로만 남았을 명작들을 볼 수 있게 해주었기 때문만은 아니었습니다. 노년에 변변하게 쉴 공간 하나 마련하지 못한 현실이 안타깝고 부끄러워 자신의 부모를 존경하듯 어르신들을 위해 극장을 되살려냈기 때문입니다. 그래서 허리우드극장에서는 55세 이상은 입장료를 고작 2천 원만 받습니다.

그녀에겐 그곳을 찾는 모든 어르신들이 아버지 어머니이고 영웅입니다. 그리고 흑자는커녕 협찬을 얻어내지 못했으면 적자를 면치 못했을 극장을 지켜내는 그녀가 이제 그 영웅들의 영웅입니다. 그런 멋진 영화관이 서울 말고도 여러 도시에 생겼으면 좋겠습니다. 그렇게 귀한 영화 비싸게 사들여 한 곳에서만 돌리는 건 아까운 일이기에 더더욱 그렇습니다. 여러 극장 생기면 돌려가며 상영할 수 있어 경제적인 부담도 덜하겠으니 말입니다.

수십 년 혹은 십수 년 전의 과거를 추억과 함께 감성과 환희로 포르르 되살려내는 영화를 보기 위해 지금도 가끔 낙원상가에 가는 발걸음이 가볍습니다.

남자들이여, 요리를 배웁시다

앞에서 할아버지들의 경직성에 대해 살짝 말하면서, 소외를 자초하지 말고 벗어나는 길은 끊임없이 지식과 정보를 충전하고 세상과 소통하는 것이라고 했습니다. 예전 큰소리 뻥뻥 치던 시절만 그리워서 골방지기로 혹은 천덕꾸러기로 전락한 것 같아 서럽고 야속해서 겉도는 건 존재감의 부재와 자립능력의 부족 때문이기도 합니다.

우리나라 남자들은 대부분 가사에 익숙하지 않습니다. 나이 든 남자들의 경우는 부엌에 얼씬도 해서는 안 된다는 가정교육을 받으며 자랐습니다. 부엌에 드나드는 남자는 뭐가 떨어진다나 어쩐다나 하면서 말이지요. 그러니 누군가가 일상적 생활을 도와주지 않으면 아무것도 할 수 없게 된 겁니다. 빨래나 요리는커녕 청소도 하지 않았습니다. 그래서 어떤 사람은 우스갯소리로 한국남자들은 가사도우미가 필요해서라도 결혼을 꼭 해야 한다고 기를 쓰는 것 아니냐고 찔러대기도 합니다. 누군가가 차려놓은 식탁에서 그저 먹기만 하면 되도록 살았지요. 물론 밖에서 하는 일이 워낙 힘들고 긴 시간을 빼앗기는 것이라서 집에 돌아올 때쯤이면 거의 녹초가 되니 그럴 만도 하겠다 싶기는 합니다. 하지만 핑계일 뿐이지요. 어쨌거나 그렇게 살아왔으니 집에서 할 수 있는 일이란 거의 없습니다.

그러니 직장을 그만두고 많은 시간을 집에서 보내야 하는 경우가 되어도 손 놓고 지낼 수밖에요. 그러면서도 자신의 역할은 없으니 답답하고 지루하며 눈치까지 봐야 합니다. 우리가 학교 다닐 때만 해도 남학생들에겐 가정 가사 시간이 아예 없었습니다. 어떻게 그런 사소하고(?) 부끄러운(!) 일을 남자가 할 수 있느냐는 거지요. 아마도 군대에 가서 처음으로 바느질이나 빨래 해본 남자들이 대부분일 겁니다. 그런데 제대하면서 그 알량한 노동마저 고스란히 반납하고 나옵니다. 다시 '자초한 불구' 상태로 돌아오는 거지요. 그러니 가사도우미가 없으면 우리나라 남자들은 도대체 어떻게 살까 걱정되는 것도 무리는 아닙니다. 요즘 학교에서 남학생들에게도 가정 가사를 가르치는 건 그래서 늦었지만 참 다행스러운 일이라고 여겨집니다.

주위를 둘러보면 뜻밖에 기러기 아빠들이 많습니다. 그저 신문이나 텔레비전에서나 보고 듣던 남 이야기인 줄만 알았는데, 동창

모임에 나가면 어김없이 네댓 명은 혼자 둥지를 지키고 있는 기러기 아빠입니다. 돈이 많아서가 아니라 우리나라 교육이 너무 경쟁적이고 비민주적이며 창의성을 억압하는 틀 속에서 아이들을 숨막히게 하니, 고육지책으로 아이들을 외국으로 내보내는 것입니다. 어찌된 영문인지 예전보다 대학도 많아지고 정원도 훨씬 늘었는데 여전히 대학 가기는 어렵고, 일자리는 많아졌는데 취직은 숫제 하나의 전쟁입니다. 방목하듯 자란 우리로서는 쉽게 이해되지 않는 세태에 적응하기도 쉽지 않거니와 더 나은 미래를 만들어주고 싶은 아비의 마음에 그렇게 다른 나라로 아이들을 보냈을 겁니다. 지옥과도 같은 입시경쟁에 시달릴 아이들을 생각하면 안쓰럽고 울화통이 터져서 등 떠밀어 내보냈을 겁니다. 그리고 나는 어른이니까 혼자 살 수 있지만 새끼들은 아직 보살펴야 할 어린것들이니 엄마까지 덤으로 딸려 보내면서 그야말로 낙동강 오리알 신세가 된 중년의 사내들입니다.

물론 예전에도 중학교 고등학교 진학할 때 대처로 유학 보내는 일이 많았습니다. 하지만 그때는 옹색한 살림살이에서 오로지 자식만은 가난을 대물림하지 않겠다는 신념 하나로 부모나 자식이나 서로 이 악물고 견뎌냈습니다. 그에 비해 요즘 외국으로 보내는 일은 신선놀음 아니냐고, 나약한 아이들 만들면서 부모의 삶을 스스로 팽개치는 바보 짓 아니냐고 비난할 수는 있겠지만, 오죽하면 그런 선택을 했을까 돌아볼 너그러움도 필요하겠습니다.

　제 주변에 그런 기러기 아빠가 많습니다. 나름대로 사정이나 형편이 다 다르니 그것을 하나로 묶어서 정의할 수는 없겠지요. 그렇지만 삶의 형태는 참 흡사합니다. 아이와 아내를 외국에 보낸 기러기 아빠의 처음은 결혼 후 처음 누리는 자유와 일탈로 여겨질지 모르지만 그것도 잠시 이내 궁색한 홀아비 되는 게 보통인 듯합니다. 힘든 하루 일과를 마치고 집에 돌아가 봐야 반겨줄 가족이 있는 것도 아니고, 위로해줄 아내마저 없을 때 느끼는 공허감이 어떤 것일지 짐작이 갑니다. 게다가 우리나라 남자, 그것도 중년들은 대부분 부엌살림을 해본 적 없이 자라서 제 끼니조차 제 손으로 만들어 먹지 못하는 경우가 많습니다. 아침은 건너뛰고 점심은 회사 근처에서 사 먹고, 저녁에는 회식이나 모임에서 때우고, 그도 없는 날은 집에 들어가 기껏 라면이나 끓여 먹는 게 다반사겠지요.

　냉장고 안의 반찬은 바닥이 나거나 말라비틀어진 지 오래고, 가득한 소주며 맥주나 마시며 텔레비전을 보다 억지로 잠을 청하는 일도 허다하다고 합니다. 그것도 하루 이틀이고 한두 해지, 언제 끝날지 모를 외로운 삶에 속으로 곪고 지치는 이가 많을 겁니다. 학창 시절 자취라도 해본 사람이라면 적응력이 조금은 낫겠지요. 어쨌거나 기러기 아빠들의 생활은 대동소이합니다(물론 가족에 대한 의무시간이 줄어든 만큼 자기계발에 힘써서 좋은 결과물을 얻어내는 이들도 있습니다). 이런 상황이니 건강이 좋아질 리 없지요. 그런데도 여전히 자기가 음식을 만들어 먹는 일은 별로 하지 않습니다. 하기야 도대체 배운 적도 해본 적도 없으니 어쩔 수 없다는 변명도 틀린 말은 아니겠습니다. 늘 누군가가 차려준 밥상만 받다가(심지어 어떤 이는 조리는 고사하고 식탁 차리는 것마저 두려워한답니다) 어쩔 줄 몰라하는 모습은 측은하다 못해 화가 날 지경입니다.

보다 못한 부모님은 밥이라도 챙겨먹고 다니라고 아예 당신들에게 들어와 함께 살자고 하지만 냉큼 받아들이지도 못합니다. 그래서 늙은 어머니가, 혹은 초로의 누나가 음식 마련해서 냉장고에 가득 채워놓지만 그마저도 손을 대지 않아 냉장고에서 썩어가는 경우가 비일비재합니다. 기러기 아빠들과 가끔 만나서 함께 밥 먹어주고 술 마시며 푸념 들어줄 때마다 안쓰럽다가도 화가 날 때가 있습니다. 언젠가 한번은 네 명의 기러기 아빠와 만난 자리에서 한마디 했습니다.

"야, 청승 떨며 이리저리 민폐 끼치지 말고 함께 요리학원에라도 다녀라. 너희들끼리 집집마다 돌아가면서 요리도 하고 그러면서 맨정신으로 대화도 하면 얼마나 좋으냐. 그리고 앞으로는 끼니는 제 손으로 해결할 수 있어야 해. 나중에 아주머니들 돌아오면 같이 음식 마련하면서 금슬도 더 좋아질 테니 일거양득 아니겠냐?"

중년의 사내들이 요리학원에 다닌다는 게 좀 어색하긴 하겠지요. 조금만 참으면 아내가 돌아와 다시 수발 들어줄 거라고 기대하면서 여전히 좀스럽게 끼니 해결을 하려고 할지도 모르지요. 시간이 넉넉지 않을 수도 있지만 어쩌면 혼자 등록하는 게 어색해서 그럴지도 모르겠다 싶어서 강하게 권했습니다. 뜻밖에도 친구들은 고개를 끄덕이며 긍정적으로 받아들이더군요. 물론 요리학원에 등록하리라는 확신은 들지 않았지만 긍정적으로 받아들인 것만으로도 큰 변화라고 생각합니다.

군이 기러기 아빠가 아니더라도 이제 남자들이 가족을 위해 음식을 만들 수 있어야겠습니다. 더 늦기 전에 빨리 잘못된 습관을 버리지 않으면 자신의 삶이 고달파진다는 걸 깨달아야지요. 그걸 군이 양성평등이니 뭐니 하는 시각으로 따질 일도 아닙니다. 제 손으로 차린 밥상에서 식구들이 맛있게 먹는 걸 보면 즐거울 때가 제법 많습니다. 그동안 아내가 고맙게 내조해줬으니 적어도 남은 시간만큼은 반쯤이라도 갚고 나눠야지요. 부부가 해로하다가 남편이 꼭 먼저 세상 떠난다는 법도 없습니다. 혼자 남았을 때 끼니 해결 하나 못해서 궁상 떨고 자존감 스스로 뭉개며 살지 않기 위해서라도 쭈뼛대지 말고 과감하게 부엌 드나드는 연습을 해야겠습니다.

어차피 주어진, 그리고 스스로 선택한 길입니다. 이 기회에 새로운 이모작의 삶을 사는 것도 재미있을 것입니다. 홀로 남은 가장이 무너지지 않고 지치지 않으며 새로운 삶의 활기를 당당하게 누리고 있을 때 떨어져 사는 가족들의 마음도 한결 편해질 겁니다. 그림도 배우고, 수영도 다니고, 악기도 배우고…… 정작 할 것들은 참으로 많습니다. 그저 무기력하게 주저앉는 것은 자신을 배반하는 겁니다.

많은 기러기 아빠들이 그래도 잘 버티면서 나름대로 열심히 사는 걸 보면 참 눈물겹습니다. 그들의 결단은 존경스럽기까지 합니다. 이참에 기러기 아빠들 모아 요리학원에 등록해서 음식 만들며 수다나 떨어볼까 하는 발칙한 생각을 해봅니다.

작달비가 쏟아집니다. 이런 날 홀아비 아닌 홀아비로 살아가는 제 친구들이 김치전을 부쳐 먹는지 어묵탕 끓여놓고 소주잔이라도 기울이고 있는지 문득 궁금해집니다.

서른하나

불의와 비겁을

부끄러워할 줄 알자

도스토예프스키의 《카라마조프가의
형제들》 가운데 이반과 알로샤 간의 논쟁 중에 삽입된, 제5장 2절
에 등장하는 〈대심문관〉 이야기가 있습니다. 16세기 스페인의 세
비야 광장에 돌연 예수가 나타났습니다. 당시 스페인은 유럽에서
종교재판이 가장 심하게 자행되던 곳입니다. 많은 이들이 그 엉터
리 재판으로 고통받고 고문으로 인해 상처를 입었습니다. 예수는
이들을 사랑 가득한 손길로 치유하고 심지어 죽은 여자아이를 살

리기도 했습니다. 교회는 당혹해합니다. 교회의 권위가 무시되는 이 일을 결코 간과할 수 없었지요. 그런데 그의 이름이 바로 '예수' 라는 겁니다. 그는 교회 당국에 의해 체포됩니다. 심문관이 묻습니다.

"당신이 정말 그리스도요? 하긴 그리스도라도 상관없지. 어차피 당신은 내일 이단자로 화형에 처해질 거니까……. 도대체 왜 다시 온 거요? 당신은 모든 권한을 교회에 일임하지 않았소? 우리는 당신이 이미 이전에 말한 것으로 족하오. 그러니 이제 다시 와서 새로운 말을 덧붙일 권한이 당신에겐 없소."

이제는 이름조차 희미해진 사람이 있습니다. 어떤 이는 의식적으로 그의 이름을 지우려 애를 씁니다. 거대기업 삼성의 부도덕성과 치부를 고발한 김용철 변호사가 바로 그 사람입니다. 불법과 편법을 마음껏 저지르며 자신들의 이익을 추구했을 뿐만 아니라 법조계까지 쥐락펴락하며 무소불위의 전횡을 일삼은 삼성을 용감하게 고발했지만 김용철 변호사에게 돌아온 것은 싸늘한 시선과 냉대, 그리고 철저하게 의도적인 무관심이었습니다. 심지어 자신의 주인을 배반한 파렴치한으로까지 몰아가는 데에는 아연실색할 뿐이었지요. 내부자가 아니면 도저히 그 깊은 내막을 송두리째 알 수 없을 만큼 철옹성이 되어버린 거대기업의 부도덕성을 외면한 것은 어쩌면 우리의 천박한 욕망의 굴절된 표현이었는지도 모릅니다.

그 기업의 이익이 마치 모든 국민의 이익이라도 되는 양 착각한 것이지요. 지금도 크게 바뀌지 않았습니다. 심지어 김 변호사의 출신지를 들먹이고 그동안 그가 누린 혜택을 비난하면서 더 큰 악은 애써 눈감아버리는 우리들의 비겁과 탐욕을 보면서 저는 절망하고 분노하지 않을 수 없었습니다. 달걀로 바위 치기처럼 결국 용감한 시민은 나락으로 떨어지고 부도덕한 거대집단은 전혀 반성도 하지 않은 채 여전히 자신들의 능력과 권력을 과시할 뿐입니다. 그 이후 어느 누구도 감히 그들과 맞서 싸울 엄두도 내지 못하게 되었으니, 그들에게는 오히려 엄청난 선물이 된 셈이지요.

우리는 모두 욕망의 포로가 되었고, 탐욕의 수족이 되고 말았습니다. 정의가 탐욕 앞에 무릎을 꿇었고 진실이 거짓에 농락당했습니다. 그것은 집단 인격의 교수형과 다르지 않았습니다. 세상을 진실과 정의로 살아가라고 가르치고 배웠으면서도 이를 막상 외면하고 살고 있다면 그것은 헛산 것과 같습니다. 더 부끄러운 것은 젊은이들이 그것을 보고 일찌감치 체념을 학습하거나 거짓과 불의에 타협하고 야합하게 된다는 점입니다.

정작 이 문제에 분노하고 비판하고 그 악을 물리치기 위해 싸워야 하는 건 어른들입니다. 나이 들었다는 건 그만큼 다음 세대에 대한 의무와 빚이 있다는 뜻이기도 합니다. 그런데 많은 어른들이 태연하게 불의를 행하고 많은 동년배들이 그것을 묵과하거나 외면

합니다(심지어 그 거짓과 불의를 감싸기 위해 앞장서는 치들도 있으니 무슨 말을 하겠습니까). 이것이 부끄럽다 못해 절망하는 엄연한 현실입니다.

물론 어른들이 무조건 보수적이거나 수구적이어서 광야의 선지자처럼 외치는 내부고발자를 마치 무슨 징계를 내리듯 비난하지는 않았을 거라고 믿습니다. 그러나 보편과 상식이라는 틀은 어느 사회에서나 지켜져야 하는 규범이지요. 천박한 지도자의 비도덕성과 비인격성에 대해 꾸짖기는커녕 오히려 그들과 비슷한 결로 세상과 사회를 바라보는 어른들이 되는 건 아닌지 걱정스럽습니다. 물론 시기적으로 좋은 때를 위해 잠시 동안은 진실을 덮어둔다고 생각할 수도 있겠지요. 그러나 사고의 모든 압제는 정신의 자유와 인류에 대한 선전포고라는 점도 잊어서는 안 됩니다.

불의에 맞서 정의를 외치고, 불의에 고난받는 사람들을 감싸는 행동이 없지는 않았지요. 그러나 그들은 이내 구석에 몰려 가둬진 채 아무도 그들의 말에 귀 기울일 수 없게 만든 거대한 악의 힘에 눌려버렸습니다. 어쩌면 조금은 예견된 일이기도 했습니다. 심지어 가장 믿을 만하다는(그래서 김용철 변호사가 마지막으로 택한 게 바로 정의구현사제단이었습니다) 가톨릭교회에서조차 자신에게 결기를 세우며 따지는 사제들을 구석진 곳으로 좌천(성직자들에게 그게 무슨 의미가 있겠습니까만 현실은 그렇다는 점에서 하는 말입니다)시키는 행태를 보면 절망스러울 때가 한두 번이 아닙니다. 흙이 부드럽게 부서진 이후에 비로소 땅이 씨앗을 받아들일 준비를 하는 것처럼, 교회가 스스로 정신혁명을 거두기 위해서는 비판가와 계몽자가 창조자와 개조자에 앞서야 한다는 점 또한 깨달았으면 좋겠습니다. 혹 교회가 부도덕한 거대기업의 눈치를 보고 있는 것은 아닌지 묻고 싶습니다.

르네상스의 가르침을 미처 자각하지 못한 교회가 민중의 현실을 외면하다가 결국 교회의 분열을 자초했던 역사를 되짚어볼 필요가 있습니다. 르네상스 시대에 예술과 학문이 고대의 모범으로 되돌아가 멋지게 젊어졌듯이, 교회가 복음에 대한 교리로 환원해서 그 진정성을 되살렸으면 하는 바람입니다. 에라스무스의 《바보예찬》이 토머스 모어에게 경의를 표하며 익살스럽게 붙인 제목이라는 점을 깨달았으면 합니다. 에라스무스는 아주 온건하고 관대한 방법으로 교회의 반성을 촉구했습니다. 그리고 당시의 교회 또한 놀랍게도 에라스무스의 주장을 억압하지 않았습니다. 21세기 한국 사회가 겪고 있는 이 새로운 질곡과 거짓의 난무 속에서 교회가 진정 세상에 외쳐야 하는 게 무엇인지 돌아봐야겠습니다.

슈테판 츠바이크는 《에라스무스: 위대한 인문주의자의 승리와 비극》에서 진정한 자유와 중립의 의미가 무엇인지 차분하게 써내려갔습니다.

"분명한 정신, 순수한 도덕의 힘으로 생각하고 말한 것은 그 어느 것도 헛되지 않다. 힘없는 손으로 이뤄지고 완벽한 형식을 갖추지 못했다 하더라도 그것은 도덕의 정신을 항상 새롭게 형성하도록 자극한다. 글을 통해서 인류애의 사상이, 인간을 더 사랑하고 더 정신적이 되어야 하며 더 이해하는 사람이 되는 것이 인류의 가장 숭고한 과제라는, 소박하지만 동시에 영원한 그 사상이 세상에 들어갈 수 있도록 길을 놓아준 것은 현세의 공간에서 패배한 에라스무스의 명예로 남을 것이다."

정치의 소란과 고함 한가운데서 세련된 중간음과 부드럽고 인상적인 반어를 들을 귀가 막혀 있는 현실이 답답할 뿐입니다. 다른 생각을 가진 이나 자유로운 사상에 대한 몰이사냥, 거기에서 편협의 독재가 시작되었음을 역사는 분명하게 가르치고 있습니다. 세상을 살아가면서 지혜와 용기는 병행될 수 없다고 체념하듯 받아들인다면 인생이 너무 불쌍합니다.

《삼국유사》〈경문왕〉편에 나오는 '임금님 귀는 당나귀 귀'가 떠오릅니다. 왕이 아침에 일어나보니 자신의 귀가 당나귀 귀가 되어 있습니다. 그는 세상 사람들이 알지 못하도록 귀를 감추는 특별한 모자를 만들어 썼지요. 그 모자를 만든 이에게는 철저히 함구하라고 오금을 박았지요. 모자를 만든 사람은 입이 근질근질 병이 날 지경이어서 경주 근처 절에서 요양을 하고 있었습니다. 그는 주변에 사람이 없을 때면 대나무 숲에 들어가 크게 소리쳤지요. "임금님 귀는 당나귀 귀다!" 그러자 바람이 불면서 대나무가 그 말을 토해냈다지요.

일연스님은 13세기 고려 왕권과 무신정권의 무단정치 그리고 몽골 침입으로 피폐해진 현실을 설화와 전설의 구도 속에서 날카롭게 읽어냈습니다. 우이독경(牛耳讀經)보다 더 심한 게 마이동풍(馬耳東風)이라지요. 쇠귀보다 어리석은 당나귀 귀는 어리석은 존재의 고집과 무지 그리고 편견을 상징하는 셈입니다. 우이독경에 마이동풍까지 일삼는 권력에 대해 예언자적 질타를 하며 반성을 촉구한 정의구현사제단은 그 대나무 숲인 셈이지요. 그런데 주교단은 그 대나무 숲을 잘라내면 조용해질 거라고 생각한 모양입니다. 문제의 본질을 보지 못하고 오히려 그것을 가리키는 손가락을 잘라낼 생각에만 집착하고 있는 건 아닌지 두렵습니다.

정신들 차려야겠습니다. 그저 노후대책이나 궁리하는 게 나이든 사람들의 책무는 아니지요. 적어도 옳고 그름에 대한 준열한 질책과 반성을 할 수 있을 때 어른으로서의 자부와 긍지가 생겨나는 것입니다. 정의가 강물처럼 흐르기를 꿈꾸면서 에라스무스의 말을 떠올립니다.

"인격이 먼저 변화해야 합니다. 그런 연후에 행동이 뒤따르는 것입니다."

서른둘

자유로운 개인이
가장 큰 가치다

세상에서 가장 높은 산은 초모룽마
(Chomo Lungma)입니다. 세계의 모신(母神)이란 뜻입니다. 흔히 에
베레스트라고 부르는 산입니다. 엄연한 현지어가 있는데 그 산의
높이를 측량한 조사단의 단장 이름을 갖다 붙인 건 제국주의적 오
만이 아닐 수 없습니다. 마치 백두산의 높이를 잰 사람이 이토오라
치고 그 산을 이토오마루(伊藤山)라고 부르는 것과 다르지 않겠지요.
그 산을 오르는 길은 여러 가지가 있습니다. 겨울철 북면으로,

그것도 셰르파 없이 산소통 메지 않고 오르는 것이 가장 어렵겠지요. 하지만 그렇게 오른 사람이 자신만 그 산을 제대로 올랐다고 말한다면 그야말로 '오만과 편견'입니다. 정작 중요한 것은 산을 느끼고 대자연을 껴안는 일입니다. 설령 꼭대기까지 오르지 못했어도 그런 생각을 품고 산을 올랐다면 그 사람이 정말 제대로 초모룽마를 만난 것 아닐까요?

종교의 참된 가치는 자유입니다. 자신의 영혼의 울림에 반응하여 스스로 움직이는 자유입니다. 진리가 우리를 자유롭게 하기 때문입니다(Truth will make you free). 그런데 적잖은 사람들이 오직 자신의 종교만 절대로 옳고 다른 종교는 우상에 불과하다고 폄하하는 것을 보면 안타깝기 그지없습니다. 내 종교만큼 다른 종교에 대해서도 존중하고 배려할 줄 알아야 합니다. 윽박지르듯 강요하는 말로만의 전교는 오만이며 무례일 뿐입니다. 그런 태도에서 벗어나지 못하기 때문에 종교와 정치는 화제로 삼지 말라는 충고가 나온 겁니다. 나만 옳고 너는 그르다는 외통수(all or nothing)는 스스로를 옥죄는 사슬에 불과합니다. 그런 일방적인 옹호와 폄하의 대화는 서로 얼굴을 붉히는 안타까운 상황만 만들 뿐입니다. 사실 종교란 말도 본디 뜻은 부처님의 가르침이라고 합니다. 마루(宗)에 다다른 깨우침이고 가르침(敎)이란 뜻이겠지요.

왜 종교와 정치는 화제로 삼아서는 안 되는 주제일까요? 각자가 따르는 이념을 상대에게 강요하고 내 것만 옳고 네 것은 일고의 가치도 없다고 대들듯 따지다보면 끝내 낯을 붉히고 다시는 만나고 싶지 않은 사이가 되기 쉬워서일 겁니다. 하지만 상대를 존중하고 배려하는 마음으로 대화를 나누고자 한다면 종교가 가장 좋은 화제가 될 수 있습니다. 예를 들어 "저는 이러이러한 가르침에 따라 사는데 실제로 그 실천이 어렵고 힘들 때가 있습니다. 당신의 종교에서는 그것을 어떻게 실천하도록 가르치는지 한 수 알려주시겠습니까?"하고 정중하게 말을 꺼내면 자연스럽게 친밀한 대화가 이어질 것입니다. 자신에게 경의를 표하며 묻는 이에게 내 신념만을 강요하고 학습할 사람은 없겠지요.

믿는다는 말은 안다는 것을 전제로 합니다. 좋고 나쁨을 알면 당연히 좋은 것을 고르고 그에 따라 행동하겠지요. 그러므로 예를 들어 내가 예수나 부처를 믿는다고 하는 것은 그들의 삶을 따른다는 것인데, 그저 머릿속에서 믿는다는 새김만으로 천당 가고 극락 간다고 굳게 믿는다면 그것은 자기모순이며 제대로 된 신앙이 아닙니다. 신학자 본회퍼는 그것을 실천이 없는 천박한 믿음이라고 매섭게 질타했습니다.

우리 집은 본디 개신교를 믿는 집안이었습니다. 어머니는 연세가 많아서 지금은 활동하지 않지만 권사로 봉사하셨고 바로 위 셋째형님은 목사로서 교회에 헌신하고 있습니다. 그런데 둘째누이와 둘째형과 저는 성당에 다닙니다. 누이는 수녀입니다. 남들이 보면 참 이해하기 어려울 겁니다. 저희도 이 상태의 공존을 얻기까지 많은 시간과 갈등을 치러야 했습니다. 이제는 서로 존중하고 이해하며 지낼 수 있어서 행복합니다.

한 가지 분명한 것은, 절대자는 절대적이지만 그에 대한 어떠한 것도 결코 절대적이지 않다는 겁니다. 심지어 경전도 신학도 교의도 교리도 그렇습니다. 그래서 저는 헷갈리거나 판단이 서지 않으면 아무런 중간항 없이 예수를 찾아봅니다. 우리의 신앙 고백은 '그분처럼 살겠다(I will do as He did)'는 말로 압축되기 때문입니다. 그는 낡은 껍질을 벗도록 했고, 가난하고 병들고 무지한 사람들을 보듬어 안았습니다. 편견과 아집을 벗어나라고 가르쳤고 약자에게는 자비를 강자에게는 강한 질책을 거두지 않았습니다. 부처님의 가르침도 그와 다르지 않고 무함마드의 삶도 또한 마찬가지입니다. 그의 삶을 따라 사는 것이 바로 신앙이고 구원이라 믿습니다. 때로는 이러한 저의 소박하고 굼뜬 신앙을 질책하는 사람들로부터 비난과 타박을 듣기도 하지만 어리석고 미련해서 그런지 저는 앞으로도 그렇게 살 것 같습니다. 그것만으로도 벅차고 힘에 버겁다는 게 제 솔직한 고백입니다.

이슬람에 대한 기독교도들의 무지와 편견(그 반대도 고스란히 성립되지요)은 지금까지도 전쟁과 증오를 거두지 않습니다. 종교는 이념이 아니라 실천입니다. 종교가 이념과 다른 것은 이념에는 영혼이 없지만 종교에는 영혼이 있기 때문입니다. 종교는 자유로운 실천이고, 그 실천을 통해 자유로워지는 것이 종교입니다. 나이가 들어가면서 날이 바짝 선 그런 이념과 도그마로서의 종교에서 벗어나 관용과 상호이해, 그리고 더불어 실천이라는 미덕을 조금씩 얻어가는 것이 필요함을 절실하게 느낍니다.

안타깝게도 삶의 속살을 어느 정도 들춰본 쉰 문턱의 나이에 이르러서도 호두알보다 더 단단한 껍데기 속에 갇혀 있는 영혼을 봅니다. 나이 들어가면서 유연해지고 자유로워지기는커녕 외려 더 고집스럽고 편견에 빠져 다른 이들에게 상처 입히고 소금까지 뿌려대는 일을 마다하지 않습니다. 그러면서 그게 독실하고 충성스러운 신앙이라고 착각합니다. 이제는 조금씩 마음을 열고 서로 가까이 다가서는 자유로움을 누렸으면 좋겠습니다.

멀리서 바라보는 산도 좋지만 오르는 산은 더 좋습니다. 어쩌다 나무를 심으면 더 좋겠지요. 산정에 오르는 쾌감도 좋지만 능선이며 계곡에 흐르는 바람과 나무들이 내려놓는 그늘도 좋지요. 더 좋은 것은 마주치는 이들과 나누는 인사입니다. 이따가 해거름쯤에 산에나 다녀와야겠습니다.

서른셋

다음 세대를 위해

오래된 의자를

비워두자

지금 어드메쯤
아침을 몰고 오는 분이 계시옵니다
그분을 위하여
묵은 이 의자를 비워드리지요

지금 어드메쯤
아침을 몰고 오는 어린 분이 계시옵니다

그분을 위하여
묵은 이 의자를 비워드리겠어요

먼 옛날 어느 분이
내게 물려주듯이

지금 어드메쯤
아침을 몰고 오는 어린 분이 계시옵니다
그분을 위하여
묵은 이 의자를 비워드리겠습니다

예전 고등학교 국어 교과서에 실렸던 조병화의 〈의자〉라는 시입니다. '아침을 몰고 오는 어린 분'은 누구일까요? 예언자일지도 모르고 구세주일지도 모릅니다. 그러나 시인이 마음속에 담고 있는 그분은 바로 새로운 세대입니다. 그러니까 아침은 새로운 시대가 되는 셈이지요. 그리고 의자는 사회적 지위, 위치, 직책 따위를 지칭하는 말입니다. 따라서 이 시의 주제는 세대교체가 되겠지요. 새로운 세대는 젊은 세대입니다. 그렇게 어린 사람에게 '그분' '아침을 몰고 오는 어린 분' 등의 존칭을 사용한 것은 자기 겸손과 새 세대에 대한 존중과 기대를 표현하기 위해서겠지요.

열심히 살았습니다. 전쟁처럼 살았습니다. 새벽부터 일어나 바지런 떨며 출근해서는 하루 종일 일하고 별들도 포근하게 잠자는 한밤중에 집으로 돌아오는 일들을 반복하면서 마치 자동기계처럼 살았습니다. 사랑하는 가족을 위해 일한다면서 정작 가족은 포기해야만 하는 삶을 어쩔 수 없이 받아들이며 그렇게 무섭게 살아야 했습니다. 다행히 그런 노력 덕분에 삶이 달라졌습니다. 더 이상 배고픔은 없어졌습니다. 온갖 문명의 이기들을 누릴 수 있는 풍요도 얻었습니다. 예전에는 꿈도 꾸지 못하던 자가용을 몰아보는 뿌듯함을 맛보기도 했습니다. 그건 거의 기적과도 같은 일이었지요. 어느 나라 어느 세대에서도 그렇게 짧은 시간 내에 이뤄내지 못했던 일을 우리의 선배들이, 그리고 우리들이 해냈습니다. 스스로도 대견한 일입니다. 자신의 삶을 포기하다시피 하여 얻은 성과입니다.

그리고 그 자리를 우리 자식들에게 물려줄 때가 되었습니다. 그래서 겸허하게 '그분'을 위해 묵은 의자를 비워드리겠다고 일어났습니다. 그런데 '아침을 몰고 오는' 그분이 아직도 어둠의 미망에서 헤매고 있습니다. 하지만 왜 그들이 아직도 어둠에서 길을 잃고 헤매는지를 헤아리는 어른들은 별로 없습니다. 오히려 일어났던 의자에 슬그머니 다시 앉으려고만 할 뿐입니다. 그 어둠이 전적으로 어른들 탓만은 아닙니다. 하지만 전혀 없다고는 할 수 없겠지요. 그런데도 자리를 차지하고 있던 어른들은 그 어둠을 모른 척합니다. 와야 할 '그분'이 왜 오지 않는지 모르는 바는 아닙니다. 그저 모른 척하면서 여전히 그 자리를 차지하고 있을 뿐입니다. 그러면서 젊은이들에게서 예전과 같은 패기와 열정이 사라졌다고 혀를 찹니다.

그럴 법도 합니다. 자신들이 그 나이 때는 물 불 가리지 않고 뛰었으니까요. 맨 땅에 헤딩하듯 뜨겁게 살았습니다. 독재에도 항거했고 삶의 전투에서도 몸을 사리지 않았습니다. 그래서 지금의 세상을 만들었습니다. 가상한 일입니다. 그런데 지금의 젊은이들은 그런 모습을 보이지 않습니다. 그리고 아주 이기적입니다. 그러나 그게 정말 그들의 탓일까요?

그들이 제대로 숨도 쉬지 못하게 만든 이 세상을 만든 게 바로 우리 자신입니다. 그리고 그렇게 마음껏 숨쉬지 못하는 젊은이들이 바로 우리 자식들입니다. 우리는 어렵고 가난하게 살았습니다. 그래도 미래에 대한 희망이 있어서 버텼습니다. 지금 당장은 손에 쥔 것이 없어도 졸업해서 취업하면 사랑하는 사람을 먹여 살릴 수 있다는 확신이 있었기에 대시도 했습니다. 그런데 지금 그들의 처지는 그렇지 않습니다. 자신의 미래를 전혀 가늠할 수 없으니 어떻게 마음에 드는 사람에게 다가가 함께 살자고 하겠습니까. 그러니 자신의 고치 속에서 웅크리고 있습니다. 결혼은커녕 교제조차도 버겁습니다. 왜 그들이라고 사랑을 모르겠습니까. 그러나 그것은 자칫 헛된 꿈이기에 일찌감치 포기합니다. 젊은이들에게 사랑의 포기라니요! 그것은 죽은 삶입니다. 지금의 저에게 그런 삶을 살라고 하면 아무리 젊어진다 해도 받아들이고 싶지 않습니다. 그게 우리 젊은이들의 현실입니다.

그런데 그들의 아픔을 정작 어른들이 모릅니다. 아니 모른 척합니다. 어른들이라고 이러한 상황을 해결할 능력이 있는 건 아니겠지요. 그러나 최소한 그들의 아픔을 공감하고 대책을 마련해야 하는 건 의무입니다. 그것이 바로 '빈 의자'입니다. 그냥 앉아 있던 자리 내주는 게 아니라 앉아야 할 자리를 만들고 찾아야지요. 그런데도 '아침을 몰고 오지' 않는다고 탓합니다.

이 두 세대에는 인식에 큰 차이가 있습니다. 어른들은 현재는 힘들어도 미래는 좀 더 나아지리라는 믿음을 갖고 살았습니다. 그리고 그것을 어느 정도 이루었고 누렸습니다. 그러니까 빈곤에서 풍요로 진행하는 삶이었지요. 그러나 지금의 젊은이들은 풍요 속에 나고 자랐지만 그들에게 주어진 현실은 냉혹하고 미래는 빈곤합니다. 태어났을 때부터 집에는 자가용이 있었지만 정작 제 돈 벌어 자신의 자동차를 갖게 될 가능성은 별로 없습니다. 그런 그들에게 희망이나 믿음은 거짓 선전과 다르지 않습니다. 역사와 문명은 발전합니다. 그리고 발전해야 합니다. 그런데 지금 우리의 현실은 오히려 퇴보하고 있는 건 아닌지 두렵습니다.

힘 있고 돈 많은 사람들은 제 자식들에게 나은 삶을 살아갈 바탕을 마련해주는 게 어렵지 않겠지요. 바늘구멍 같다는 취업의 문도 그들에게는 아무런 문제가 없습니다. 그러니 세상은 여전히 행복하고 멋진 미래를 보장하는 것처럼 보이겠지요. 그런 그들이 좌지우지하는 정책이나 대책이라는 건 정작 아직도 어둠 속에서 헤매며 아침을 몰고 오지 못하는 '그분'들에게 아무 도움도 되지 않습니다. 그것은 역사에 죄를 짓는 일입니다. 나는 풍요를 누렸으면서 자식들에게는 절망과 좌절과 분노만을 남겨준다면 부끄럽고 무의미한 삶일 뿐이지요.

'그분'이 많이 아파합니다. 낡아빠진 의자에 눙치고 있기보다는 그들의 아픔을 나의 아픔으로, 내 자식의 아픔으로 느끼는 연대와 의무가 바로 우리들의 몫입니다. 어른답게 살아야겠습니다. 절망을 물려줄 수는 없으니까요. 수수방관하면서 혀만 차고 있을 일이 아닙니다. 다가가 껴안아주고 일으켜주며 때로는 그들의 목소리를 대변하고, 필요하다면 그들의 편에 서서 싸우기도 해야겠지요.

어른 되는 일은 참 어렵습니다. 부끄럽지 않은 어른 되는 일은 어렵지만, 그러나 행복한 의무입니다.

서른넷

의견이 다른 사람과도

대화를 이어나갈 수 있는

유연함을 갖추자

　　　　　　　텔레비전을 잘 보지 않지만 좋은 교
양 프로그램이 있으면 가능한 한 놓치지 않으려 합니다. 다시보기
를 통해서라도 챙겨 보려고 합니다. 사실 요즘 텔레비전을 보면 한
숨이 절로 나와 자칫 마음의 병이 생길까 두렵기까지 합니다. 보도
는 왜곡되고 오락 프로그램들은 무의미하고 무가치할 뿐 아니라
그릇된 상(像)을 좇게 하는 경우가 대부분입니다.
　보도의 왜곡이야 권력을 자신의 이익 추구에 사용하는 자들과

권력에 아부하고 기생하려는 자들이 있는 한 끊임없이 이어져온 부끄러운 자화상이지요. 정신 똑바로 차리지 않으면 언제든 고개를 드는 독버섯입니다. 오락 프로그램이 강퍅한 삶에 지친 사람들에게 위로와 웃음을 주는 건 사실입니다. 하지만 정도라는 게 있습니다. 엇비슷한 프로들, 겹치기 출연하는 연예인들, 우르르 몰려와 정신 사납게 소리치고 엎어지는 집단 슬랩스틱이 갈수록 늘어나는 게 문제지요.

방송도 상업행위인지라 광고에 매달리는 건 어쩔 수 없는 일입니다. 하지만 갈수록 그런 허접한 프로그램들이 우후죽순 늘어나는 걸 보면 집단적 바보 최면화가 되는 듯해 안타깝습니다. 심지어 귀한 시청료 받아가는 공영방송조차 예외는 아닙니다. 그러니 명색이 대학생이라는 젊은 지성들조차 대화의 대부분이 전날의 오락 프로그램에 관한 것들입니다. 물론 꼴같잖은 세상사 외면하고 싶고, 지친 삶 위로받고 싶은 건 당연한 일이겠지요. 하지만 정도를 넘어선 상태인 건 분명합니다.

〈100분 토론〉이라는 교양 프로그램이 있습니다. 몇 명의 패널이 나와 자신들의 견해를 논리적으로 설명하고 상대의 모순을 지적하는 프로그램이지요. 그런데 문제는 전혀 토론다운 토론이 이루어지지 않는다는 점입니다. '100분'은 채울지 모르지만 '토론'은 이끌어내지 못합니다. 자칭타칭 이 나라 지성을 대표한다는 분들이

나와 서로 낯을 붉히면서 확인하는 건 합리적 이해나 문제의 진전이 도무지 불가능하다는 것뿐입니다. 김창완의 시집 《인동일기》 중 〈바다와의 대작〉이라는 시에 '만나서 재어보는 우리들의 거리감'이라는 구절이 있습니다. 저는 이 프로그램을 보면 늘 그 구절이 떠오릅니다.

입장과 태도, 가치관과 세계관이 서로 다른데 같은 결론을 이끌어낼 수는 없는 일입니다. 또한 그래서도 안 되는 일이고요. 합의와 획일은 결코 같을 수 없으니까요. 그런데 패널들의 주장을 들어보면 자기가 그어놓은 금 안에 갇혀 꼼짝도 하지 않는 경우가 많습니다. 오로지 상대를 제압하고 그에게 자신의 입장에 동의하라고 강요하는 것과 다르지 않습니다.

아까운 시간 들여 힘들게 만나서 상대의 이야기를 듣는 건 자신의 입장과 논리가 갖는 허물을 객관적으로 깨닫고 보충하기 위해서입니다. 그러기 위해서는 상대의 논리와 주장, 그리고 대안 가운데 수긍할 것은 받아들이고 자신의 견해를 보완할 수 있는 것은 얻어야겠다는 마음이 중요합니다. 하지만 처음부터 그런 생각은 없는 이들 같습니다. 오로지 자신의 입장만 되풀이합니다. 자기 종교만 옳다고, 다른 건 다 이단이고 죄악이라고 강변하는 교조주의 신자들과 하등 다를 바가 없습니다.

물론 어설픈 이해나 미봉적 합의는 경계해야지요. 그러나 토론이 생산적이기 위해서는 먼저 상대의 말을 귀담아 듣고 그 말의 진정성과 내용의 합리성을 받아들일 줄 아는 넉넉한 태도가 앞서야 합니다.

도대체 왜 그런 생산적 토론이 되지 않을까, 100분의 시간을, 그것도 공중파를 통해 허비하는 답답함을 반복하는 것일까 곰곰이 생각해봤습니다. 물론 패널들의 협량함이 가장 큰 탓이겠지요. 그리고 누구나 자기 진영의 주장을 꺾지 않고 상대를 제압하려는 힘의 논리에 익숙한 까닭이겠지요. 그러나 가장 큰 원인(原因이자 遠因)은 국어 교육이 잘못되었기 때문이고, 그런 그릇된 국어 교육은 교육 전반의 잘못된 프레임 탓이라고 여겨집니다.

국어는 그저 논설문, 설명문, 소설, 시 등 다양한 분야의 말과 글에 대한 이해와 암기를 가르치는 것이어서는 안 됩니다. 그러나 암울하게도 그 틀에서 여전히 벗어나지 못하고 있습니다. 심지어 시와 소설도 그저 분석하고 암기하는 일에 그칩니다. 그것만 따지고 묻기 때문이지요. 토론 수업은 없습니다. 대화의 기술이나 방법론 따위는 들춰보지도 않습니다. 그러니 오로지 텍스트의 추종만 남는 거지요. 텍스트는 보편적이고 시간과 공간 안에서 안정적 동의를 얻은 견고한 지식의 틀입니다. 그러나 그것은 바탕이지 그 자체가 완결은 아니지요. 그런데도 텍스트만 죽어라 외우고 또 외웁니다. 다른 것은 파고들거나 따지지 않지요. 그러니 알게 모르게 텍스트를 추종하는 법만 익히게 되는 겁니다.

그리고 그렇게 텍스트를 열심히 추종한 사람들이 텍스트가 제공하는 힘을 획득합니다. 그런 힘을 얻은 사람은 더욱 더 그 텍스트를 견고하게 고수합니다. 왜냐하면 그들의 힘은 오로지 거기에서 나올 뿐이니까요. 자신들의 텍스트와 다르면 가차없이 억압하고 제거하려 듭니다. 그게 어릴 때부터 학습되는 방식입니다.

텍스트는 이미 하나의 도그마가 되었습니다. 생각은 사람마다 다를 수 있고, 시대와 공간의 변화에 따라 마땅히 변해야 하는 것이지만 견고하고 완고한 텍스트는 꿈쩍도 하지 않습니다. 그러니 남의 말을 듣거나 그의 견해와 주장을 받아들이려 하지 않습니다. 그것은 곧 자신의 권력인 자기 텍스트를 허무는 꼴이 되니까요. 아무리 다른 생각이 합리적이라는 판단이 서도, 그것을 뒤늦게 알았다고 해도 도통 자기 텍스트를 수정하지 않습니다. 불행하게도 우리의 국어 교육은 그런 허물을 '제도적'으로 만들어냈습니다. 그 결과가 답답하고 무의미한 '100분 토론'을 무한 되풀이하게 하는 겁니다.

누구나 자신이 속한 환경에 의해 서로 다른 텍스트를 갖게 될 수 있습니다. 그런데 오직 그 텍스트만 옳고 다른 것은 사문난적이요 이단이라고 '간단하고 명료하게'(엄격히 말하면 그것은 '무식하고 무례하게'가 맞겠지요) 내쳐버리도록 학습되고 훈련됩니다. 나이가 들어서 사고의 폭이 넓어지면 그 틀이 깨져야 하는데 외려 그 울타리만 더 강화될 뿐입니다. 헛나이 먹는 셈이지요.

흔히 나이 들면 편협하고 고루해지기 쉬운 이유는 자신이 추종해온 텍스트에서 한 발도 벗어나지 않은 상황에서 세상과 환경은 변해 있기 때문입니다. 새로운 텍스트는 들어볼 생각조차 하지 않으니 도무지 대화도 되지 않고 화만 돋울 뿐이지요. 그러니 젊은이들이 어른들 말을 듣고 싶어할까요. 멀리 찾을 것도 없습니다. 자신을 돌아보면 그때의 어른들이 그랬습니다. 그리고 어쩌면 그렇게 판박이로 자신이 반복하고 있는지요!

살아온 경험과 지혜를 자기 교조만 옹호하고 다른 생각을 억누르는 데 쓰지 말고 새로운 지식에 그것들을 나눠줘서 후세들이 시행착오를 줄이고 더 크고 넓은 세상에서 당당하고 주체적으로, 그리고 합리적이고 생산적으로 살 수 있도록 도와줘야겠습니다. 그 첫 단추가 대화입니다. 그것이 바로 요즘 개탄하는 소통의 본질입니다.

나이 들수록 고집스럽고 답답한 게 아니라 오히려 너그럽고 유연하다는 걸 보여주어야겠습니다. 이제 와서 국어 교육부터 뜯어고치자고 할 일도 아니거니와 쉽게 고쳐질 형편도 아니지요. 하지만 어른들이 유연한 사고를 통해 대화와 토론의 합리적 생산성과 상호이해의 실마리를 풀어내는 모범을 보인다면 저절로 해결될 문제입니다. '만나서 재어보는 우리들의 거리감'이 아니라 '만나서 재어보는 우리들의 친밀함'을 먼저 실천하지 않고서는 '100분 싸움'을 멈추게 하지 못할 겁니다.

서른다섯

계산보다는 생각이,

생각보다는 존재가

앞서기를

　　　　　　　　　　한 해가 저물어가는 때였습니다. 내
려놓고 가지 않으면 다음해에도 무거운 짐만 될 뿐인 것들을 내려
놓기 위해, 챙겨두지 않으면 다시 마련하느라 허둥댈 것들을 맑은
눈으로 가려내고 싶어서, 도회를 떠나 조용한 설원을 찾아 걸었습
니다. 그해에 영서지방에는 엄청난 눈이 내려서 사방이 문자 그대
로 눈 천지였습니다. 처음에는 그 별천지에 환호와 탄성이 절로 났
지만 잠깐뿐이더군요. 10분도 채 되지 않아 눈이 아파왔습니다.

간사한 몸 탓인지 과유불급의 폭설 때문인지 분별조차 무의미한 눈 세상은 어쩌면 일부러 찾아온 제게 외려 더 단순해지라는 메시지를 전해주려는 것 같았습니다. 숲이 울창할 때는 능선에서 계곡이 보이지 않고 계곡에서는 능선의 존재가 느껴지지 않지만, 눈 덮인 산은 능선과 계곡의 모습을 또렷하고 단순하게 드러냈습니다. 여기와 저기, 이것과 저것의 분별이 얼마나 좁은 소견인지 깨달았습니다. 그러면서 떠나기 전에 읽었던 소설 한 대목이 무딘 제 머리를 두드리더군요.

멕시코 작가 사비나 베르만의 《나, 참치 여자》라는 소설이 있습니다. '세상의 중심으로 잠수해 들어간 여자'가 원제목인데 우리말 제목은 의아했습니다. 그러나 읽어가면서 그 개명이 적절했다는 느낌입니다. '나'라는 주제야말로 영원한 인간의 숙명과도 같은 것이지요. 작가는 주인공 카렌을 통해 표준형 인간의 삶을 돌아보게 합니다. 자폐를 앓는 카렌이 바라보는 세상은 지극히 단순합니다. 그러나 그 단순함 때문에 자신의 삶에 대해 포기하거나 타협하지 않고 자신의 의지대로만 충실하게 살아갈 수 있습니다. "나는 생각한다. 고로 나는 존재한다"는 데카르트의 명제에 정면으로 맞서서 "나는 존재한다. 고로 나는 생각한다"며 뚜벅뚜벅 걸어갑니다. 존재가 생각보다 훨씬 단순하고 근원적이기 때문입니다.

산사 근처에서 하룻밤을 보내고 아침 일찍 산에 올랐습니다. 사람들이 그다지 많이 찾지 않은 까닭인지 혹은 바람이 어수선해진 눈밭을 써레질하듯 정리해서 그랬는지 사방이 깨끗했습니다. 푹푹 꺼지는 눈길의 낭만은 고작해야 5분 남짓, 금세 다리가 뻐근해서 평소보다 두세 배는 족히 힘들었습니다. 그러나 남아 있던 어둑한 기운이 조금씩 걷히고 아침의 기운이 눈밭에 쏟아지는 절경이 점차 너르게 펼쳐지면서 그 피곤도 가뿐히 덜어졌습니다. 어쩌면 절대고독에 가까울 그 적막의 설산은 그렇게 아름다웠습니다. 겨울 산이 그렇듯 정상은 오래 머물 곳이 되지 못해서 커피 한잔으로 냉기를 걷어내고 옆길로 빠졌습니다. 정상에서 짧은 시간 동안 많은 것을 생각했습니다. 칼바람에 온갖 근심과 억견들을 모두 떠넘기고 싶었습니다. 마치 그것 때문에 거기에 간 사람처럼 말이지요.

돌아보면 참 많은 생각들이 엉킨 실타래처럼 꼬이면서도 끊임없이 이어진 한 해였습니다. 상처를 받은 일도 많았지만 준 일도 많았을 겁니다. 그 상처들을 내려놓지 못하고 다시 한 해를 맞는 건 삶의 도리도 아니거니와 도움도 되지 않겠지요. 생각이 많은들 그 가운데 변변하게 제 몫을 한 것들이 얼마나 될까 싶어 부끄러움이 앞섭니다. 그래서 눈길 걸으며 그 못난 생각들을 눈 속에 하나씩 파묻기로 했습니다. 나중에 눈 녹을 때 눈과 함께 사라질지 아니면 감춰뒀던 모습을 다시 드러낼지 모르겠지만 말입니다. 그러나 카렌처럼 "나는 존재한다. 고로 나는 생각한다"고, 생각보다 실천이 먼저, 더 나아가 실천보다 올바른 실존이 우선 정립될 새로운 한 해를 다짐하면서 눈길을 걸었습니다.

얽힌 실타래를 풀 방법은 두 가지뿐입니다. 하나는 어리석은 영웅주의자 알렉산더처럼 단칼에 베어버리는 것입니다. 그것은 호쾌하거나 영웅처럼 보일지 모르지만 정작 남은 실은 모두 잘린 상태여서 아무런 쓸모가 없다는 걸 미처 보지 못하기 십상입니다. 그런 어설픈 흉내 내다가 제 살 도려낼 뿐 아니라 멀쩡한 남의 살까지 상처 입힐 수 있지요. 그러니 따라서도 안 되고 바라서도 안 될 그런 저급한 방법입니다. 다른 하나는 천천히 그리고 끈기 있게 매듭을 하나하나 풀어내는 일입니다. 그러면서 그 매듭들을 만든 게 바로 자신임을 깨닫고 부끄러워하면서 그 반대쪽으로 얽힌 실을 밀어내다 보면 어느새 매듭이 성기게 되고 풀어질 실마리가 보입니다.

때로는 바쁘다는 핑계로 때로는 되돌아보기 싫거나 두려워서 다른 실타래 찾는 일을 반복합니다. 살면서 뜻을 품었건 그렇지 않았건 누군가를 아프게 했을 겁니다. 어쩌면 너무 많아서 일일이 헤아리는 것조차 어려울지도 모르겠습니다. 그런 이들에게 겸손하게 사죄의 말을 전하고 싶습니다. 혼자 속으로 미워했던 이에게도 마음의 응어리를 풀고 저 자신이 먼저 화해하라고 다독입니다.

설원에서, 지난 한 해 어설픈 마음이나마 전해줄 이들이 있어서 행복했다는 생각을 했습니다. 그래서 그이들의 존재가 새삼 고마웠습니다. 한 해 동안 스치고 비비며 섞였던 모든 인연인(因緣人)들을 떠올렸습니다. 그러면서 혹여 작은 상처라도 준 게 있다면 너그럽게 용서해주기를 가슴속으로 감히 청했습니다. 새로운 한 해가 마감될 다음해 이맘때쯤에는 올해보다 덜 부끄럽고, 그들의 존재에 대해 더 큰 고마움을 느낄 수 있기를 품어봅니다.

계산보다는 생각이, 생각보다는 존재가 앞서는 그런 한 해를 맞도록 노력하려 합니다. 우리 모두 그런 시간을 보내길 가난한 마음으로 빌어봅니다.

Let's be simple, together!

서른여섯

가지 않은 것과

중도 포기는

다르다

　　　　　사람의 마음이 얇은 종잇장만도 못
하다는 생각이 들 때가 있습니다. 이리저리 팔랑거리는 마음에 속
는 일을 매년 정초마다 반복합니다. 굳이 따지자면 작년 섣달그믐
이나 올해 첫날이나 별 차이 없는 똑같은 하루임을 알면서도 서로
다른 해에 속한다는 까닭에 다른 느낌으로 받아들입니다. 하기야
그런 변덕스러움이라도 있어야 사는 맛이 조금은 다양해질 테니
꼭 탓할 일만은 아니겠다 싶기는 합니다.

해가 바뀌면 이런저런 다짐도 하고 희망도 하면서 스스로를 채근하고 달래기도 하고 새로운 삶을 꾸리겠다고 마음을 다잡습니다. 하지만 번번이 스스로에 속는 일이 허다하지요. 작심삼일이라 변명하기도 합니다. 어떤 이는 농반진반으로 3일마다 작심을 하면 되지 않느냐고 말하기도 합니다. 그것도 좋은 삶의 길라잡이일 수 있겠지요. 하지만 3일마다 반복한다는 것도 참 헛헛하고 잔망스러운 일입니다.

마음이 흔들릴 때마다《논어》의〈옹야雍也〉편을 읽어봅니다. 눈길을 끄는 대목이 있습니다. 염유가 공자에게 말했습니다.

"선생님의 사상이나 학설을 좋아하지 않는 것이 아니라 저의 역량이 충분하지 못합니다〔非不說子之道 力不足也〕."

공자가 대답합니다.

"역량이 충분하지 못하다면 반쯤 간 다음 멈출 수도 있다. 너는 지금 아예 갈 수 없다고 한계를 긋는구나〔力不足者 中道而廢 今汝畫〕."

긋는다는 것은 땅에 금을 그어 스스로 한계를 정하는 것과 같다고《사서집주》는 설명합니다. 일찍이 공자는〈이인里仁〉편에서 "하루라도 인을 공부하지 않고 노력하는 사람이 있는가? 나는 역량이 부족한 사람은 본 적이 없다"고 말했습니다.

역량이 충분하지 못하다는 걸 내 게으름의 핑계로 삼은 적이 의외로 많음을 깨닫습니다. 물론 아무리 용을 써도 턱 하나 넘지 못하는 경우가 있습니다. 그럴 때마다 좌절과 자괴감을 거두지 못하고 부끄러워하고 움츠러드는 게 우리네 범인들의 삶입니다. 어찌 공자와 같은 너른 바다의 인격이나 의지를 고스란히 따르겠습니까. 공자가 〈이인〉편에서 자주 언급하는 안회의 발끝만큼이라도 흉내 낼 수 있으면 감지덕지한 일입니다.

늘 짧은 호흡으로 받게 살아온 삶입니다. 가쁜 숨으로 이리저리 잔 고개 넘으면서 때로는 지치기도 하고 때로는 스스로 대견해하기도 하면서 살아갑니다. 그것들이 쌓이고 묵혀서 삶이 되는 것이겠지요. 그래도 조금은 더 긴 호흡으로 넉넉하게 살 수 있으면 좋겠습니다. 아예 갈 수 없다고 한계를 긋지만 않는다면 조바심 내며 잔망스럽게 살지는 않을 테니까요. 자잘한 일 하나하나에 일희일비하는 삶이 아니라 큰 물줄기 하나 틀어잡고 조금은 너그럽게 흐르고 싶습니다.

내 의지와는 상관없이 세상은 거친 호흡으로 몰아댑니다. 나라 안팎이 다르지 않습니다. 그래서 더더욱 버겁고 힘겹습니다. 앞으로의 전망 또한 어둡고 무겁습니다. 그래도 굳이 돌이켜 따져보면 그보다 더한 질곡들도 이겨내고 살아온 삶입니다. 무작정 스스로에게 관대해지는 것이 아니라 깊은 호흡 긴 숨으로 묵묵히 넘길 수 있는 믿음을 갖고서 살아왔음을 기억했으면 좋겠습니다.

마르셀 프루스트가 10년 넘게 《잃어버린 시간을 찾아서》를 꾸렸던 걸, 도스토예프스키가 삶의 마지막 문턱에서 《카라마조프가의 형제들》을 끌고 갔던 걸 기억하면 조금은 위안이 되고 자극도 되지 않을까 싶습니다. 작심삼일이 아니라 작심삼년(作心三年)이면 그것도 즐거운 일이 아닐까요.

아무리 거센 추위도 열흘 넘기는 걸 본 적이 없습니다. 얼었다 풀렸다 하는 게 겨울이라서 기꺼이 버티고 견뎌내는 것이겠지요. 삶도 그런 것이다 생각하면 어지간한 건 이겨낼 수 있겠다 싶습니다. 지금은 헐벗어 초라한 산도 곧 따뜻한 물기 가득 머금은 푸르뫼[靑山]가 되겠지요. 당신의 시간에 경의를 표합니다.

서른일곱

존경받고 싶다면
지금 이 순간을
제대로 살아야 한다

프랑스의 유명한 조각가 로댕의 작
품 가운데 〈칼레의 시민〉을 볼 때마다 마음이 짠해지는 감동이 있
습니다. 로댕이 자발적으로 제작한 작품은 아닙니다. 칼레(Calais)
시가 영웅적인 선조들을 기리기 위해 의뢰해서 만들어졌습니다.
로댕이 이 작품을 완성하기까지 10년이 걸렸다지요. 그렇게 해서
만들어진 작품을 보고 칼레 시민들은 못마땅해했다고 합니다. 로
댕의 작품 속 인물들은 의연하기보다는 공포에 질린 모습으로 서

있었기 때문입니다. 자신들의 조상이 늠름한 영웅으로 표현되기를 원했던 칼레 시와 시민들은 기대하던 모습이 아니어서 실망한 겁니다. 그러나 로댕의 진면목은 그런 영웅적 신화보다는 진정한 인간의 모습을 통해서 그들의 위대함을 표현힌 데 있습니다. 어느 누가 죽음을 아무 두려움 없이 받아들이겠습니까. 이 인물들은 칼레가 함락된 것에 고통을 느끼면서 자신의 죽음에 대한 고독한 결정에 번민하는 모습으로 조각되었습니다. 왜 로댕이 10년이나, 그것도 공식적으로 의뢰받은 작품에 그토록 긴 시간을 쏟았는지 짐작해보면 그 뜻을 헤아릴 수 있습니다. 그래서 이 작품이 위대하고 우리를 감동시키는 건 아닌가 싶습니다.

〈칼레의 시민〉은 이른바 노블레스 오블리주(noblesse oblige)의 전형입니다. 칼레는 프랑스 북부에 있는 도시입니다. 도버 해협에 면한 항만도시이며 어항으로도 유명하다지요. 그러니 프랑스와 영국 간 전쟁 때마다 심한 몸살을 앓았습니다. 악명 높은 백년전쟁 때의 일입니다. 칼레는 영국군에 포위당한 채 일 년을 버텼습니다. 끝내 원병은 오지 않았고 결국 항복할 수밖에 없었지요. 영국 왕 에드워드 3세는 그토록 조그만 도시 하나를 함락시키는 데에 일 년이나 허비했다는 사실에 자존심이 상했습니다. 그래서 따끔하게 벌하기로 마음을 먹었습니다. 칼레 시 전체를 불 지르고 시민들을 학살할 수도 있는 상황이었습니다. 칼레의 항복 사절은 에드워드

3세에게 자비를 베풀어달라고 간청했지요. 그러나 들어줄 리 없었습니다. 사절은 포기하지 않고 다시 매달렸습니다. 마침내 에드워드 3세는 그 간청을 받아들입니다. 하지만 조건을 달았지요.

"좋다. 칼레 시민들의 생명은 보장하겠다. 하지만 그동안의 어리석은 반항에 대해 책임을 져야 한다. 가장 명망 높은 시민 대표 여섯 명을 뽑아 그들의 목에 교수형에 사용될 밧줄을 걸고 맨발로 영국군 진영으로 가 성문의 열쇠를 건넨 후 처형당해야 한다."

난감한 조건이었지만 어쩔 수 없었지요. 도시 전체가 불타고 시민들이 학살되는 걸 막으려면 누군가 죽어야 했습니다. 게다가 도대체 누굴 뽑아야 한단 말입니까. 사절은 돌아와 시민들에게 그 조건을 전했습니다. 침묵이 흘렀지요. 그러나 그 침묵은 오래가지 않았습니다. 일곱 명의 시민이 용감하게 나섰습니다. 그들은 모두 귀족이거나 부자였지요. 칼레에서 가장 부자인 위스타슈 드 생 피에르가 나서자 시장도 질 수 없다는 듯 나섰습니다. 뒤이어 상인이 나섰고 그의 아들까지 자신의 목숨을 내놓겠다고 나서니 모두 일곱 명이 된 겁니다. 한 사람이 남는 상황이었지요. 이제는 그 한 사람을 빼야 하는 문제로 실랑이를 벌였습니다.

제비를 뽑자거나 다른 방법을 찾아야 한다는 등의 의견이 분분했지만 다음날 장터에 가장 늦게 나오는 사람을 빼자고 생 피에르가 제안하자 모두 동의했습니다. 누구든 살고 싶으면 가장 나중에

나가면 되는 거지요. 하룻밤을 지내면서 곰곰 생각할 여유를 준 겁니다. 하지만 죽음을 각오한 사람들이 어찌 그것을 피하려 하겠습니까. 그것은 이미 자신의 명예였던 겁니다. 과연 다음날 가장 늦게 오는 사람은 누구일까요. 자칫 그 사람은 불명예를 안게 될지도 모릅니다. 모두가 일찍부터 서둘러 광장에 모였습니다. 정작 생 피에르는 나타나지 않았습니다. 그가 과연 자신의 죽음이 두려워서 피했을까요. 그는 이미 싸늘한 주검으로 변해 있었습니다. 다른 사람의 명예를 지켜주기 위해, 그리고 칼레 시민의 용기가 꺾이지 않도록 하기 위해 스스로 목숨을 끊었던 겁니다.

그렇게 모인 칼레의 시민 대표들은 죽음의 형장으로 떠났습니다. 그들의 모습을 지켜본 칼레 시민들은 과연 무슨 생각을 했을까요. 슬픔을 넘어 용기와 자부, 그리고 스스로 목숨을 던지는 자신의 지도자들에 대한 존경으로 가득 찼겠지요. 다행히 당시 아이를 잉태하고 있던 영국 왕비의 간청을 받아들여 에드워드 3세는 그 용감한 시민들을 살려주었습니다. 어쩌면 왕비의 간청이 아니더라도 그들의 용기에 감복해 그랬을지도 모릅니다. 그 칼레의 시민들이야말로 노블레스 오블리주의 모범적 사례입니다.

사전적 의미로 노블레스란 고귀한 사람을 뜻합니다. 좀 더 세밀하게 말하자면 '혈통, 문벌, 공적 등에 의해 일반 민중과는 다른 특별한 정치적, 법제적 특권을 부여받은 사람이나 집단'을 나타낸다고 사전은 설명합니다. 이 '법제적 특권'에서의 법제는 정부와 신분제도뿐 아니라 학교나 언론, 기업과 민간제도 등도 포함되겠지요. 일찍이 로마에서는 왕과 귀족들이 평민들에 앞서 솔선수범과 절제를 보였습니다. 전쟁의 경비를 대기 위해 자신들의 돈을 냈고 전쟁터에 앞장서 나가 전사하는 것을 최대의 영광으로 여겼지요. 영국의 국립묘지에는 나이 어린 위관들의 무덤이 가장 많다고 합니다. 귀족의 자제들이 장교로 임관하여 소대를 이끌고 맨 앞에서 지휘하다 전사했기 때문이랍니다. 550년이 지난 후 칼레 시는 그들의 용기를 기리기 위해 로댕에게 작품을 의뢰했던 거지요.

이 작품을 볼 때마다 수백 년 전 참된 용기와 명예의 가치를 실현한 노블레스 오블리주를 깨닫게 됩니다. 그리고 우리에게 그런 명예와 용기가 있는지 돌아봅니다. 친일세력들이 반성은커녕 오히려 떵떵거리며 살고 있고 여전히 큰 권력을 휘두릅니다. 가난한 노동자들을 착취해서 부를 쌓은 사람들은 더 큰 욕망을 채우기 위해 온갖 비인격적인 일들을 마다하지 않습니다. 그러나 그런 자들의 패악에도 불구하고 보이지 않는, 드러내지 않는 이들이 나름대로 노블레스 오블리주를 실천하기에 이나마 꾸려지는 것도 잊지는 말아야겠지요.

나이가 들어간다는 게 무슨 벼슬도 명예도 아닙니다. 외려 쇠잔해지고 자칫 천덕꾸러기 신세 되기 딱 좋은 형편입니다. 우리는 혼자 힘으로 살아온 게 아니라 사회적 연대 속에서 도움을 주고받으며 채워온 것입니다. 그러니 그만큼의 빚이 있는 거지요. 제대로 나이 든다는 건 그만큼 베풀어야 할 노블레스 오블리주를 갖고 있다는 뜻이기도 하겠습니다. 그런 의미에서 나이도 노블레스입니다. 그 값을 제대로 해야겠습니다.

지금이

가장 좋은 나이다

　　　　요즘 지하철이나 버스에서 어렵지
않게 볼 수 있는 장면에 안타까움을 느낍니다. 그게 뭐냐고요? 젊
은 여자들이 핸드백에서 주섬주섬 화장도구들을 꺼내 당당하게 화
장하는 모습입니다. 혹시 잘못된 게 있는지 거울에 비쳐보는 정도
가 아니라 아예 화장을 합니다. 색조화장까지 능란하게 해내는 모
습은 경이롭기까지 합니다. 흔들리는 버스나 지하철에서 그런 솜
씨를 발휘하는 걸 보면 내공이 대단한 듯합니다. 이젠 여중고생들

까지 태연하게 그 짓을 해댑니다. 하도 일상적인 모습이어서 사람들은 이제 이상하게 보지도 않는 모양입니다.

여자들에게 화장이란 사실은 매우 사밀(私密)한 일이지요. 그 과정을 누군가에게 보이는 건 민망한 일이거니와 공공예절에도 어긋나는 일입니다. 화장을 해야 한다면 집에서 나오기 전 마무리를 했어야지요. 물론 바쁘고 받은 삶에서 그럴 시간 마련하는 게 그리 만만한 일은 아니겠지만, 이건 아니다 싶습니다. 이른바 '쌩얼'이라고도 부르는 민낯을 화장으로 보정하여 아름답게 보이고 싶은 거야 여자로서 당연한 일이겠지만 남에게 드러내며 하는 행위는 썩 보기 좋은 일은 아니지요. 사실 외국에서는 몸 파는 여자들이나 그렇게 한다고 합니다. 그래서 가끔은 지하철이나 버스에 외국인이라도 타고 있으면 화장을 하고 있는 여자들을 보고 그들이 어떤 생각을 할까 싶어 낯이 다 화끈거릴 정도입니다. 그러나 정작 당사자는 아무 일 아니라는 듯 태연합니다. 그런 일까지 꼬투리 잡는 게 혹시 제게 '꼰대 근성'이 있어서 그런 건 아닌지 아리송할 때가 있습니다.

예전에는 감추고 부인하던 성형도 이제는 드러내놓고 인정하는 걸 넘어 자랑까지 해대는 판이니 그까짓 화장 행태 가지고 왈가왈부하는 것조차 민망한 일인지도 모르겠습니다. 외모지상주의는 이제 상식이 되어버렸습니다. 외모도 경쟁력이라는 게 현실이 되어

나타나고 있으니, 그런 행태가 껍데기에만 매달리게 되는 큰 변곡점은 아닌지 걱정이 앞섭니다. 왜들 그리 겉모습에만 치중하는지 모르겠습니다.

어릴 때는 한 살이라도 더 노숙해 보이고 싶더니 나이 들고서는 한 살이라도 젊어 보이는 일이라면 물 불 가리지 않는 것도 참 어리석어 보입니다. 물론 더 멋진 모습으로 보이고 싶은 거야 인지상정이겠지요. 하지만 이미 그 도를 넘어선 느낌입니다. 제 친구 가운데 몇은 보톡스를 맞거나 살짝 성형해서 갑자기 훨씬 젊어진 모습으로 자랑스럽게 나타나는 경우도 있습니다. 친구들은 그 모습을 보고 부러워하거나 심지어 그 병원의 실력을 가늠하며 연락처를 묻기도 합니다.

그 친구들이 가끔은 저보고 주름살도 펴고 눈 밑으로 처지는 살을 제거하라고 부추기기도 하지요. 하지만 저는 그저 웃고 맙니다. 딱히 잘나서가 아니라 그게 부끄럽거나 감추고 싶은 일이 아니기 때문입니다. 훈장일 것까지야 없지만 나름대로 세월을 살아오고 채워온 흔적입니다. 내 나이에 맞게 사는 게 무엇인지, 어떻게 하면 조금 더 슬기롭고 너그럽게 살 것인지가 더 중요하다고 생각하기 때문입니다.

어쩌면 남들보다 일찍 머리에 서리가 내려서 익숙해진 까닭인지도 모르겠습니다. 당사자는 별로 신경을 쓰지 않는데 옆에서 자꾸만 염색을 하라며 야단입니다. 아마도 친구들은 저 때문에 자신들까지 나이 든 축으로 도매금으로 넘어가지 않을까 걱정이 되었나 보지요. 정작 저는 아무렇지도 않은데 말입니다. 고객을 상대해야 하거나 거래처에 신경 써야 하는 직종이나 직책이 아니니 문제될 게 없다고 생각했는데, 저를 데리고 미장원으로 납치 아닌 납치까지 하더라니까요.

　물론 백발 때문에 난처할 때가 있긴 합니다. 지하철에서 빈자리가 없어서 서 있으면 앞자리에 앉은 사람이 벌떡 일어나 오히려 제가 당황한 적도 있습니다. 심지어 저와 비슷한 연배거나 때로는 저보다 위로 여겨지는 사람이 자리를 양보할 때는 참 난감합니다. 그래서 어떤 때는 할 수 없이 엉뚱한 역에서 내린 경우도 있으니까요. 그래도 염색을 않고 버티는 저를 친구들은 타박을 하더니 이젠 아예 포기했습니다. 자기들도 머리에 슬그머니 서리가 내리기 시작한 뒤부터 말입니다.

　저라고 백발이 자랑스러울 리 있겠습니까. 왜 저라고 주름살이 마음에 담뿍 들 리 있겠습니까. 하지만 그게 부끄럽거나 부담스럽다고 여긴 적은 없습니다. 오히려 그만큼 삶의 여러 매듭을 겪었고, 물론 여전히 시답잖기는 하지만 살아온 만큼 지혜와 관용도 커졌다고 자부하면 되는 일이니까요. 제 나이답게 사는 게 훨씬 더 자연스럽고 편하며 즐거운 일이라고 여기며 제 잘난 맛에 살아갑니다. 나이는 들었는데 이리저리 뜯어고치고 떡이 되게 화장으로 감추고 주름을 펴거나 살갗을 밀어내는 시술을 아무렇지도 않게 받는 사람을 보면 오히려 안쓰럽습니다. 그렇다고 생각이라도 젊어진다면 모르겠습니다. 그렇지도 않으면서 육체적 나이만 감추고 싶어하는 걸 보면 때로는 역겨워지기까지 합니다. 그렇게 어른들이 제 분수 모르고 속은 텅 빈 채 겉모습에만 치중하고, 사회는 사회대로 외모도 경쟁력이라는 되도 않는 소리를 부끄럼 없이 해대는 판에, 어찌 젊은 여자들이 지하철이나 버스에서 혹은 카페에서 무람 없이 화장하고 있는 것에 입 댈 자격이 있겠습니까.

혹여 누군가 10대나 20대로 돌아가고 싶지 않으냐고 묻는다면 저는 단연코 거절하겠습니다. 현실적으로 불가능하기에 그렇게 눙치려는 게 아닙니다. 가장 뭉클하고 자유로워야 할 10대가 전쟁터 같은 입시전쟁에 내몰려 박제되는 것도, 그 암울했던 유신독재나 군부독재의 억압과 비인격의 시대도 되풀이해서 겪고 싶지 않기 때문입니다. 그러나 더 큰 이유는 언제나 지금의 제 나이가 가장 좋은 시기라고 여기기 때문입니다. 젊었을 때의 불안정과 부족함을 나이 들어가면서 겪지 않으니 그것도 따지고 보면 행복한 일입니다. 더 나이 들면서는 조금 더 지혜로워지고 너그러워질 것이니 그 또한 고마운 일이겠지요. 겉모습만 번지르르하고 주름살 곧게 펴서 팽팽한 피부 자랑하는 것보다는 제 나이답게 사는 것이 가장 아름다운 일이라고 스스로를 위로하고 격려합니다.

　그래서 사람들 시선 아랑곳하지 않고 부끄러운지도 모르고 태연하게 화장하는 모습보다는 조용히 책 읽는 모습이 훨씬 아름다워 보입니다. 그런 이들이라면 제 나이답게 멋진 삶을 꾸려낼 수 있을 테니까요. 그런 모습을 더 많이 볼 수 있으면 좋겠습니다.

서른아홉

당신이

고맙습니다

　　　　　　　　　　　제 가방에는 항상 책과 돋보기, 그리
고 메모장과 필기구가 들어 있습니다. 정확히 말하면 가방이 아니
라 배낭입니다. 어깨에 둘러메고 다니면 두 손이 자유로워서 지하
철이나 버스에서 서서 갈 때도 책을 읽을 수 있으니 제격이지요.
그런데 그 가방에는 저만의 비밀병기가 또 있습니다.

　비밀병기라고 하니 뭐 거창한 물건이거나 혹여 흉기가 아닐까
걱정하시나요? 그것은 바로 손바닥만 한 크기의 작은 종이입니다.

아마도 요즘 엽서 사는 사람 그리 흔치 않지요. 그걸 받아본 적도 아득한 옛날 일일 겁니다. 하물며 엽서를 써서 누군가에게 보낸 기억은 가물가물하겠지요. 그러니 요즘 엽서 한 장에 얼마인지 알 리 만무합니다.

책을 읽다가 좋은 구절이 있거나 갑자기 가까운 누군가가 떠오르면 그냥 아무데서나 엽서 한 장 꺼내 그 구절을 옮겨 적거나 그저 소소한 소식을 실어 우체통에 넣습니다. 세상에서 가장 싼 값에 누군가를 행복하게 하는 방법을 찾는다면 저는 주저하지 않고 엽서 쓰는 일이라고 하겠습니다.

요즘 손글씨 편지를 받는 일은 매우 드물지요. 어쩌면 일 년 내내 한 통도 주고받지 않는 일조차 흔할 겁니다. 그래서인지 사람들은 그런 손글씨 편지를 받으면 행복해합니다. 또는 옆에 누군가가 그런 것을 받으면 부러워합니다. 그러면서도 정작 자신이 누군가에게 먼저 써 보낼 생각은 하지 않습니다. 사실 그걸 받는 사람보다 보내는 사람이 더 행복하다는 것을 아는 사람은 별로 없습니다. 경험해보지 않고는 짐작도 못할 일이니까요.

아무리 좋은 글 담아 편지를 써도 정작 받아줄 사람이 없다면 그것만큼 쓰리고 아픈 일도 없겠지요. 누군가가 그걸 받고 기뻐하는 모습을 떠올리며 행복한 마음으로 편지를 쓰고, 우체통까지 가는 내내 즐거울 수 있는 덤까지 생각한다면 그 사람의 존재가 얼마나 소중하고 고마운지 모릅니다.

　그렇게 제가 먼저 누린 행복이 며칠 후 수신인에게도 전달되겠지요. 별다른 내용도 없는, 그래서 때로는 싱겁기까지 한 보잘것없는 엽서 한 통에 그의 하루는 즐거움과 기쁨으로 채워지겠지요. 그러니 그 행복은 이미 두 배로 늘어난 셈입니다. 만약 그 사람에게 고민이나 갈등이 있을 때 작게나마 용기를 돋워주는 말 한마디 실어 보내면 그에게 얼마나 큰 힘이 될지 모를 일입니다. 그러니 그것은 행복의 처방전이 되기도 합니다.

　언젠가 제가 보낸 엽서를 받은 이가 그걸 업무수첩에 끼워놓고 만나는 사람마다 자랑했다며 소식을 전해왔습니다. 사람들이 다들 부러워하더라며, 마침 지치고 힘들 때였는데 몇 날을 참 행복하고 따뜻하게 지낼 수 있었다는 말에 저도 덩달아 행복했습니다. 워낙 난필이어서 제대로 읽을 수나 있을까 걱정하면서도 멈추지 못하는 건 바로 그런 행복을 누릴 수 있기 때문입니다.

　때로는 아무 계기도 사연도 없이, 읽었던 책을 추천하고 음악을 권하며 어느 길을 걸으니 참 좋더라는 따위의 한담을 그저 몇 줄 짧은 문장으로 보냅니다. 심지어 어떤 경우에는 문장도 제대로 채우지 못한 토막난 낱말 몇 개만 담기도 합니다. 글이 길어져야만 좋은 건 아닌 것은 엽서가 주는 또 다른 미덕이기도 합니다. 편지라면 여간해서는 엄두가 나지 않지만 엽서에 몇 자 끼적이는 건 그다지 어려운 일은 아니니까요.

이메일이나 문자메시지를 실시간 시시콜콜 나누는 세상에 느려 터진 엽서가 차지할 자리는 별로 없습니다. 그러나 그것은 디지털의 속도로는 느낄 수 없는 아날로그의 온기를 담고 있습니다. 문자나 메일처럼 보내고 나서 수신 여부를 금세 확인하면서 조바심 낼 것도 없으니, 엽서가 그에게 다다를 시간을 천천히 가늠하는 것도 때로는 즐거운 느림보의 미덕입니다. 이제나 갔을까 저제나 닿았을까 생각할 때마다 그 서신을 받게 될 사람을 끊임없이 떠올리게 되니 그 또한 행복한 일이지요. 빠르다고, 깨끗한 글자체라고 무조건 좋은 건 아니겠지요. 삐뚤삐뚤 꾹꾹 눌러 쓴 못난 글씨지만 거기에는 손길이 머물렀고 마음이 담긴 걸 서로 느낄 수 있습니다.

오늘도 찻집에서 누군가를 기다리다가 그 느려터진 엽서를 써서 보냅니다. 그리고 그렇게 저의 엽서를 받아줄 사람이 있어서 얼마나 고맙고 행복한지 새삼 확인해봅니다. 당신이 고맙습니다.

마흔

그것으로 족하다

남쪽으로 흐르는 언덕 위,
산수유가 꽃망울을 막 터뜨리려 합니다.
이것 하나만으로도
오늘은 충분히 행복할 것 같습니다.

마흔 이후, 이제야 알게 된 것들

1판 1쇄 발행 2012년 6월 18일
1판 5쇄 발행 2014년 12월 29일

지은이 김경집

발행인 양원석
본부장 송명주
편집장 김정옥
교정교열 김명재   **전산조판** 김미선
해외저작권 황지현, 지소연
제작 문태일, 김수진
영업마케팅 김경만, 정재만, 곽희은, 임충진, 이영인, 장현기, 김민수,
　　　　　　임우열, 윤기봉, 송기현, 우지연, 정미진, 이선미, 최경민

펴낸 곳 ㈜알에이치코리아
주소 서울시 금천구 가산디지털2로 53, 20층 (가산동, 한라시그마밸리)
편집문의 02-6443-8856   **구입문의** 02-6443-8838
홈페이지 http://rhk.co.kr
등록 2004년 1월 15일 제2-3726호

ⓒ김경집, 2012, Printed in Seoul, Korea

ISBN 978-89-255-4647-6 (03810)

RHK 는 랜덤하우스코리아의 새 이름입니다.